Zum BUCH

Kurz vor Dienstschluss wird Officer Gilbert Smith zu einem Einsatz gerufen: der Fahrer einer Dodge Viper befindet sich nach einem Unfall auf der Flucht. Eine Verfolgungsjagd und ein darauffolgender Unfall führen den Officer über den Highway tief in die Solven-Hills und das beschauliche Dorf Kinmark. Je tiefer er in die Geheimnisse des Ortes vordringt, desto deutlicher wird ihm, dass er sich in einer tödlichen Falle befindet, aus der es kein Entrinnen zu geben scheint...

Zum AUTOR

Niklas Quast wurde am 7.3.2000 in Hamburg-Harburg geboren und wuchs im dörflichen Umland auf. Nachdem er eine Ausbildung zum Groß- und Außenhandelskaufmann absolvierte, arbeitet er nun in einem Familienbetrieb und widmet sich nebenbei dem Schreiben.

NIKLAS QUAST

WILLKOMMEN IN KINMARK

ROMAN

1.Auflage 2021

Copyright © 2021 Niklas Quast
niklasquastautor@web.de
www.facebook.com/NiklasQuastAutor

Covergestaltung:
Galax Acheronian
www.acheronian.de

Niklas Quast
Emsener Straße 25
21224 Rosengarten

TWENTYSIX
Eine Marke der Books on Demand GmbH
Herstellung und Verlag:
BoD – Books on Demand, Norderstedt

ISBN: 9783740783020

MIX
Papier aus verantwortungsvollen Quellen
Paper from responsible sources
FSC® C105338

FSC
www.fsc.org

GILBERT SMITH
25. AUGUST 2008

1

Das Funkgerät rauschte. Officer Gilbert Smith stellte den mit dampfend warmen Kaffee gefüllten Pappbecher auf die Mittelablage und nahm es in die Hand. Die Stimme aus dem Gerät klang zunächst verzerrt, wurde dann jedoch immer deutlicher.

»Gilbert. Bist du da?«

»Ja. Was gibt es?«

»Ein Unfall mit Fahrerflucht ganz in der Nähe von dir. Du musst versuchen, den Fahrer zu kriegen.«

Seufzend startete Smith den Motor des Einsatzwagens. *Kann man nicht einmal in Ruhe Pause machen?* Er hatte seinen Wagen zuvor auf dem Parkplatz einer Raststätte abgestellt - direkt hinter ihm lag eine Tankstelle, dort hatte er sich auch seinen Kaffee geholt, der nun immer weiter abkühlte. Er kurbelte das Fenster hoch und fuhr dann wieder auf den Highway. Um diese Zeit war die Straße ziemlich leergefegt - es war schon nach einundzwanzig Uhr und der Mond stand am Himmel.

»In welche Richtung ist der Fahrer abgehauen? Nach was für einem Auto wird gefahndet?«

Es nervte Smith, dass sein Kollege am anderen Ende des Funkgerätes nicht in der Lage war, diese notwendigen Informationen ohne langes Drumherum preiszugeben.

»In Richtung der Solven-Hills. Er befindet sich auf demselben Highway wie du... eine rote Dodge Viper.«

Smith wurde bei der Automarke hellhörig. *Eine rote Dodge Viper? Das Tempo kann ich doch nie halten.*

»Er fährt in Richtung der Berge?«

»Ja. Wir sind hinter ihm her, aber müssen immer weiter abreißen lassen. Er hat dich bald erreicht. Bist du noch bei der Tankstelle?«

»Ich bin gerade auf den Highway gefahren.«

»Sehr gut. Wir sind zwei Meilen von der Tankstelle entfernt. Die Viper müsste dich bald erreicht haben, wenn sie dem Highway weiter folgt.«

Die Berge direkt vor ihm waren nicht mehr weit entfernt. Die Straße wurde etwas unebener, und auf dem Asphalt mischte sich etwas Sand hinzu. Wenige Augenblicke später vernahm Smith ein Motorengeräusch. Es war so unfassbar laut, dass es nur von der Viper kommen konnte. Und so war es dann auch. Pfeilschnell schoss das Fahrzeug an ihm vorbei und hinterließ eine aufwirbelnde Staubspur. Smith presste auf die Hupe und schaltete das Martinshorn ein. Er drückte das Gaspedal durch und schaltete in den fünften Gang. Die Landschaft zog an ihm vorbei, und die ersten Ausläufer des Gebirges tauchten in dem gelben Lichtkegel seiner Scheinwerfer auf. Der Kaffeebecher wackelte bedrohlich, ehe er wenig später umfiel. Smith fluchte laut, als er im Augenwinkel vernahm, wie sich das Heißgetränk auf dem Polster des Beifahrersitzes verteilte. *Scheiße! Das muss ich wohl in der Reinigung erledigen lassen.* Er merkte, wie seine Gedanken abdrifteten, und wandte seinen Blick wieder nach vorne. Die Viper umkurvte einen blauen Ford und wechselte dann wieder auf die linke Spur, auf der er mit gefühlt zweihundert Meilen weiter raste. Smith tat es ihm gleich, warf jedoch automatisch einen Blick ins Innere des Fords. Ein Mann, dessen Gesicht er nicht erkennen konnte, befand sich alleine im Wagen. Er richtete seinen Blick wieder nach vorne und versuchte, das Maximale aus dem Einsatzwagen herauszuholen, indem er sein Tempo nochmal steigerte. Das Geräusch des Martinshorns dröhnte durch die friedlich wirkende Umgebung und war sogar im Inneren des Wagens unfassbar laut. Smith war wenige Sekunden später bereits genervt von dem Geräusch und versuchte, es so gut es ging zu ignorieren. Er hielt seinen Blick starr auf die immer kleiner werdende Viper gerichtet, hatte sein Ziel voll fokussiert. Bald änderte sich der Straßenbelag, er wurde zunehmend schlechter, was sowohl Smith als auch die vorausfahrende Viper dazu zwang, das Tempo etwas zu dros-seln. Nachdem es nun ein paar Meter bergauf gegangen war, folgte eine Serpentinenstraße. Smith musste sich unfassbar gut konzentrieren, denn hier war die Straße so schmal, dass nur mit Müh und Not ein entgegenkommendes Auto vorbei passen würde. Jedoch musste er dazu natürlich auch wieder sein Tempo senken, so dass es ihm nun so vorkam, als würde er die Viper immer weiter aus den Augen verlieren. Der Fahrer des anderen Wagens ließ sich von den Gegebenheiten nicht verwirren. Fast schon artistisch gelang es ihm, die Viper durch die engen Serpentinen zu führen. Kleine Kiesel flogen in die Luft und knallten gegen das Blech von Smiths Streifenwagen. Seine Windschutzscheibe war derart staubig, dass er versuchte, sie mit Scheibenwischwasser und dem Scheibenwischer zumindest etwas sauber zu bekommen. Im schwachen Lichtschein folgte er der Staubspur der Viper. Hier gab es außer seinen Scheinwerfern und dem Mondlicht nichts, was ihm den Weg weisen konnte. Er musste sich mit den Gegebenheiten zurechtfinden und lenkte den Wagen durch die engen Kurven. Es ging immer höher. Plötzlich sah er, dass die Viper einiges an Tempo einbüßte. Die Bremslichter leuchteten auf, und er bemerkte, dass ein entgegenkommender Wagen die Ursache dessen war. Während er sich über diesen Umstand freute, rauschte das Funkgerät er-

11

neut.

»Gilbert?«

Officer Smith nahm es in die Hand.

»Was ist?«

»Wir mussten die Verfolgung abbrechen. Ein platter Reifen. Kommst du allein klar oder sollen wir weitere Verstärkung ordern?«

Diese Idioten. Innerlich schüttelte Smith den Kopf.

»Nein, es geht schon. Ich hoffe, ich habe ihn bald erreicht.«

Er legte das Funkgerät zurück auf das durchnässte Polster des Beifahrersitzes und gab nun wieder Gas. Die Viper hatte den entgegenkommenden Wagen passiert und nun wieder freie Fahrt - Smith versuchte, etwas Zeit zu gewinnen, indem er die Situation genauestens analysierte. Er sah die Lücke, die sich ihm bot, drückte weiter aufs Gas... und schoss an dem weißen Renault vorbei. Die Kurve, die nun plötzlich vor ihm auftauchte, kam schneller, als er es für möglich gehalten hatte. Er ging heftig in die Eisen, konnte jedoch nicht mehr verhindern, dass sein Wagen über die Kante rutschte. Er schlug die Lenkung heftig nach links ein, doch auch das brachte nichts mehr. Der Streifenwagen stürzte in die Tiefe und überschlug sich mehrmals, ehe er unsanft von einem Baum gebremst wurde.

2

»Ey, man, alles klar?«

Die Worte drangen nur langsam zu Smith durch. Es fiel ihm unfassbar schwer, seine Augen zu öffnen. Als er das endlich geschafft hatte, spürte er, wie er von einem heftigen Schmerz übermannt wurde.

»Ja, verdammt... was ist passiert?«

»Wir haben 'nen lauten Knall gehört, und plötzlich stand dein Wagen an diesem Baum.«

Smith blickte sich um. Aus der Motorhaube des Einsatzwagens stieg schwarzer Rauch in den Nachthimmel auf. In der Ferne erkannte er ein schwaches, orangefarbenes Licht. *Ist das ein Lagerfeuer?* Er stöhnte auf, als er sich etwas Platz verschaffte, und schließlich aus dem Wagen ausstieg. Nach und nach kehrten die Erinnerungen zurück. Er erinnerte sich daran, wie er der roten Dodge Viper durch die nur vom Mondlicht und seinen Scheinwerfern spärlich beleuchtete Serpentinenstraße gefolgt war... ehe er sein Fahrtalent in einer Kurve deutlich überschätzt hatte und von der Straße abgekommen war. Es dauerte nicht lange, bis er die Quelle des stechenden Schmerzes entdeckt hatte. Eine Glasscherbe der zersplitterten Windschutz-scheibe hatte sich in seine linke Schulter gebohrt, und das T-Shirt unter seiner Uniform war an dieser Stelle blutgetränkt. Vorsichtig ging er ein paar Schritte auf dem grasigen Unter-grund.

»Wir hätten ja einen Krankenwagen gerufen«, sagte der Mann, der ihn auch bereits zuvor angesprochen hatte.

»Aber das Netz hier ist absolut tot.«

Smith fluchte innerlich. *Wo bin ich hier nur gelandet?* Ironischerweise musste er bei dem Gedanken an den umgestoßenen Kaffeebecher grinsen. *Jetzt brauche ich den Sitz auch nicht mehr reinigen lassen. Der Wagen ist komplett im Arsch.* Er betrachtete das Wrack näher. Der Wagen hatte sich bei dem Absturz aus der Serpentinenstraße mehrfach überschlagen und war schließlich frontal gegen den Baum geprallt. Die Vorderseite war komplett zerstört, ein Ast des Baumes hatte sich durch die Windschutzscheibe ins Innere gedrängt und hing dort bedrohlich mittig auf Kopfhöhe. *Puh, das war knapp.* Er drehte sich um und betrachtete den Mann, der ihn angesprochen hatte. Insgesamt befanden sich vor ihm drei Leute, die allesamt auf ihre eigene Art und Weise schräg aussahen. Die einzige Frau unter ihnen trug rot gefärbte Dreadlocks, die ihr bis zur Taille reichten, und eine markante Brille auf der Nase. Ihr Gesicht wurde von einem Tattoo geschmückt, das wie eine Sternschnuppe aussah. Sowohl ihre Nase als auch ihre Unterlippe wurde von jeweils einem Piercing geziert. Einer der Männer, es war der, der ihn angesprochen hatte, hatte einen giftgrünen Irokesenschnitt und buschige Augenbrauen, die er ebenfalls grün gefärbt hatte. Der dritte im Bunde trug rote Haare mit blauen Strähnen, die er sich zu einem Zopf gebunden hatte. Sein Gesicht war mit Tattoos zugekleistert.

»Kannst du gehen?«, fragte der Mann mit den grünen Haaren und sprach gleich weiter, noch bevor Smith ihm antworten konnte.

»Komm mit zu uns ans Lagerfeuer. Morgen brechen wir auf und bringen dich in das Dorf oben am Hügel. Da wird man sich um deine Wunden kümmern.«

Smith zuckte mit den Schultern. Er griff nach seinem Diensthandy, sah bei näherer Betrachtung jedoch, dass es nicht mehr funktionsfähig war. Wütend warf er das nutzlose Gerät ins trockene Gras und folgte den anderen.

»Wer seid ihr überhaupt und was macht ihr hier?«

»Wir sind Pazifisten und suchen nach unserem Platz in dieser Welt. Zurzeit befinden wir uns auf einem Wandertrip hier in den Solven-Hills. Morgen hatten wir sowieso vor, das Dorf aufzusuchen und uns dort umzusehen. Die Geschichten, die man so hört, haben uns schon neugierig gemacht.«

Smith runzelte die Stirn.

»Was für Geschichten?«

»Du lebst auch echt hinterm Mond, oder?«

Die Frau in der Runde hatte das Wort übernommen und lachte.

»Hi, ich bin Amanda. Und die beiden sind Tucker und Wyatt.« Sie zeigte nacheinander auf den Mann, der ihn zuerst angesprochen hatte, und auf den anderen. Smith gefiel es nicht wirklich, wie die Frau ihn direkt mit ihren Worten überfiel, wusste jedoch, dass er sich damit abfinden musste. *Unter Hippies gelten eben andere Gesetze. Verdammt, das hätte ich mir auch nie erträumt, auf einem abschüssigen Hügel mitten im Nirwana nach einer Verfolgungsjagd mit Hippies am Lagerfeuer zu sitzen.*

»Freut mich«, sagte er, meinte es jedoch längst nicht so, wie er es aussprach.

»Wir haben noch etwas zu essen übrig. Hast du Hunger?«

Amanda deutete auf einen Kochtopf, in dem sich eine braune Brühe befand, in der Smith vereinzelt Nudeln und Fleischstückchen ausmachen konnte.

»Sie ist noch warm.«

Amanda reichte Smith, ohne dass dieser überhaupt zugestimmt

hatte, eine Schüssel und füllte mithilfe einer Kelle einen großen Schwung hinein. Ein rauchiger Geruch stieg aus der Masse auf und Smith nahm einen Schluck. Während er das zarte Fleisch auf seiner Zunge zergehen ließ, er vermutete, dass es sich dabei um Reh oder Hirsch handelte, fragte er:

»Was für Geschichten werden denn über dieses Dorf erzählt?«

Im Schein des Lagerfeuers konnte er nur die Konturen der flachen Häuser oberhalb des Hügels in der Ferne erkennen. In die Szenerie mischte sich ein Geräusch, welches er jetzt erst wahrnahm. Es musste schon die gesamte Zeit über existiert haben, doch es drang nun erst durch seine Ohren in sein Bewusstsein. Das leise Rauschen eines Gebirgsbaches. Während die Glut des kleinen Lagerfeuers in der Nachtluft knisterte, begann Amanda, zu erzählen.

»Kinmark hat schon seit längerem einen Ruf, von dem sie einfach nicht wegkommen. Es heißt, dass in diesem Dorf immer wieder Menschen spurlos verschwinden und danach nie wieder gesehen werden.«

Smith wurde hellhörig. Normalerweise hatte er für solche Schauergeschichten nichts übrig, doch was war an dem heutigen Abend schon normal?

»Gibt es eine Erklärung für diese mysteriösen Vorfälle?«, fragte er interessiert und nahm einen weiteren Löffel der Brühe.

Wyatt reichte ihm aus dem Inneren eines der Zelte, die sie aufgestellt hatten, ein Stück weiches Brot. Smith nahm es dankend entgegen, tunkte es in die Suppe, und nahm einen Bissen.

»Nein, die gibt es nicht. Es gibt aber viele Sachen, die sich natürlich einfach so verbreiten.«

»Und was?«

Es nervte Smith schon etwas, dass er immer wieder nachhaken

musste. Er machte sich jedoch nichts draus und hörte weiter zu.

»Nichts, was auch nur im Entferntesten irgendeinen Sinn ergibt«, meinte Amanda schulterzuckend.

»Die einen sagen, dass dort im Inneren des Dorfes ein riesiges Monster ist, was jeden Fremden verschlingt. Die anderen wiederum glauben an Portale, die in fremde Welten führen. Eben Geschichten, die man sich unter Hippies erzählt.«

Sie zündete sich einen Joint an, nahm einen Zug, und blies den Rauch in Ringen in die Nachtluft.

»Auch mal ziehen?«

Smith lehnte das Angebot dankend ab und beobachtete Amanda dann, wie sie einen weiteren Zug nahm. Der Geruch von Cannabis füllte die Luft aus, und er rümpfte die Nase.

»Pass auf, dass er dich nicht festnimmt«, witzelte Tucker, nahm den Joint an und zog ebenfalls dran.

»Er ist immerhin ein Cop.«

Smith setzte sich etwas näher ans Feuer, da es in der Zwischenzeit doch etwas kälter geworden war. Am Tag hatten die Temperaturen so um die fünfundzwanzig Grad betragen, es war also warm gewesen, aber nicht wirklich heiß. Hier oben im Gebirge war es mindestens um die Hälfte kälter und es wehte ein leichter, aber frischer Wind durch die Gegend. Smith ließ seinen Blick schweifen und versuchte, herauszufinden, wo er sich befand. Das Gelände wurde direkt vor ihnen abschüssiger, auf dem grasigen Untergrund waren vereinzelt graue Steine zu sehen. Sie befanden sich gerade auf einer leichten Anhöhe, einer Art Plateau. Er hatte bei seinem Unfall gewissermaßen in vielerlei Hinsicht Glück gehabt: hätte ihn der Baum auf dem Plateau nicht unsanft gebremst, wäre er noch weiter in die Tiefe geschossen. *Das hätte ich vermutlich nicht überlebt.* Dem Fahrer des Dodge war tatsächlich die Flucht gelungen - weit und breit war nichts zu sehen, was darauf hin deutete, dass ihm dasselbe Schicksal wie Smith ereilt war.

»Wie heißt du eigentlich?«

Tuckers Worte rissen Smith aus seinen Gedanken.

»Gilbert Smith«, murmelte er.

»Okay. Willkommen bei uns, Gilbert. Wir haben noch einen Schlafplatz, im Zelt von Wyatt. Für später.«

Wyatt nickte. Er wirkte auf ihn sympathisch, weshalb Smith dem zustimmte. Während wieder die Leere in seinen Kopf einkehrte, spürte er den Schmerz an seiner verletzten Schulter erneut aufflammen.

»Habt ihr vielleicht einen Verband oder so?«, fragte er mit zusammengebissenen Zähnen.

»Klar.«

Amanda verschwand in einem der Zelte. Ihre roten, zu Dreadlocks geflochtenen Haare, waren wirklich atemberaubend lang. Als sie sich bückte, streiften sie fast über den Boden. Wenig später kehrte sie mit einer Rolle Verband aus dem Zelt wieder. Sie rollte Smith ein Stück ab und reichte es ihm.

»Könntet ihr mir den auch anlegen?«, fragte er unbeholfen und zog seine Uniform aus, unter der das weiße T-Shirt mit Blut vollgelaufen war.

»Moment.«

Amanda streifte ihm das Oberteil ab und legte den Verband behutsam um die Wunde. Smith stöhnte auf, jede Berührung fühlte sich so an, als würde jemand mit einem scharfen Messer immer tiefer in die Wunde eindringen. Allerdings ebbte der Blutfluss nach und nach ab, was ihn zumindest etwas erleichterte.

»Gleich haben wir es geschafft.«

Smith blickte in Amandas Gesicht, während sie seine Wunde versorgte. Im Schein des Lagerfeuers und des schwachen Lichtes, welches der Vollmond am Himmel abgab, erkannte er, dass sie eigentlich ganz hübsch war. Allerdings fand er, dass die Brille etwas zu breit für ihr schmales Gesicht war - zudem war er absolut kein Fan von Piercings und Tätowierungen.

»Danke«, keuchte er, als der Verband fest um seine Wunde saß. »Wenn ihr jetzt noch etwas zu trinken für mich hättet, wäre ich euch extrem dankbar.«

»Sicherlich. Möchtest du Wasser aus dem Bach oder etwas Hochprozentiges? Mit etwas anderem können wir leider nicht dienen.«

Amanda verzog ihre Mundwinkel zu einem Grinsen. *Bin ich noch im Dienst?*, fragte Smith sich. Er zuckte mit den Schultern. *Vermutlich nicht.* Er musste noch eine Weile überlegen, ehe er sich für einen Schluck *Jack Daniels* Whiskey entschied. Er setzte den Flaschenhals an die Lippen und nahm einen tiefen Schluck. Die Flüssigkeit brannte in seiner Kehle, erzeugte jedoch ein angenehm wohliges Gefühl in seinem Inneren - und vertrieb den Schmerz aus seiner Schultergegend. Entspannt lehnte er sich ins Gras zurück und spürte die Wärme des Feuers vor sich. Amanda nahm nun die *Jack Daniels* Flasche entgegen und ließ sie dann herumgehen. Tucker und Wyatt nahmen beide jeweils einen großen Schluck, ehe Smith wieder dran war. So leerte sich die Flasche schneller, als er es für möglich gehalten hätte. Sein Kopf schwirrte, als er schließlich den letzten Schluck genommen hatte. *Ich habe echt schon lange nicht mehr Alkohol getrunken. Verdammt, ich hätte gar nicht erst damit anfangen sollen.* Die Worte, die Amanda, Tucker und Wyatt sprachen, drangen nicht mehr zu ihm durch, sondern flogen nur noch an ihm vorbei. Sie waren zum Greifen nah, und doch war er in seiner Verfassung nicht in der Lage, sie zu fassen. Als er sich auflehnte und seine Hände im Gras abstützte, durchzuckte der Schmerz erneut die Stelle in seiner Schulter - mit so einer gewaltigen Macht, dass es ihn zu Boden schickte und ihm fast das Bewusstsein nahm. Amanda beugte sich über ihn, ihre Haare strichen über sein Gesicht... und das war auch das Letzte, was er registrierte, bevor er in einer Mischung aus Bewusstlosigkeit und Schlaf versank.

GILBERT SMITH
26. AUGUST 2008

3

Die hereinfallenden Sonnenstrahlen und die aufgestaute Wärme
waren es schließlich, die Gilbert Smith aus seinem Schlaf weck-
ten. Zunächst fiel es ihm schwer, sich zu orientieren, bis er
merkte, dass er sich in einem der Zelte befand. Er war in eine
dicke Decke eingewickelt, und der Schlafplatz neben ihm verwaist. Neben seinem vollkommen ausgetrockneten Mund spürte er leichte Kopfschmerzen und natürlich weiterhin den stechenden Schmerz, der direkt aus seiner Schulter stammte. Der
Verband hatte sich mit Blut vollgesogen und musste dringend
gewechselt werden. Stöhnend erhob er sich und suchte mit seinen Blicken das Zelt ab. Er entdeckte am Fußende einen grünen Rucksack, ein paar Schuhe und ein T-Shirt. Er öffnete den
Eingang und blickte hinaus. Draußen herrschte schönstes Wet-
ter. Die Sonne strahlte vom wolkenlosen Himmel, und er
schätzte die Temperatur auf zwanzig Grad. Das war in der
Höhe, in der er sich befand, durchaus viel - er vermutete, dass
die Bewohner im Tal mit der heutigen Hitze zu kämpfen hatten.
An der heruntergebrannten Feuerstelle entdeckte er ein paar
Meter entfernt dann auch Amanda, Tucker und Wyatt. Letzterer
hatte sich seine Haare noch nicht gemacht, sie standen ihm wirr
vom Kopf ab und verliehen ihm dadurch noch ein weiteres
bisschen mehr Verrücktheit. Tucker biss gerade in ein Matjes-
brötchen, was er dick mit Zwiebeln und Essiggurken belegt
hatte. Beim Anblick dessen verspürte Smith einen gewaltigen
Kohldampf, doch das Verlangen, einen großen Schluck Wasser
zu trinken, war größer. Der Alkohol hatte ihm jegliche Flüssigkeit entzogen und seine Kehle ausgetrocknet. Amanda wärmte

gerade etwas Wasser über dem Feuer auf, als sie ihn entdeckte. Ein Lächeln stahl sich auf ihr Gesicht.

»Gut geschlafen?«

Smith nickte.

»Habt ihr... mich ins Zelt getragen?«

Es war ihm unangenehm, danach zu fragen, doch er wollte es wissen. Tucker meldete sich als Nächstes zu Wort.

»Du warst vollkommen weg. Alkohol scheint dir nicht so gut zu bekommen. Wyatt und ich haben dich ins Zelt getragen, aber da warst du schon in den ewigen Jagdgründen verschwunden.«

Er lachte auf, und Wyatt musste ebenfalls grinsen. Smith schweifte mit seinem Blick zu Amanda, die einen Schluck aus einer Tasse nahm und in die Ferne blickte. Die Sonne fiel auf ihre Brillengläser und reflektierte in der Ferne. Ihre langen Dreadlocks saßen etwas lockerer am Kopf als am gestrigen Abend, doch auch das minderte ihren Anblick nicht im Geringsten. Ihre Blicke trafen sich schließlich erneut.

»Hast du Hunger?«, fragte sie.

»Wir haben noch etwas von gestern, dazu noch reichlich andere Dinge wie Matjes, Gurken, Zwiebeln, Haferbrei oder auch Bananen.«

Bei der Erwähnung des Haferbreis verzog Tucker das Gesicht.

»Das Zeug kann man doch nicht essen.«

Er nahm einen weiteren Bissen von seinem Brötchen.

»Das hier hingegen schmeckt vorzüglich.«

Amanda quittierte seine Aussage mit einem Lächeln.

»Wie auch immer. Du kannst dich auf jeden Fall bedienen.«

»Danke. Ich hätte aber erstmal gerne einen Schluck Wasser.«

Amanda reichte ihm ihre Flasche. Er drehte die dunkelgrüne Feldflasche auf und nahm einen tiefen Schluck eiskaltes Gebirgswasser.

»Danke.«

Er wischte sich den Mund ab und gab ihr die Flasche zurück. Direkt neben der Feuerstelle entdeckte er die Dinge, die Amanda angesprochen hatte. Er nahm sich ein Brötchen, ein Matjesfilet und eine Banane. Es war zwar kein reichhaltiges Frühstück, doch er gab sich damit zufrieden. Der salzige Fisch schmeckte ihm extrem gut, und er spürte, wie die Kraft langsam wieder in seinen Körper zurückkehrte.

»Du kannst sicher nicht so weit laufen, oder?«

Tuckers Worte rissen ihn aus seinen Gedanken.

»Ich denke nicht, nein.«

»Okay, nicht weiter schlimm. Wyatt und ich gehen nach Kinmark, direkt dort oben auf dem Hügel, und versuchen, Hilfe zu holen. Amanda bleibt bei dir, wenn das für dich okay ist.«

Smith war das mehr als recht, weshalb er nickte. Amanda strich sich durch die Haare.

»Wir packen das«, meinte sie.

»Und passt auf euch auf.«

Wenige Minuten später verließen Tucker und Wyatt die Feuerstelle und waren schon bald hinter dem Plateau verschwunden. Smith genoss die warmen Sonnenstrahlen, die auf seinen Arm trafen.

»Woher kommt ihr?«

Er sagte irgendetwas, um ein Gespräch zu beginnen. Amanda drehte sich um. Sie hatte in der Zwischenzeit ihren Rucksack durchsucht und blickte nun zu ihm auf.

»Aus Vermont. Ziemlich weit bis nach Arizona, doch wir haben das alles ziemlich spontan veranlasst.«

»Das ist wirklich eine beachtliche Entfernung.«

»Das stimmt.«

Sie zögerte einen kurzen Moment, ehe sie weitersprach.

»Irgendwie ist mir warm. Ein paar hundert Meter unter der Anhöhe ist ein See. Begleitest du mich dorthin?«

Ihrem strahlenden Lächeln konnte er nicht widerstehen, weswegen er einwilligte.

»Gerne.«

»Super. Ich ziehe mich nur eben um.«

Sie verschwand im Inneren des zweiten Zelts. Smith blickte ihr hinterher, obwohl von ihr nichts mehr zu sehen war. Sie beeindruckte ihn. *Hat sie mir etwa den Kopf verdreht?* Er schüttelte entschieden den Kopf. *Nein. Ich muss an meine Mission denken, nämlich, sobald wie möglich ins Krankenhaus zu fahren. Sofern Tucker und Wyatt auch wirklich Hilfe holen.* An der Tatsache bestand für ihn eigentlich kein Zweifel, doch er kannte die Menschen erst seit gestern und konnte sie definitiv noch nicht einschätzen. Auch, wenn sie ihm im ersten Moment geholfen hatten, konnte all das nur trügerischer Schein sein. Wenige Augenblicke später trat Amanda wieder aus dem Zelt. Sie hatte sich ihre Dreadlocks zu einem Zopf gebunden und sich einen Bikini angezogen. Ihr flacher Bauch war gebräunt und ihr strahlendes Lächeln erhellte gefühlt die gesamte Umgebung. Smith konnte seinen Blick gar nicht mehr von ihr abwenden, was sie registrierte und lächelte.

»Komm. Ich kann es gar nicht erwarten, mich in den kühlen See zu stürzen.«

Und ich kann den Anblick gar nicht erwarten, dachte er.

Zehn Minuten später hatten sie bereits den See erreicht. Dieser hatte wirklich ein enormes Ausmaß. Das kristallklare, blaue Wasser funkelte im Licht der Sonne, und aus den umliegenden

Bäumen war das Zwitschern von Vögeln zu hören. Es war wirklich ein idyllischer Ort. Smith atmete tief durch und genoss die klare Waldluft. Amanda bewegte sich auf einen Steg zu, und er folgte ihr. Als sie das Ende erreicht hatte, sprang sie und tauchte sanft in das Wasser ein. Smith beobachtete, wie sie prustend auftauchte und ihn ansah.

»Komm rein! Das Wasser ist herrlich erfrischend.«

»Ich habe keine Badesachen dabei.«

Amanda lachte.

»Das ist doch vollkommen egal.«

Smith überlegte. *Sie hat recht. Es ist vollkommen egal.* Er zog sich bis auf die Unterwäsche aus und legte seine Klamotten auf die Bretter des Stegs. Der leichte Wind, der hier oben im Gebirge wehte, brachte ihm eine Gänsehaut ein. Er streckte vorsichtig seinen linken Fuß in das Wasser und zog ihn dann schnell wieder zurück, als er merkte, wie kalt es war.

»Das ist ja Eiswasser!«

»Stell dich nicht so an. Das geht doch voll klar.«

Sie tauchte erneut unter und schwamm ein paar Meter, bis sie mit dem Kopf die Wasseroberfläche wieder durchbrach. Ihre Haare klebten ihr am Kopf, doch auch der Anblick, den sie jetzt abgab, faszinierte Smith. *Sie sieht wirklich fantastisch aus. Ich kann ihr nicht widerstehen.* Er schloss die Augen und zählte innerlich leise bis drei. Dann sprang er, ohne ein weiteres Mal zu zögern, ins Wasser. Die Kälte hüllte ihn ein und ließ seine Glieder für einen Moment nahezu einfrieren. Als er jedoch wieder auftauchte, fühlte es sich einfach nur herrlich an. Selbst die Wunde an seiner Schulter schmerzte nicht mehr so doll wie zuvor. Der Verband löste sich und trieb neben ihm auf der Wasseroberfläche. Das Material war dunkelrot vor Blut, doch das kümmerte ihn in diesem Moment nicht. Er hatte nur Augen für Amanda, die nun auf ihn zu geschwommen kam sich im Wasser treiben ließ.

»Der Trip hat sich wirklich gelohnt bisher«, meinte sie. »Wir haben zwar die Green Mountains in Vermont, aber so eine atemberaubende Natur wie hier habe ich sonst noch nirgends gesehen.«

Smith musste ihr zustimmen. Er hatte die Solven-Hills nie wirklich gekannt – bis zu dem gestrigen Abend, an dem ihm augenscheinlich das Schicksal hier her gewiesen hatte. Bis auf die Wunde an der Schulter hatte er keine weiteren Verletzungen davongetragen – und war stattdessen sogar auf Amanda gestoßen. Tucker und Wyatt waren für ihn nur nebensächlich – sie hatte mit ihrem wunderschönen Lächeln und ihren langen Dreadlocks seine gesamte Aufmerksamkeit in Beschlag genommen. *Es ist wie im Paradies.* Ironischerweise dachte er in diesem Moment daran, dass es schön wäre, wenn Tucker und Wyatt nicht zurückkehren würden – verfluchte sich jedoch im nächsten Moment für diesen Gedanken. *Mensch, es geht darum, dass du hier einfach nur wegkommst. Du kennst diese Leute gar nicht, und vor allem Amanda kennst du auch nicht. Sie ist hübsch, mehr nicht.* Er warf ihr einen weiteren, verstohlenen Blick zu, ehe er sich abwandte. Die Ruhe, die dieser Ort ausstrahlte, war einfach nur fantastisch.

»Du kannst ruhig zu mir kommen«, meinte Amanda grinsend. »Ich beiße nicht.«

Smith spürte, wie ihm die Schamesröte zu Gesicht stieg. Er war froh, dass Amanda das aufgrund des Sonnenlichts wohl nicht sehen konnte, überlegte kurz, und nahm dann ihr Angebot an. Das kalte Wasser bemerkte er fast gar nicht mehr, er hatte sich mittlerweile daran gewöhnt. Um die Röte aus seinem Gesicht zu vertreiben, holte er kurz Luft und tauchte unter, ehe er die Wasseroberfläche erneut durchbrach. Es fühlte sich verdammt gut an. Er hatte Amanda nun erreicht und blickte ihr in die Augen. Ihre Haare klebten ihr an der Stirn, die rote Farbe wirkte etwas verwaschen. Sie hatte ihre Brille abgenommen, bevor sie gesprungen war. Ohne das markante Gestell kam ihr Gesicht mehr zur Geltung - was Smith noch besser gefiel.

»Du denkst doch etwa nichts Unanständiges, oder?«

Amanda grinste. Smith fühlte sich ertappt, ließ sich jedoch nichts davon anmerken.

»Niemals.«

»Ganz sicher?«

»Vielleicht.«

Amanda legte ihre Arme auf seine Schultern und zog ihn langsam zu sich heran. Ihr Körpergeruch und die Wärme, die sie ausstrahlte, erregten ihn. Er spürte, wie sein Penis hart wurde, und versuchte, wieder etwas Abstand zu gewinnen. Er wollte sich dem Gefühl der Erregung nicht hingeben - zumindest nicht jetzt, nicht an diesem Ort, nicht im kalten Wasser des Gebirgssees. Amanda hatte nichts bemerkt - oder, sie tat nur so, das konnte Smith nicht einschätzen. So gelang es ihm, in ihren Armen zu bleiben, ohne, dass sie von seinem Missgeschick Kenntnis nehmen konnte.

»Wunderbar«, hauchte sie in sein Ohr.

»Wir sind hier ganz allein.«

Smith blickte sich um, beobachtete den Steg und die umliegenden Wälder. Sie schien tatsächlich recht zu haben - sie waren allein, es gab niemanden, der in der Nähe war. *Wenn sich nicht jemand im Unterholz versteckt hat. Zum Beispiel Tucker.*

Oder Wyatt. Der Gedanke an die beiden Begleiter von Amanda ließ ihn erschaudern. Er wusste nicht, ob einer von den beiden mit ihr zusammen war... oder vielleicht beide? Er wollte sich definitiv nicht auf gefährliches Terrain wagen, weshalb er sich vornahm, etwas zurückzustecken.

»Ja«, antwortete Smith.

»Allein.«

Er ließ es einfach geschehen, als Amanda sich um seinen Hals warf und ihn leidenschaftlich küsste. Ein gutes Gefühl durchströmte seinen gesamten Körper, und für einen Moment wünschte er sich, dass dieses Gefühl für immer anhalten würde. Doch es war wenige Sekunden später wieder vorbei, als sie sich voneinander lösten.

Ein paar Augenblicke später hatten sie bereits wieder ihre Klamotten übergezogen und saßen auf dem Steg. Smith ließ seine Füße im Wasser baumeln und genoss die Sonnenwärme, die sich immer weiter auf seiner Haut ausbreitete und die Nässe des Sees trocknete. Amanda hatte ihre Brille wieder aufgesetzt und blickte in die Ferne.

»An was denkst du gerade?«, fragte Smith, nur, um irgendwie ein Gespräch zu eröffnen.

»An nichts so wirklich.«

Amanda lächelte.

»Ich finde es nur Wahnsinn. Wir gehen arbeiten, um unser Geld zu verdienen, und sehen oft nur denselben Trott jeden Tag. Sowas wie hier... diese Natur... so wunderschön aber auch vergänglich.«

Smith teilte ihre Gedanken. Besonders dieser Blickwinkel, in dem die Sonne auf die Wasseroberfläche traf und ihre Strahlen auf den sanften Wellen des Sees reflektierte, war ein wahres

Highlight. Er hätte ihn am liebsten mit seiner Digitalkamera festgehalten - doch die war bei ihm zuhause, dort, wo er jetzt normalerweise auch gerade sein sollte. *Wenn der Unfall nicht gewesen wäre und... einfach alles.*

»Da hast du recht. Man verdient sein Geld, lässt sich aber das ganze Leben entgehen. Es gibt so viele schöne Orte auf der Welt, man hat in seinem gesamten Leben gar nicht die Zeit dazu, sie alle zu bereisen.«

Amanda nickte nur. Die Fröhlichkeit war nun aus ihrem Blick gewichen, hatte der Trauer Platz gemacht. Mit leerem Blick starrte sie in die Ferne.

»Ist alles okay?«

Smith fühlte sich schlecht, er hatte sie in den paar Stunden, die sie sich jetzt kannten, nur fröhlich und aufgeschlossen erlebt. Jetzt gerade präsentierte sie ihm das komplette Gegenteil.

»Ja. In solchen Momenten wie diesen denke ich nur intensiver über das Leben als solches nach. Weißt du… ich hatte bisher nie wirklich Glück gehabt in vielerlei Hinsicht.«

»Möchtest du darüber reden?«

»Können wir. Aber lass uns erst mal zurück zu den Zelten.«

Smith willigte ein, und so zogen sie ihre Klamotten wieder an und ließen den glasklaren See hinter sich. Aus dem nahen Wald drang das Zwitschern der Vögel aus den Baumkronen zu ihnen hervor. Es dauerte nur fünf Minuten, bis sie die Stelle mit den Zelten wieder erreicht hatten. Schon aus der Ferne war zu erkennen, dass etwas nicht stimmte, und je näher sie kamen, desto deutlicher wurde Smith dies. Wenige Augenblicke später sah er erst den blutigen Kadaver eines Hasen und dann die vollkommen heruntergetrampelten und zerstörten Zelte auf dem Plateau.

4

»Was war hier denn los?«, fragte Amanda verdutzt.

Smith bückte sich und versuchte, die Spuren ins Auge zu fassen. Der Kadaver war am Hals gerissen worden und komplett ausgeblutet. Im Stoff der Zelte waren grobe Risse zu erkennen, es sah so aus, als wären Krallen mehrfach über den Stoff gefahren. *Ein wildes Tier?* Hektisch drehte er sich um und versuchte, den Angreifer in der Ferne auszumachen. Doch es war nichts mehr zu sehen. Die Spuren zogen sich über das trockene Gras in die Ferne - in Richtung des Waldes.

»Ich gehe mal nachschauen, ob wir in Gefahr sind.«

»Okay, pass auf dich auf.«

Mit diesen Worten entfernte er sich von Amanda und ging in die Richtung, in die ihn die Spuren leiteten. Die Abdrücke der scharfen Krallen waren noch gut im Gras zu sehen, schienen also relativ frisch zu sein. Mit einem mulmigen Gefühl im Bauch wagte er sich Schritt für Schritt in die Richtung, in die ihn die Spur leitete. Er entfernte sich immer weiter von dem Plateau, bei dem Amanda auf ihn wartete. Der Boden wurde bald abschüssiger, und er musste bei jedem Schritt aufpassen, dass er nicht wegrutschte. Aus dem Gras unter seinen Füßen wurde schon bald Kies, der bei jedem einzelnen Schritt eine aufwirbelnde Staubwolke erzeugte. Smith musste ein paar Meter an der Felswand entlang klettern, da ihm der Weg abgeschnitten worden war. Doch auch hier war er sich sicher, dass die Spuren des Raubtieres in diese Richtung führten. Während er sich also immer weiter vom Plateau entfernte, überlegte er, wie überflüssig seine Mission gerade eigentlich war. *Könnte in die Geschichte eingehen. Ein Cop, mit seiner kleinen Dienstwaffe auf der Jagd nach einem Raubtier.* Aus Reflex griff er in die Bauchtasche seiner Uniform, dorthin, wo er seine Waffe gelagert hatte. Das Fach war leer. *Mist!* Panisch überlegte er, was er nun tun sollte. Eigentlich hatte er sich nur vergewissern wollen, ob die Stelle auf dem Plateau sicher war – was in Hinsicht auf die Tatsache, dass sie angegriffen worden waren, eher eine Fangfrage war. Er drehte sich behutsam um die eigene Achse und scannte die Umgebung mit seinem aufmerksamen Blick. Zunächst sah es so aus, als wäre er vollkommen allein... bis er den Schatten am anderen Ende der Felswand entdeckte. Jeglicher Mut, den er zuvor noch verspürt hatte, war plötzlich verschwunden. Der gigantische Puma drehte langsam den Kopf. Um das Maul hatte sich eine Blutspur gezogen, die wohl von dem gerissenen Hasen stammte. Die gelben Augen der Wildkatze funkelten ihn an – sie hatte Blickkontakt zu ihm genommen, hatte ihn ausgemacht. *Okay, verhalte dich unauffällig. Und dann nichts wie weg hier.* Er ging langsam rückwärts und entfernte sich so aus dem Radius des Raubtieres. Anfangs ließ es ihn gewähren, ehe es nach ein paar Sekunden mehrere Schritte in seine Richtung tat. *Okay, ich bin erledigt.* Ihm blieb nun nichts anderes übrig, als schnell die Flucht anzutreten, was er dann auch tat. Hastig kletterte er über die Steinwand zurück, schürfte sich die Finger an der rauen Oberfläche auf und verlor den Halt. Er landete auf einem kleinen Felsvorsprung unter ihm, verdrehte sich dabei jedoch den Fuß. Der Schmerz brandete auf, und ließ sich dann im Epizentrum nieder - in seiner Schulter. Die Wunde des Autounfalls pochte und brannte so sehr, dass ihm der Schmerz fast die Sinne raubte. Sein Blick verschwamm, doch der Puma befand sich dennoch in seinem Sichtfeld. Anmutig schritt er immer näher in seine Richtung. Das Tier müsste bloß einen kurzen Sprung machen und wäre ihm dann so viel näher. Der Weg über die Felswand war sehr zeitintensiv gewesen, doch er hatte keine andere Wahl gehabt. Er setzte sich auf einen Stein, versuchte so, aus dem Blickwinkel der Raubkatze zu verschwinden. Ihre Augen folgten jedoch seiner Gestalt und er sah ein, dass es keinen Sinn hatte. Sie hatte ihre Beute fixiert und würde ihn nicht mehr aus den Augen lassen. *Ich brauche meine Waffe.* Smith wandte sich ab, wollte dem Tod nicht länger ins Auge blicken, sondern stattdessen die letzten Momente, die ihm wohl noch blieben, voll auskosten. In der Ferne konnte er die zerstörten Zelte sehen. *Wo ist Amanda?* Er konnte sie nirgends entdecken. Alles wirkte auf ihn ziemlich wüst. Als er schließlich hörte, wie das Raubtier schneller lief und die Krallen über den kiesbedeckten Boden schabten, vernahm er nur noch eine Salve aus Schüssen, die seinen Angreifer daran hinderte, ihn zu Boden zu stoßen und in tausend Stücke zu reißen.

5

Zunächst konnte er sich nicht erklären, aus welcher Richtung die Schüsse gekommen waren. Sie hatten ihn verfehlt – den Puma in seinem Rücken jedoch mehrfach durchbohrt und niedergestreckt. Die Raubkatze lag hinter ihm blutend und tot auf dem Staubboden. In der Ferne sah er dann die Konturen von Amanda - und je weiter er sich näherte, desto deutlicher wurden die Umrisse seiner Dienstwaffe in ihren Händen.

»Wie hast du…?«

Sie legte sich den Finger auf die Lippen und unterbrach ihn so.

»Pst. Wir wollen doch nicht noch weitere Pumas auf uns aufmerksam machen.«

»Woher hast du meine Waffe?«

Smith war total verwirrt. Er hatte sich schon mit seinem nahenden Schicksal abgefunden - ehe Amanda ihn aus der Todesfalle befreit hatte.

»Sie lag in deinem Auto. Als du schon dem Alkohol zum Opfer gefallen bist und tief geschlafen hast, haben Tucker und ich deinen Wagen näher in Augenschein genommen. Weißt du… wir wollten einfach nur sichergehen. Das verstehst du bestimmt.«

Smith überlegte. *Habe ich Verständnis dafür? Wenn ihre Geschichte stimmt, dann hat sie nichts Böses getan…* Er sah allerdings auch keinen Grund, der darauf hinwies, dass sie ihn angelogen hatte, weshalb er nickte.

»Natürlich. Danke, du hast mir das Leben gerettet.«

Er ließ seinen Blick wieder zu dem toten Puma schwenken und bemerkte jetzt erst die Tragweite der Ereignisse. Das Raubtier war ihm richtig nah gekommen. Selbst, wenn er seine Waffe bei sich getragen hätte, hätte er es vermutlich nicht geschafft, rechtzeitig einen gezielten Schuss zu setzen.

»Allerdings hättest du auch mich treffen können.«

Er lächelte gequält, Amanda zuckte mit den Schultern.

»Zum Glück ist das nicht passiert. Aber ich denke mal, ein Tod durch eine Kugel wäre dir deutlich lieber gewesen, als das Ende als Raubtierfutter.«

»Da hast du recht.«

Er drehte sich um und versuchte, die Umgebung weiter zu erkundigen. In der Nähe war kein Puma mehr zu sehen - Smith wusste, dass die Tiere Einzelgänger waren, was die Tatsache bestärkte, dass sie wohl mit keinem weiteren Angriff zu rechnen hatten.

»Lass uns mal gemeinsam die Umgebung absuchen und schauen, ob wir hier noch sicher sind.«

Amanda reichte ihm seine Dienstwaffe.

»Du darfst uns auch beschützen.«

Sie suchten die Stelle rund um das Plateau ab, umrundeten den See und durchstreiften die angrenzenden Wälder. Die Baumkronen über ihren Köpfen hinderten die Sonnenstrahlen daran, bis auf den Boden durchzudringen. Es war angenehm schattig im Wald.

»War das eben ein Zufallstreffer, oder bist du geübt im Schießen?«

Smith stellte die Frage, die ihm während der letzten Minuten im Kopf herumgeschwirrt war. Amanda hatte das Puma mit einer Zielgenauigkeit erlegt, die er selten zuvor erlebt hatte. Zudem hatte sie keine einzige Sekunde gezögert.

»Ich war früher oft mit meinem Vater jagen. Das war... bevor meine Eltern starben.«

»Oh«, meinte Smith.

»Das tut mir leid. Wie ist es passiert?«

Amanda wandte sich ab und blickte durch den tiefen Wald. Smith beobachtete, wie ihre Augen etwas suchten - einen Punkt, zu dem sie blicken konnte, während sie ihre nächsten Worte sprach. Sie hatte ihn schließlich irgendwo zwischen der nächsten Baumkrone und dem strahlend blauen, wolkenlosen Himmel gefunden. Vielleicht war es auch der Vogel, der sich im tiefen Geäst niedergelassen hatte und fröhlich zwitscherte.

»Es ist eine ziemlich tragische Geschichte… ich rede da nicht gerne drüber. Und jetzt… weißt du… ich möchte die Schönheit dieses Ortes nicht mit meinen Worten zerstören.«

Smith konnte sie verstehen. *Wow, es muss echt etwas verdammt Heftiges gewesen sein.* Er fühlte sich schlecht, dass er Amanda darauf angesprochen hatte, und hoffte, dass sie es ihm nicht übel nehmen würde. Plötzlich zog sie den Ärmel ihres langarmigen T-Shirts zurück und zeigte auf ihr Handgelenk. Smith erkannte feine Striemen, die darauf hinwiesen, dass sie einst versucht hatte, sich das Leben zu nehmen.

»Ich bin gescheitert. In jeglicher Hinsicht.«

Sie senkte ihren Blick.

»Dennoch bin ich froh, noch am Leben zu sein. Allein für solche atemberaubend schönen Orte wie diesen hier lohnt es sich. Und hey, ich habe dich kennengelernt. So ganz umsonst war dieser Trip nicht.«

Sie legte eine weitere Pause ein.

»Zudem bin ich froh, Tucker und Wyatt an meiner Seite zu haben. Wir haben viel erlebt. Ich hoffe, sie kehren bald zurück.«

»Was sollte ihnen passieren?«, fragte Smith.

»Du glaubst doch nicht etwa an diese Ammenmärchen, oder?«
Amanda zuckte mit den Schultern.

»Man weiß ja nie. Zudem hat dieser Ort einen ziemlich mystischen Flair.«

Sie schritten weiter durch den Wald und hatten ihn fast durchquert, als Smith eine schäbige, kleine Holzhütte auf der linken Seite auffiel. Über ihr wehte ein vermodertes Schild, auf dem die Reste von weißen Buchstaben zu sehen waren - einen Text konnte er aber nicht lesen. Die Eingangstür hing nur noch halb im Rahmen, und direkt unter dem tiefen Dach baumelte ein Traumfänger. Als plötzlich ein leichter Windzug aufkam, gab jedes Brett ein anderes Geräusch von sich.

»Sieht ziemlich unheimlich aus.«

Smith wagte sich einen Schritt weiter nach vorne und setzte seinen Fuß auf das morsche Holz. Es ächzte unter seinen Schuhen, und er fühlte sich unfassbar laut. Das Geräusch erklang in seinen Ohren wie ein Erdbeben in der Stille des Waldes. Er drehte sich zu Amanda um, ihre roten Dreadlocks hingen ihr in der Stirn. Ihre Brille hing ihr etwas schief auf der Nase, und als sie seine heimlichen Blicke bemerkte, schenkte sie ihm ein weiteres Lächeln.

»Wollen wir mal reinschauen?«

»Hast du etwa Angst?«

Smith schüttelte den Kopf.

»Nein.«

Er formte seine Hand zu einer Faust und klopfte sanft gegen die Tür, die mit jedem Schlag etwas mehr nachgab. Als er schon damit rechnete, dass ihm niemand öffnen würde, schwang die Tür plötzlich auf.

»Hallo?«

»Ja bitte?«

Eine alte, schwache Stimme drang aus der Dunkelheit vor ihnen. Smith zuckte zusammen, und als er sich umdrehte, sah er an Amandas Reaktion, dass es ihr genauso erging. Auch sie schien nicht erwartet zu haben, in dieser abgewrackten Holzhütte am Waldrand auf jemanden zu treffen. Als die Tür schließlich ins Innere schwang, erkannte Smith die Gestalt, die dort stand. Ein alter, zahnloser Mann mit einem Bart, der ihm bis weit über das Kinn reichte, lächelte ihn an. Eine Narbe zierte sein Gesicht, und unter den Augen hatten sich Tränensäcke gebildet. Der Geruch, der Smith entgegenschlug, trieb ihm Tränen in die Augen. Die Luft im Inneren der Hütte schien förmlich zu stehen. Es war unfassbar heiß und stickig hier drin.

»Kommt nur rein.«

Er folgte dem Alten, obwohl sich alles in ihm dagegen sträubte. Durch einen mit Dielenbrettern vernagelten Flurboden ging es in ein Zimmer mit einem Tisch und drei Stühlen. Das alles sah Smith nur durch das hereinfallende Licht aus dem Bereich der Eingangstür, es gab im Inneren keine Glühbirne oder sonstige Lichtquellen. Es gab nicht einmal Fenster, was man auch an der Luft merkte, die so schlimm war, dass Smith fast würgen musste.

»Setzt euch.«

Der Alte verschwand im hinteren Bereich des Hauses, und kam ein paar Sekunden später mit einem Holzteller wieder, auf dem er ein paar Happen Brot mit einer übelriechenden Pastete gelegt hatte.

»Bedient euch gerne.«

»Danke, nein«, meinte Smith, und versuchte, dabei nicht unhöflich zu klingen.

Er wusste nicht, warum sie das Angebot überhaupt angenommen hatten und sich jetzt im Inneren der verwahrlosten Holzhütte befanden.

»Wer sind Sie? Was machen Sie hier?«

Während er in seinen Gedanken versunken war, hatte Amanda das Wort übernommen.

»Ich bin Leeroy Canterbury, der Bürgermeister von Kinmark.«
Er verzog seine Mundwinkel und entblößte ein zahnloses Lächeln. Er nahm einen Schluck aus einer halbvollen Flasche Brandy, die er auf dem Tisch deponiert hatte.

»Ihr Ort oben auf dem Hügel hat seine ganz eigenen Geschichten«, murmelte Smith.

»Was ist davon wahr?«

»Bedient euch doch gerne an dem Brot.«

Amanda nahm ein Stück, während Smith sich immer noch nicht an den Geruch gewöhnt hatte. Der *Aufstrich*, zumindest wenn man das, was dort von Fliegen umkreist auf dem Brot war, Aufstrich nennen konnte, roch wirklich übel.

»Was ist da drauf?«

»Pastete. Eine wahre Köstlichkeit.«

Amanda verzog den Mund und nahm einen Bissen. Smith bewunderte sie. Er konnte sich nicht überwinden, und fühlte sich damit bestätigt, als Amanda den Happen nach wenigen Sekunden ausspuckte.

»Das schmeckt ja widerlich!«

Leeroy verzog das Gesicht.

»Ist nicht jedermanns Sache.«

Er nahm einen Schluck Brandy.

»Nun, ich wohne in dieser Hütte, da ich magische Fähigkeiten besitze. Ich kann mit Toten sprechen.«

Er ließ die Worte ein paar Augenblicke im Raum stehen, und sie verfehlten ihre Wirkung nicht.

»Mit Toten sprechen?«, fragte Amanda interessiert.

»Wie stellst du das an?«

Sie war, genau wie der Bürgermeister selbst, zum *Du* gewechselt.

»Wartet hier. Ich hole eben etwas aus dem Nebenzimmer.«

Er räumte die Platte mit den Brothappen wieder ab und nahm sie mit in das angesprochene Zimmer. Beim Anblick des Brandys wurde Smith schlecht, und er musste wieder an seinen Alkoholkonsum vom gestrigen Abend denken.

»Nach was hat das Brot geschmeckt?«, fragte er Amanda leise, mit dem Hintergedanken, dass der Alte ihn hören könnte, wenn er zu laut sprach.

»So, wie es gerochen hat. Absolut abartig. Eine Mischung aus püriertem, rohem Fleisch und Erbrochenem.«

Smith musste leicht grinsen. Es hatte wirklich genauso gerochen, wie sie es beschrieben hatte.

»Ich bin gespannt, was er uns jetzt hervorzaubert.«

Wenige Augenblicke später trat der Bürgermeister von Kinmark mit einem zusammengefalteten Brett wieder in den Raum. Er faltete es auseinander und wischte eine dicke Staubschicht von der Oberfläche. Die Körner wirbelten in die Luft und verschafften Smith ein Kribbeln in der Nase. Er schaffte es jedoch, sich ein Niesen zu verkneifen.

»Das ist ein altes Ouija-Brett.«

Er legte einen verknickten, roten Zeiger daneben und zündete zwei Kerzen an, die bereits auf dem Tisch standen, Smith aber vorher nicht aufgefallen waren.

»Wenn ihr wollt, dass es wirklich funktioniert, dann müsst ihr

meinen Anweisungen folgen. Legt eure Finger aufeinander.«
Amanda und Smith taten das, was er verlangte. Der Alte legte
seine Hand oben drauf und wie schon der Rest an seinem Körper, war auch diese ziemlich ungepflegt und alt, rissig und
spröde.

»Ist ein Geist in diesem Raum?«

Leeroy übernahm das Wort. Das Gesagte hing einen Moment
lang schwer in der Luft, Smith zählte die Sekunden, in denen
nichts passierte. Es waren genau neunzehn. Danach bewegte
sich der Zeiger unter ihren Händen. Erschrocken, aber auch fasziniert, beobachtete er, was nun geschah. Der Zeiger schwenkte
in Richtung des „JA" aus, ehe er da wenige Sekunden lang dort
verharrte.

»Wir haben Kontakt hergestellt«, flüsterte der Bürgermeister.
Smith spürte, wie sein Puls in die Höhe schoss. Er hatte nicht
damit gerechnet, bei dieser Séance Erfolg zu haben – weshalb
er umso überraschter über das war, was da gerade passierte.

»Wie ist dein Name?«

Es dauerte wieder einige Sekunden, dieses Mal zählte Smith sie
nicht, sondern hielt einfach seinen Atem an, bis sich der Zeiger
das nächste Mal bewegte. Gefühlt ging es dieses Mal noch
schneller.

»H-U-S-T-L-E«

Smith blickte in die Gesichter von Leeroy und Amanda. Während er aus dem Blick des Bürgermeisters nichts lesen konnte,
sah er bei Amanda, dass sich ihr Ausdruck zumindest etwas
verändert hatte. Er nahm sich vor, sie zu fragen, wenn sie das
Haus verlassen hatten.

»Lieber Hustle, was ist dein Begehr?«

»R-A-C-H-E«

Smith spürte, wie es ihn kalt den Rücken hinunterlief. *Rache? Auf was habe ich mich da nur eingelassen?*

»Okay, es reicht.«

Seine Gedanken spielten in diesem Moment verrückt. Er zog seine Hand von dem Brett zurück und verließ unter verwunderten Blicken den Raum.

»Mir geht das zu weit. Amanda, komm raus, wenn ihr fertig seid. Wir sollten von hier verschwinden.«

»Nicht so schnell. Du zerstörst die mysteriöse Aura des Ortes.«

Es polterte im Haus, als Leeroy seinen Stuhl laut über die Dielen schob und sich hinter dem Tisch erhob.

»Wollt ihr denn wirklich schon gehen? Es ist noch früh.«

Er stieß gegen den Tisch und warf dabei die Brandy Flasche um.

»Wir müssen weiter.«

»Ihr geht nirgendwo hin.«

Plötzlich hatte das Gesicht des Alten einen irren Ausdruck angenommen. Aus seiner Hosentasche zog er ein Küchenmesser, welches er wild in Amandas Richtung schwang. Sie musste zwei Hieben ausweichen, beim dritten Mal gelang es dem Bürgermeister, sie am Arm zu treffen. Smith reagierte erst zu spät. Er griff nach seiner Dienstwaffe und feuerte eine Kugel in die Brust ihres Angreifers. Jegliches Leben verschwand aus dessen Augen, ehe er den Boden unter den Füßen verlor und auf den Rücken fiel. Eine Blutpfütze breitete sich unter dem toten Körper aus, doch darauf achtete Smith nicht. Amanda, die versuchte, die Blutfontäne, die sich aus ihrem Arm ergoss, zu stoppen, nahm seine gesamte Aufmerksamkeit in Beschlag.

6

Smith zog, ohne zu zögern, sein T-Shirt aus und versuchte, daraus einen Druckverband zu machen. Er presste den Stoff auf die blutende Wunde und sah, wie sich das weiße T-Shirt immer weiter dunkelrot färbte.

»Hat er dich heftig erwischt?«

Angesichts der starken Blutung wusste Smith die Antwort eigentlich schon. Amanda verzog das Gesicht.

»Ich glaube, der Einschnitt war ziemlich tief. Was für ein kranker Typ.«

»Wir müssen nur hoffen, dass niemand den Schuss gehört hat.«

Erst jetzt wurde Smith bewusst, dass der Knall, den die Handfeuerwaffe erzeugt hatte, ohrenbetäubend laut in der Stille des Waldes gewesen sein musste.

»Und wenn schon? Du hast uns doch nur verteidigt.«

Smith warf einen Blick auf die Leiche des Bürgermeisters. Aus einem Loch in seinem Brustkorb sickerte dunkelrotes Blut auf den Boden.

»Wir müssen die Leiche hier raus schaffen. Wenn ihn jemand entdeckt, könnte das Ärger für uns geben, da wir uns in der Nähe aufhalten.«

Smith ekelte sich vor dem Gedanken, den toten Körper anzufassen, schluckte seinen Ekel jedoch herunter und meinte:

»Fass du bitte an seinen Armen an. Wir tragen ihn in den Wald.«

Smith ließ seinen Blick schweifen. In der Ecke des Hauses stand ein Benzinkanister, der ziemlich abgenutzt und alt wirkte. Die graue Farbe war schon etwas abgeblättert… doch als er ihn berührte, bemerkte er, dass er randvoll war. *Wir könnten seinen*

Körper verbrennen. Er wusste nicht, wie und warum er auf diesen Gedanken kam, und das erschreckte ihn zutiefst. *Hoffentlich kommt keiner vorbei...* Er konnte seinen Ansatz nicht mal zu Ende denken, ehe von außerhalb ein lautes Klopfen erklang.

»Hallo?«

Der Schock fuhr Smith in die Glieder. Er lud seine Waffe, deutete Amanda, in dem Raum bei dem Toten zu bleiben und pirschte sich leise durchs Innere voran, bis er wieder vor der Tür stand, die nach draußen führte. Ein weiterer, heftiger Schlag erklang, ehe die Tür vollständig aus dem Rahmen flog.

»Leeroy?«

Smith wurde von der entgegenkommenden Tür zu Boden gerissen. Er landete unsanft auf den Holzdielen im Flur und spürte, wie die Verletzung in seiner Schulter wieder aufflammte. Er biss sich auf die Zähne, rutschte allerdings etwas ab. Seine Zähne landeten auf seiner Zunge, und schon wenige Sekunden später hatte er den Kupfergeschmack von Blut in seinem Mund. Er versuchte, die Waffe auf denjenigen zu richten, der sich direkt vor ihm aufgebaut hatte. Sie wurde ihm jedoch aus der Hand getreten und rutschte über den Holzboden in unerreichbare Ferne.

»Du hattest doch nicht etwa vor, mir eine Kugel zu verpassen?«

Ein lautes Lachen erfüllte die Wände der stickigen Holzhütte.

»Ganz langsam. Wir wollten dir nichts tun, wollten lediglich den Bürgermeister sehen.«

»Er ist tot.«

Smith hustete und spuckte eine Ladung Blut auf den Boden. Er befreite sich unter der Tür und nahm die Hand von einem der Männer dankend entgegen.

»Was macht ihr hier?«

Smith versuchte, sich auf die Schnelle eine Ausrede auszudenken, doch seine Gedanken rasten mit Höchstgeschwindigkeit durch das Vakuum in seinem Kopf.

»Der Bürgermeister hat uns in seine Behausung gelockt.«

Smith vermied bewusst die Wörter *Haus* oder *Hütte*, da sie nicht zu dem vermoderten Häuschen passten.

»Danach hat er meine Partnerin angegriffen. Amanda?«

Er rief ihren Namen in die Dunkelheit hinein, und wenig später erschien sie im fahlen Licht, was durch den Rahmen in den angrenzenden Raum trat.

»Seid ihr aus Kinmark?«

Die beiden Männer, die jeweils bis an die Zähne bewaffnet waren und einen Cowboyhut trugen, wirkten, als seien sie irgendeinem Film entsprungen, der mitten im wilden Westen spielt.

Die folgenden Worte lockten Smith dann, trotz der Schmerzen, die er verspürte, ein Grinsen aufs Gesicht:

»Ja. Kommt, wir bringen euch ins Dorf. Rocky und Tornado stehen vor der Tür.«

7

Bei Rocky und Tornado handelte es sich um zwei Pferde, die an einem Holzpfosten festgebunden waren. Das Fell der Tiere schimmerte glänzend schwarz im Sonnenlicht. Sie wirkten recht gepflegt, und Smith beobachtete nun die Männer genauer. Im Gegensatz zum fahlen Licht im Inneren der Hütte konnte er sie nun von Kopf bis Fuß ansehen. Einer der beiden, ein Mann um die fünfzig mit einem markanten Kinnbart und einer Pfeife im Mund, trug direkt über der Brust ein Halstuch und eine Sonnenbrille auf der Nase. Der andere war etwas jünger – vielleicht ein paar Jahre. Er trug einen Dreitagebart, der ihn um einiges älter wirken ließ, als er höchstwahrscheinlich war.

»Ich bin Goldhand«, sagte der Mann mit der Sonnenbrille und nahm einen Zug von der Pfeife.

»Und mein Kollege nennt sich Silberfinger.«

Er blies den Rauch in die Luft. Smith musste über die beiden Männer nachdenken, die er gerade eben erst kennengelernt hatte. *Goldhand und Silberfinger. Was für Namen.*

»Steigt auf unsere Pferde. Während wir Richtung Kinmark reiten, könnt ihr uns ja eure Namen und eure Mission verraten.«

Smith schwang sich auf Rocky, das Pferd von Goldhand. Er war etwas kleiner als Tornado, auf dem Silberfinger gemeinsam mit Amanda im Sattel saß. Die Männer hatten ihre Waffen zuvor in Taschen verstaut, und Smith fiel jetzt, während sie ritten, ein, dass seine Handfeuerwaffe gemeinsam mit dem Benzinkanister in der Hütte des Bürgermeisters lag. Er ärgerte sich, dass er vergessen hatte, sie wieder einzustecken - wusste aber auch zugegebenermaßen nicht, wie Goldhand, der ihm den Tritt verpasst hatte, reagiert hätte, wenn er sich darum bemüht hätte. *So muss ich mich jetzt unbewaffnet mit Leuten herumschlagen, die mich in ein Dorf bringen, in dem immer mal wieder Menschen auf mysteriöse Art und Weise verschwinden. Nun, hoffentlich treffen wir dort auf Tucker und Wyatt.* Während er vorhin noch den Gedanken verteufelt hatte, die beiden wiederzusehen, war es ihm nun sehr wichtig - jetzt war er sowieso nicht mit Amanda alleine und jeder Verbündete könnte Gold wert sein. *Sie haben bestimmt Hilfe geholt.* Während sie über die staubige Gebirgsstraße die Serpentinen hoch ritten, sah Smith sich näher in der Umgebung um. Oben auf dem Hügel konnte er bereits die ersten Ausläufer von Kinmark sehen. Je näher sie dem kleinen Dorf kamen, desto größer wurde das Unbehagen von Smith. Er sah an Amandas Körperhaltung, dass es ihr ähnlich erging. Sie wirkte in sich zusammengesunken, ihre Wunde hatte allerdings aufgehört, zu bluten, weshalb sie ihm nun sein T-Shirt zu warf. Für Smith war es besser, mit einem durchbluteten Stück Stoff bekleidet zu sein, als oberkörperfrei durch die Gegend zu reiten. Als er dabei kurz über seine Wunde streifte, zuckte er zusammen. Sie war immer noch existent - auch, wenn er das öfter mal vergaß. Hinter sich sah Smith, wie der Wald und der strahlend blaue See immer kleiner wurden. Je weiter sie sich von dieser mysteriösen Hütte des Bürgermeisters und somit auch von der Leiche entfernten, desto erleichterter fühlte er sich. Was ihn jedoch verwunderte, war die Reaktion, die die Männer gezeigt hatten, als sie vom Tod des alten Mannes erfuhren hatten. Sie hatten vollkommen entspannt reagiert, so, als ob einfach nichts passiert wäre. Er konnte es sich einfach nicht erklären. Er warf Amanda einen verstohlenen Blick zu, ihre roten Dreadlocks funkelten in der Sonne und wippten, genau wie ihre vollen

Brüste, bei jedem Schritt von Tornado mit. Auf ihrer Stirn hatte sich ein Schweißfilm gebildet, der ihre Haare dort verklebte. Sie sah immer noch gut aus, auch, wenn sie einen leicht abgehetzten und schmerzverzerrten Ausdruck im Gesicht trug. Er konnte von seiner Position aus nur einen Teil der Wunde sehen. Das Messer, was der Bürgermeister dort versenkt hatte, war ziemlich tief eingedrungen. Es sah jedoch wahrscheinlich schlimmer aus, als es war: die Klinge schien nicht auf eine Ader getroffen zu haben, denn ansonsten hätte sie definitiv mehr Blut verloren. *Jetzt haben wir noch etwas gemeinsam. Wir sind beide verletzt.* Auf eine gewisse, stille Art und Weise fühlte er sich zu ihr hingezogen, und ärgerte sich darüber, die Szene am See nicht vollständig ausgekostet zu haben. Der leichte Wind wehte über seinen nassgeschwitzten Körper. Es war nun doch deutlich wärmer geworden, als er gedacht hatte. Die Sonnenstrahlen brannten vom Himmel herunter und verteilten ihre Wärme im gesamten Gebirge. Es dauerte noch etwa fünfzehn Minuten, bis sie das Dorf erreicht hatten. Smith erkannte nun die Holzhäuser, deren Konturen sich nach und nach aus der staubigen Luft schälten. Hier oben wuchs wenig Gras, die Umgebung war recht trocken, was darauf schließen ließ, dass es schon seit Ewigkeiten nicht mehr geregnet hatte.

»Wo bringt ihr uns hin?«, fragte Smith nun.

Es waren die ersten Worte seit einigen Minuten.

»Ins *Ribber's,* unserer kleinen Dorfkaschemme.«

Goldhand grinste.

»Ihr habt sicherlich Hunger, oder?«

Amanda nickte.

»Ich habe heute kaum was zum Frühstück gegessen. Ich könnte ruhig etwas vertragen.«

Smith war das nur recht. So lange dort nicht das auf der Speisekarte stand, was ihnen der Bürgermeister angeboten hatte, war er mit allem einverstanden.

Goldhand band Rocky und Tornado mit einem Seil vor dem *Ribber's* fest. Das Gebäude wirkte von außen wie ein Saloon. Zwei Schwingtüren führten ins Innere, und auch dort war der Stil recht altmodisch gehalten. Das kleine Restaurant war gut gefüllt, viele Tische waren belegt und es gab nur wenige freie Plätze. Es herrschte fröhliches Treiben, aus einer Jukebox in der Ecke dudelte leise Musik. Smith kam sich vor, als wäre er in der Zeit gereist - und das faszinierte ihn. Hier wirkten die Leute auf ihn anders als in dem Leben, was er führte - ein Leben in den Großstädten der USA, immer auf der Suche nach Mördern, Vergewaltigern oder sonstigen Leuten, die böse Dinge getan hatten.

»Setzt euch gerne an einen der freien Tische. Das Essen für unsere Neuankömmlinge geht aufs Haus.«

Smith ließ seinen Blick schweifen. Unter den zahlreichen Menschen war von Tucker und Wyatt nichts zu sehen - das musste jedoch nichts zu bedeuten haben, denn sie waren wahrscheinlich bereits seit mehreren Stunden im Dorf und könnten schon etwas weiter gekommen sein. Es gab schließlich mehr hier als nur dieses alte Restaurant - kein Grund zur Sorge, befand Smith. Goldhand verschwand in der Küche, nachdem er kurz mit dem Koch gesprochen hatte. Amanda und Smith setzten sich gemeinsam mit Silberfinger an einen Tisch, der direkt neben einem Holzfenster stand. Das Holz des Stuhls ächzte, hielt jedoch dem Gewicht von Smith stand. Amanda ließ ihre Haare über die Schulter fallen, als sie sich setzte. Silberfinger strich sich durch den verfilzten Bart und kratzte sich am Kinn.

»Goldhand macht uns etwas zu essen klar. Wie seid ihr hierhergekommen und was bringt euch dazu, Kinmark einen Besuch abzustatten?«

Amanda sah Smith kurz an und begann dann zu erzählen. Sie fasste sich kurz, sprach nur über das Nötigste. Tucker und Wyatt erwähnte sie gar nicht, was Smith verwunderte.

»Und nun sind wir hier«, beendete sie ihre Erzählung.

Silberfinger nickte, er hatte aufmerksam zugehört und keine Zwischenfragen gestellt. Im selben Moment kam Goldhand zurück, und als Smith sah, was er in der Hand trug, verspürte er wieder das Gefühl aufkommenden Übels. Auf dem Tablett waren, als Vorspeise, Brote bereitgelegt worden, die mit demselben, übelriechenden Aufstrich bestrichen waren, wie die in der Hütte des Bürgermeisters. Smith rümpfte die Nase und blickte Amanda an.

»Was ist das?«, fragte er.

»Eine Spezialität aus dem Dorf. Wir nennen sie einfach nur… Pastete.«

Goldhand und Silberfinger wechselten einen kurzen Blick miteinander und verfielen in ein lautes Gelächter, welches die Gäste an den umliegenden Tischen jedoch nicht ansatzweise zu stören schien.

»Was ist da drin?«

Smith war ehrlich interessiert daran, was für Zutaten in so etwas Abscheulichem drin waren. Goldhand nahm einen Bissen und antwortete ihm mit vollem Mund.

»Musst du den Koch mal fragen. Es ist sein Geheimrezept. Vielleicht verrät er es dir ja.«

Silberfinger, der sich ebenfalls ein Stück genommen hatte, musste erneut lachen.

»Deine Chancen stehen eher gering.«

All die Dinge, die er sich nicht erklären konnte, übermannten ihn plötzlich. Zudem meldete sich der Schmerz seiner Schusswunde wieder und sendete Impulse an sein Gehirn. Goldhand, der neben der Brotplatte noch eine Karaffe mit Bier mitgebracht hatte, verschwand kurz in der Küche und brachte dann vier Gläser mit, als er wiederkam.

»Auch, wenn euch unsere Vorspeise nicht schmeckt: probiert unser selbstgebrautes Bier. Ihr werdet es nicht bereuen.«

Smith musste sich überwinden, doch als er sich vergewisserte, dass das Getränk zumindest normal roch, nahm er einen Schluck. Er war positiv überrascht. In dem Punkt hatte Goldhand recht gehabt, es war das beste Bier, was er je getrunken hatte. Die feine Perlage erfüllte seinen Mundraum, und neben dem herben Geschmack war auch etwas Süße zu schmecken… fast wie Honig. Smith nahm einen weiteren Schluck, und wischte sich dann mit dem Handrücken die Rückstände der Schaumkrone vom Mund.

»Schmeckt ausgezeichnet.«

Amanda, die ihr Glas mit einem Schluck bereits fast geleert hatte, nickte und stimmte ihm zu.

Während sie dann einfach nur still dasaßen, rückte bei Smith wieder ein Gedanke in den Vordergrund, der ihn schon eine ganze Zeit lang verfolgt hatte. *Amanda hatte auf den Namen „Hustle" komisch reagiert. Kannte sie jemanden, der so hieß? Und warum wollte dieser Geist Rache nehmen? Für was? Ich muss das unbedingt herausfinden.* Smith trank sein Bier aus und ließ sich von Goldhand ein weiteres Glas vollschenken. Wenig später war der Vorspeisenteller von den beiden Einheimischen geleert worden. Goldhand verschwand wieder in der Küche und brachte dann fünf Minuten später vier Teller wieder mit, auf denen sich je ein saftiger Burger befand. Smith lief das Wasser im Mund zusammen, als er den geschmolzenen Käse an der Seite sah, der sich langsam seinen Weg auf den Teller bahnte. Der Burger sah perfekt aus - nicht so, wie bei den Werbebildern großer Fast-Food-Ketten, deren Produkte in Realität nicht ansatzweise dem entsprachen, was auf den riesigen Plakaten in den Städten oder an den Highways zu sehen war. Dabei handelte es sich um Trugbilder, die oftmals künstlich aufgeputscht wurden. Doch der Burger, der sich jetzt direkt vor ihm befand, war real. Er verspürte einen großen Hunger.

»Lasst es euch schmecken. Ein Spezial-Burger mit allem drin, was das Herz begehrt. Knusprig gegrilltes Brötchen, angereichert mit einer feinen Bulette aus eigener Schlachtung, Zwiebeln, Essiggurken, Tomatenketchup, Peperoni und Cheddar-Käse.«

Smith hörte Goldhands Worten gar nicht so genau zu, denn er hatte bereits einen Bissen genommen und kaute genüsslich auf dem saftigen Stück Fleisch herum. Er schmeckte viele verschiedene Gewürze heraus, und konnte den Eigengeschmack des Fleisches nicht einordnen - es war nichts, was er kannte. Silberfinger, der ihm gegenübersaß, verzog plötzlich das Gesicht und spuckte etwas auf den Boden. Smith kam das zwar merkwürdig vor, doch er scherte sich nicht weiter darum - sollten die Leute das mal machen, es war ihm egal, wie sie sich verhielten. Sie lebten in einer anderen Welt - hier in Kinmark, dem Dorf auf dem Hügel, fernab jeglichen Großstadtlebens, galten eben andere Gesetze. Es war eben doch so ein bisschen, wie es anmutete - dieser Ort versprühte definitiv das Flair des Wilden Westens. Während die Zeit weiter verging, bemerkte Smith, dass Amanda sich erstaunlich ruhig verhielt. Sie hatte ihren Burger nicht angerührt, und Smith war verwundert über diesen Umstand. *Erst die Sache mit Hustle und nun rührt sie ihr Essen nicht an, obwohl sie vorhin noch Hunger gehabt hatte.* Ihre Brille war etwas auf der Stirn verrutscht, sie schwitzte und war kreidebleich. Nervös strich sie sich durch die Haare, rollte sich die dicken Dreadlocks zu kleinen Locken und zupfte an ihnen herum. Smith waren jetzt jedoch die Hände gebunden, er wollte sie nicht vor den beiden Cowboys ansprechen. Er nahm sich fest vor, sie zu fragen, was sie bedrückte, sobald sie sich unter vier Augen befanden. Ihm war auch bewusst, dass dies noch einige Zeit dauern konnte. Je weiter der Minutenzeiger der Uhr voranschritt, desto mehr Karaffen Bier wurden geleert. Smith trank so lange, bis er spürte, dass ihm der Alkohol langsam zu Kopf stieg. Draußen war es, dem Sonnenstand zu urteilen nach, bereits später Nachmittag. Smith hatte sein Zeitgefühl verloren, er konnte nicht sagen, wie spät es aktuell war. Durch die windschiefen Beschläge vor den Fenstern fiel allerdings auch nur wenig Sonnenlicht in die spärlich beleuchtete Kaschemme. In der Luft waberte eine Wolke aus Rauch, gefühlt jeder zweite Besucher des Restaurants paffte in regelmäßigen Abständen an einer Pfeife, einer Zigarre oder einer Zigarette. Amandas Gesichtsausdruck hatte sich nicht verändert, sie blickte weiterhin starr und ruhig in die Ferne. Ihr Burger war bereits abgeräumt worden, und direkt vor ihr befand sich nur ein kleines Bierglas, an dem sie ab und an nippte.

»Alles okay?«

Smith beschloss spontan, von seinem Plan abzuweichen, da er nicht wusste, wie viel Zeit sie noch mit Goldhand und Silberfinger verbringen würden. Zudem hatte ihn auch der Alkohol ein stückweit dazu getrieben. Er hatte sich heute noch längst nicht so abgeschossen wie am gestrigen Tage, allerdings war der Tag auch noch lange nicht so weit fortgeschritten. Er leerte das Glas in einem Zug und beschloss, nun Abstand von dem Bier zu nehmen - so schwer es ihm auch fiel. Er bat Goldhand, ihm etwas Alkoholfreies zu bringen, und dieser tauchte wenig später mit einem Glas Mineralwasser auf.

»Ein Prost auf unsere Gäste. Wie heißt ihr eigentlich? Ihr habt euch uns noch gar nicht vorgestellt. Wann ist ein besserer Zeitpunkt als jetzt?«, fragte Goldhand.

»Ich bin Gilbert Smith und bin eher durch Zufall an diesen Ort gekommen. Es war ein Autounfall… ich war gerade beteiligt an einer Verfolgungsjagd.«

Plötzlich kam Smith eine Idee. *Der Wagen… er ist durch die Serpentinenstraße gerast und müsste das Dorf durchquert haben.*

»Ein roter Sportwagen. Ist er hier gestern Abend vorbeigefahren?«

Silberfinger nickte und übernahm das Wort.

»Durchaus. Der Fahrer war heute Morgen sogar hier. Danach habe ich ihn aber nicht mehr gesehen.«

Silberfinger zwinkerte ihm zu und strich sich über den Dreitagebart.

»Sein Wagen steht direkt neben dem Restaurant.«

Smith trat ins Freie und wurde von der tiefstehenden Sonne direkt geblendet. Es tat gut, frische Luft zu schnappen - in der Kaschemme war es immer stickiger geworden, und der wabernde Rauch war wie eine unsichtbare Wand gewesen, die ihn mehr und mehr eingeengt hatte. Er hatte Kopfschmerzen da drin bekommen, merkte jedoch jetzt, wie sie nach und nach wieder verflogen. Es war tatsächlich so, wie Silberfinger es geschildert hatte: die rote Viper stand, von der Sonne angestrahlt, auf dem staubigen Boden neben dem Restaurant. Smith bückte sich und inspizierte die Reifenspuren, die der Sportwagen hinterlassen hatte. Sie waren bereits verwischt, was darauf hindeutete, dass der Wagen tatsächlich am gestrigen Abend an Ort und Stelle abgestellt und seitdem nicht mehr bewegt worden war. Am Lack des Autos waren feine Kratzer zu erkennen, Smith vermutete, dass sie von der holprigen Serpentinenstraße stammten, über die der Fahrer ja mit einigen Meilen zu viel gefahren war. *Er hat seinen Wagen aus freien Stücken hier abgestellt und ist untergetaucht... vielleicht steckt doch mehr dahinter als einfach nur eine Fahrerflucht.* Einem Instinkt folgend tat Smith etwas, was er eigentlich nicht tun wollte - zumindest im Nachhinein betrachtet wäre es die bessere Lösung gewesen, den Kofferraumdeckel der Dodge Viper nicht zu öffnen. Der Anblick der dort befindlichen Leiche brannte sich sofort in sein Gedächtnis ein und hinterließ ein beklemmendes Gefühl in seiner Brust.

8

Smith taumelte zurück, als wäre die Leiche aufgestanden und aus dem Kofferraum heraus genau auf ihn drauf gesprungen. Er konnte sein Gleichgewicht allerdings noch gerade so halten, schlug den Deckel wieder zu und vergewisserte sich, dass ihn niemand dabei beobachtet hatte, wie er diese schreckliche Entdeckung gemacht hatte.

»Alles okay?«

Hinter ihm erschien Silberfinger im Schatten der Kaschemme. Er trug einen silbernen Ring am Finger, was Smith erst jetzt auffiel. *Daher rührt der Name wahrscheinlich.*

»Ja, alles gut.«

Er wollte nicht, dass Silberfinger von der Leiche im Kofferraum erfuhr – hätte der Mann etwas gewusst, hätte er nicht so reagiert wie jetzt, das war Smith klar.

»Heute Abend ist die Beerdigung des Bürgermeisters. Wir vergraben seinen Körper neben der Hütte und trinken gemeinsam ein bisschen was. Du und deine Partnerin seid herzlich eingeladen.«

Smith war verblüfft ob der Gastfreundschaft des Mannes. Er hatte nicht damit gerechnet, in diesem Dorf direkt mit offenen Armen empfangen zu werden. Ein fieser Gedanke schlich sich in seinen Kopf, und er schüttelte ihn, um diesen zu verbannen. *Was, wenn das eine perfide Falle ist?* Smith wollte nicht unhöflich erscheinen, weshalb er einwilligte.

»Ist okay. Wir werden erscheinen.«

»Das freut mich.«

Silberfinger wandte sich wieder ab, doch Smith hielt ihn mit seinen Worten auf.

»Warte mal kurz.«

Der Mann drehte sich um und strich sich durch den Bart.

»Wir sind nicht nur so hier. Amanda... ihre Freunde Tucker und Wyatt, zwei ziemlich schräg aussehende Typen, haben vor uns den Weg ins Dorf angetreten. Habt ihr sie zufällig gesehen?«

Silberfingers Miene fror für einen Moment ein. Er ließ sich mit der Antwort etwas Zeit, flocht die Haare seines Bartes und sah Smith mit einem kalten Blick an.

»Nein.«

Dann wandte er sich wieder ab und trat in das kleine Restaurant. *Warum hat er mich angelogen?*, fragte Smith sich. *Was verheimlicht er mir?* Es war für ihn offensichtlich, dass hier etwas ganz und gar nicht stimmen konnte. *Ich muss mit Amanda reden. Sie hat den Eindruck gemacht, als würde sie das gleiche denken.* Smith blickte in die tiefstehende Sonne, deren Strahlen auf den staubigen Boden prallten. Ein leichter Wind wehte durch Kinmark, und das Holz der Dorfkaschemme knarzte bei jedem einzelnen Luftzug. Nach kurzem Überlegen entschied er sich, zurück ins Innere zu gehen. Das Essen lag ihm etwas schwer im Magen, obwohl es wirklich gut geschmeckt hatte. Das Bier und die Sonne taten ihr Übriges und ließen ihn schnell ins Schwitzen kommen. Er wischte sich einen Schweißfilm von der Stirn. Wenig später hatte sich Smith wieder an den Tisch neben Goldhand, Silberfinger und Amanda gesetzt, die im Inneren der Kaschemme auf ihn gewartet hatten. Goldhand hatte die Teller bereits abgeräumt und den Tisch abgewischt. Er erhob sich nun und sprach ein paar Worte.

»So, wie ihr eben bereits gehört habt, der Bürgermeister ist von uns gegangen.«

Stille mischte sich unter den Zuhörern, ehe die Tassen gehoben und ein letztes Mal auf den Alten angestoßen wurde.

»Das Begräbnis findet heute Abend vor seiner Hütte neben dem See statt. Wir hoffen auf euer zahlreiches Erscheinen, um dem guten Mann seine wohlverdiente letzte Ehre zu erweisen.«

Damit beendete Goldhand seine Rede auch wieder. Smith sah sich genauer um. Die Kaschemme war bis auf den letzten Platz gefüllt, es schien fast so, als habe sich jetzt am Nachmittag das gesamte Dorf versammelt. Lautes Gemurmel drang bis zu Smith vor, er fühlte sich jedoch nicht in der Lage, die Worte zu verstehen. Die Mischung aus stickiger Luft und kaltem Rauchgeruch ließen eine Übelkeit in ihm hochsteigen, die er nur schwer bekämpfen konnte.

»Seht euch gerne bis zum Abend im Dorf um«, meinte Goldhand dann.

»Wir erwarten euch später bei der Zeremonie am See.«

Smith nickte nur. Gemeinsam mit Amanda verließ er das Restaurant und trat wieder ins Freie.

»Ist alles okay?«, fragte er direkt.

»Drinnen hast du auf mich einen bedrückten Eindruck gemacht.«

Amanda wollte anfangen zu reden, als Silberfinger plötzlich aus dem Schatten trat. Sie zuckte merklich zusammen und antwortete nicht auf seine Frage. Sie schien offensichtlich etwas zu verbergen... doch Smith konnte, zumindest im Beisein des bärtigen Mannes, nicht danach fragen. Er ärgerte sich etwas über die plötzliche Anwesenheit von ihm und sah seinem Gegenüber danach in die Augen. Amanda hatte in der Zwischenzeit nach seiner Hand gegriffen, und für ihn fühlte es sich gut an, sie in seiner Nähe zu wissen.

»Ich habe noch ein Zimmer frei in unserer kleinen Absteige. Wenn ihr möchtet, kann ich euch dorthin bringen.«

Smith war das ganz recht. Es würde bedeuten, dass sie, zumindest vorübergehend, allein sein konnten. Er nickte, und gemeinsam mit Amanda folgte er Silberfinger, der sie tiefer in das Dorf hineinführte. Direkt hinter dem Restaurant gab es einen Marktplatz, der von mehreren Häusern umgeben war. Der Mann führte sie in die, die von außen am Schäbigsten aussah. Das Wort *Absteige*, was der Einheimische genutzt hatte, beschrieb den Zustand ganz gut. Die Hütte war zwar nicht ganz so verrottet wie das Zuhause des Bürgermeisters, sah aber trotzdem ziemlich brüchig aus. Die Holzdielen außerhalb waren windschief und marode. Silberfinger führte sie ins Innere. Dort war es düster und ziemlich stickig, die Sonnenstrahlen schafften es nicht, sich ihren Weg ins Innere zu bahnen, was die Szenerie ein Stück weit unbehaglicher machte. Silberfinger führte sie in ein abgeschieden wirkendes Zimmer am Ende des Raumes.

»Wir holen euch nachher ab. In ein paar Stunden steigen die Feierlichkeiten zur Beerdigung des Bürgermeisters.«

Mit diesen Worten verließ der Mann sie und ließ Smith und Amanda allein in dem Zimmer zurück. Zwei Feldbetten standen in dem Raum, der an der Rückwand ein kleines Fenster hatte. Durch dieses fiel zumindest etwas Tageslicht hinein, es reichte dazu aus, um sich grob orientieren zu können. Wirklich viel sehen konnte Smith dadurch aber nicht. Als er sich sicher war, dass Silberfinger außer Hörweite war, sprach er Amanda erneut an. Sein Kopf schwirrte, auch hier war es wieder stickig und heiß. Nach wenigen Sekunden schwitzte er bereits.

»Erzähl mir, was dich bedrückt.«

»Ach, es ist nichts.«

Sie versuchte, mit einem halbherzigen Lächeln das zu vertreiben, was unausgesprochen in der Luft lag: Angst und Bedrückung.

»Bist du dir sicher?«

»Ja.«

Sie zog ihn näher zu sich heran und küsste ihn schließlich. Ihr warmer Atem jagte ein Kribbeln über seinen gesamten Körper.

»Wir sind allein und haben Zeit für uns. Es ist alles in bester Ordnung.«

Er versuchte, den Moment, den er in ihren Armen verbrachte, bis ans Ende auszukosten. Er hielt länger an... fast zu lange. Es dauerte gefühlt eine Minute, bis sie sich wieder voneinander lösten. Amanda setzte sich auf das Feldbett, und begann, sich ihre Klamotten auszuziehen.

»Was hast du vor?«

Obwohl er die Antwort schon kannte, stellte er die Frage trotzdem. Er wollte aus Amandas Mund hören, warum sie gerade jetzt, an diesem Ort, auf solche Ideen kam.

»Na, wonach sieht es denn aus?«

Sie zog sich ihren Büstenhalter aus und hatte nun ihren Oberkörper freigelegt. Der Anblick, der sich Smith nun bot, war atemberaubend. Er spürte, wie sein Penis augenblicklich hart wurde. Amanda nahm dies grinsend zur Kenntnis, und machte sich an dem Reißverschluss seiner Hose zu schaffen. Smith schloss die Augen und genoss das Gefühl, was sich in ihm ausbreitete. Wenig später lagen sie bereits auf einem der Feldbetten, tief ineinander verschlungen. Smith spürte, wie ihm der Schweiß in Bächen über den nackten Rücken lief, als er immer wieder in kürzer werdender Abfolge in Amanda eindrang. Ein paar Augenblicke später hatten beide ihren Höhepunkt erreicht, und Smith löste sich von ihr und legte sich auf das unbequeme Feldbett. Er war völlig außer Atem und sein Herz schien ihm aus der Brust herausspringen zu wollen.

»Das hat gut getan.«

Amandas Worte waren es schließlich, die das Schweigen zwischen ihnen auflösten. Sie strich sich durch die Haare und lächelte. Sie lagen noch einige Minuten lang in dem Bett und genossen die Wärme, die der andere ausstrahlte, ehe Amanda wieder das Wort übernahm.

»Wollen wir uns hier mal umsehen? Irgendwie empfinde ich dieses abgelegene *Hotel* als einen sehr spannenden Ort.«

Smith wollte sich nicht von ihr lösen, wollte das Gefühl, welches ihm dieses Zimmer gab, nicht verlieren. Er konnte immer noch nicht wirklich glauben, dass das, was gerade passiert war, wirklich geschehen war. *Es hat sich verdammt richtig angefühlt, obwohl wir uns kaum kennen.*

»Klar, warum nicht.«

Er willigte ein und erntete dafür direkt wieder ein Lächeln von Amanda.

»Dann lass uns unsere Klamotten anziehen und loslegen.«

Es fühlte sich merkwürdig an, durch die Zimmertür wieder in den Flur des kleinen Hotels zu treten. Durch viele kleine Ritzen im Holz fiel schwaches Licht, was den Raum zumindest etwas erhellte. Da aber draußen bereits der frühe Abend angebrochen sein musste, wusste Smith, dass sie nicht mehr viel Zeit hatten. Sie besaßen keine Taschenlampen, und er hatte nicht vor, sich bei Dunkelheit durch die vereinzelten Räume zu tasten. Er war, genau wie Amanda, schon daran interessiert, was es mit diesem verlassenen Ort auf sich hatte. Sie waren seit ihrer Ankunft keinem Menschen begegnet, und auch Silberfinger oder Goldhand waren nicht zurückgekehrt. Dass dies allerdings bald der Fall sein würde, stand auch fest, immerhin hatten sie es angekündigt. Smith verspürte keine große Lust auf das, was ihnen bevorstand. Er wollte mit Amanda Zeit verbringen – und vergaß dadurch auch zwischendurch immer wieder, dass er sich eigentlich gar nicht an diesem Ort aufhalten sollte. Allerdings erschien ihm jetzt, nach den Dingen, die passiert waren, eine Flucht als falscher Plan. Er würde Amanda bei der Suche nach Tucker und Wyatt beistehen, auch wenn er sich insgeheim wünschte, dass diese noch etwas länger dauern würde. *Vielleicht finden wir sie auch gar nicht.* Auf eine gewisse Art und Weise gefiel ihm dieser Gedanke, doch der vernünftige Teil seines Kopfes wies ihn darauf hin, dass das der falsche Weg war.

»Schau mal.«

Während Smith Gedankenverloren umhergeschlichen war, hatte Amanda sich gelöst und offensichtlich etwas entdeckt. Sie hielt eine Petroleumlampe in der Hand und hatte ein Streichholz angezündet. Die Flamme griff auf das Gas im Inneren über und erzeugte ein helles Licht, welches an die Wände des Gebäudes prallte. Smith sah sich genauer um. Neben der Tür, die in ihr Zimmer geführt hatte, gab es drei weitere – an jeder Wand eine.

»Ein Hotel mit vier Zimmern?«, fragte Smith und sah Amanda an.

»Das ist doch kein Hotel.«

Amanda lachte.

»Das ist höchstens eine verrottete Absteige. Komm, lass uns die drei Räume durchsuchen.«

Sie wagten sich zu der ersten Tür, die sich rechts von ihnen befand. Sie wirkte sogar noch ein Stück weit verrotteter als die

Tür, die in das Zimmer mit den Feldbetten geführt hatte. Das Holz war an einigen Stellen bereits abgeblättert, und die messingfarbene Türklinke hing nur noch halb drin. Amanda drückte sie vorsichtig herunter und öffnete die Tür. Im Inneren war es dunkel, es war auf den ersten Blick zu erkennen, dass es hier kein Fenster gab, durch das Tageslicht hereinfallen konnte. Durch den Schein der Petroleumlampe konnte Smith erkennen, dass sich allerhand Krempel in dem Raum, der wie eine kleine Kammer anmutete, stapelte. An den Wänden standen Regale mit verrosteten Dosen. Direkt davor lag eine verschlossene Kiste auf dem Boden, um deren Riegel dicke Ketten gelegt waren. Smith versuchte, sie irgendwie aufzubekommen, scheiterte jedoch daran.

»Was die da drin wohl verbergen«, murmelte er.

»Scheint etwas ganz Geheimes zu sein.«

Amanda schwenkte die Petroleumlampe umher, der Lichtschein durchflutete jede einzelne Pore des Raumes und saugte sich an den Wänden fest. Neben ein paar Werkzeugen, die in einem weiteren Fach des Regals lagen, und mehreren losen Holzbrettern, gab es hier nichts zu sehen. Smith sah sich noch einen Augenblick lang um, und verließ dann gemeinsam mit Amanda wieder den Raum. Das nächste Zimmer sah da schon um einiges Interessanter aus. An den Wänden hingen verschiedene Gemälde, die die Natur in und um Kinmark zeigten. Der Ort wirkte, zumindest auf den Ölportraits, idyllisch und friedvoll. Im Schein der Petroleumlampe konnte Smith zwar nicht jedes kleinste Detail erkennen... dennoch war zu sehen, dass der Künstler ganze Arbeit geleistet hatte. Der Raum war auch etwas größer als der, in dem sie sich zuvor befunden hatten. Ein Sofa stand auf der Rückwand, das Leder war bereits abgenutzt und alt. Auf einem Glastisch davor waren zwei Weinkelche zu sehen, die noch zur Hälfte gefüllt waren. Amanda umrundete das Sofa und meinte schließlich:

»Schau mal... hier ist etwas.«

Sie hob etwas vom Boden auf, es dauerte ein bisschen, bis Smith erkannte, dass sie ein T-Shirt gefunden hatte. Er schwenkte die Lampe weiter... und entdeckte einen blutigen Schriftzug an der Wand. Das Wort, welches dort stand, jagte ihm einen Schauer über den Rücken. *Hustle.*

9

»Das T-Shirt gehört Tucker.«

Amanda klang bedrückt.

»Und Hustle... das ist sein Spitzname.«

Smith wurde schwindlig. Er erinnerte sich wieder daran, wie sie in der Hütte des Bürgermeisters eine Séance abgehalten hatten. Der Geist, zu dem sie spirituellen Kontakt hergestellt hatten, hatte auf den Namen Hustle gehört.

»Verdammt.«

Er ließ das Wort einen Augenblick lang im Raum schweben, ehe er fortsetzte.

»Warum hast du nichts gesagt?«

»Nun, da waren Silberfinger und Goldhand... ich wollte nicht, dass sie mitbekommen, dass wir denken, dass etwas nicht stimmt.«

»Wyatt«, murmelte Smith.

»Gibt es hier auch eine Spur von ihm?«

Amanda durchsuchte akribisch den Raum. Smith half ihr dabei, indem er ihr mit der Petroleumlampe Licht spendete.

Nachdem sie jeden einzelnen Fleck durchkämmt hatte, meinte sie:

»Nein.«

Smith versuchte, irgendwie Ordnung in das Chaos zu bringen, was sich in seinem Kopf ausgebreitet hatte. Augenscheinlich waren Tucker und Wyatt ebenfalls in der Absteige gewesen – zumindest das T-Shirt von Tucker und der Schriftzug an der Wand deuteten darauf hin.

»Ich vermute, sie sind noch irgendwo hier… wenn sie noch le-

66

ben.«

Amanda schluckte. Smith sah, dass ihr die Haare an der Stirn klebten. Ihre Brille war verrutscht, doch sie behob das Problem schnell wieder und schob sie sich auf die Nase. *Es ist, als könne sie meine Gedanken lesen.*

»Lass uns den letzten Raum auch noch durchsuchen. Ich habe das Gefühl, dass wir dort etwas finden, was uns weiterhelfen wird.«

Smith trat als erster wieder auf den Flur hinaus, und wartete, bis Amanda in Richtung der letzten Tür vorgegangen war. Er ging dicht hinter ihr und genoss den süßlichen Duft, den sie ausstrahlte. In der nächsten Sekunde schüttelte er innerlich den Kopf, verscheuchte unanständige Gedanken und richtete seinen Fokus wieder auf das, was vor ihnen lag. Die Luft in dem Raum, den sie nun betraten, war um einiges besser. Ein kühler Luftzug trocknete den Schweiß auf der Stirn von Smith. Er hob seine Arme und genoss die frische Luft... wusste jedoch nicht, woher sie gekommen war. Sie befanden sich nun in einer Art Treppenhaus. Es ging nach oben und nach unten jeweils ein Stockwerk tiefer.

»Willst du schauen, was oben vor sich geht, während ich unten nach Hinweisen Ausschau halte?«, fragte Amanda.

Smith schüttelte den Kopf.

»Wir sollten uns nicht trennen. Zudem haben wir noch viel Zeit.«

Amanda lächelte.

»Okay, da hast du auch wieder recht.«

Sie streckte ihre Hand aus.

»Komm. Ich fühle mich sicherer, wenn ich dich spüren kann.«

Smith grinste und ergriff ihre Hand.

»Dann lass uns mal zuerst nachschauen, was im oberen Teil vor sich geht.«

Sie fanden sich nach zehn Treppenstufen vor einer Tür wieder. Amanda drückte sie auf und ging vor Smith ins Innere. Die Dielen knarzten bedrohlich unter ihren Füßen, und es kam Smith so vor, als könne der Boden jederzeit einstürzen. Dies geschah jedoch nicht, weshalb er erleichtert aufatmete. An der Wand, ihm gegenüber, steckten viele Messer in verschiedensten Größen, direkt unter einem Hirschkopf. Das Geweih wirkte bedrohlich in der Dunkelheit, und der Schatten, den es an die gegenüberliegende Wand im Licht der Petroleumlampe warf, wirkte so, als wäre es nicht von dieser Welt. Smith schauderte bei dem Anblick, wandte sich ab und durchforstete den Raum weiter mit seinen Blicken. Eine schwere, alt aussehende Standuhr zierte die Wand direkt neben ihm, zu jeder Minute ertönte ein leises *Gong* aus der Richtung. Allgemein wirkte dieser Raum ziemlich unheimlich, und das Knarzen der Holzdielen verstärkte den Eindruck von Smith. Auch hier gab es nichts Interessantes zu sehen, weshalb sie den Raum wieder verließen und nun zwanzig Treppenstufen hinabstiegen, bis sie sich vor einer weiteren Tür wiederfanden. Schon von weitem war zu sehen, dass sie mit einem Vorhängeschloss und einer dicken Stahlkette gesichert war. Smith wurde neugierig, versuchte, die Tür irgendwie zu öffnen, doch es war wie bei der Kiste zuvor – es funktionierte nicht.
»Hier kommen wir nicht weiter«, meinte er.
In seiner Stimme schwang Enttäuschung mit.
Amanda zuckte mit den Schultern.
»Egal. Dann lass uns doch das Dorf erkunden. Ich finde dieses

Hotel sowieso ziemlich unheimlich.«

Sie traten wenig später ins Freie und Smith genoss den frischen Luftzug. Es war etwas abgekühlt in der Zeit, die sie in dem Haus verbracht hatten. Mittlerweile musste bereits der frühe Abend angebrochen sein, Smith schätzte, dass es noch ein bis zwei Stunden lang hell sein würde, ehe es von der Dämmerung in die Dunkelheit ging. Sie schlenderten, Hand in Hand, über den staubigen Boden, während Smith seinen Blick durch Kinmark schweifen ließ. An dem Marktplatz grenzten noch einige Häuser, ihm fiel ein Waffenladen direkt ins Auge. *Fireguns*, stand über dem Dach auf einem provisorisch wirkenden Schild. Die schwarze Farbe war schon etwas abgeblättert, was dem Schild ein marodes Aussehen verlieh. Vor dem Geschäft rechts neben dem Waffenladen stapelten sich mehrere Fässer. Ein Mann, der einen Hut trug und um einiges älter war als Smith, hatte auf einem Holzstuhl Platz genommen und sprach die beiden nun an.
»Mögt ihr von meinem Wein kosten?«
Smith wechselte einen kurzen Blick mit Amanda. Sie schien nichts dagegen zu haben, weshalb er auf die Worte des Mannes einging.
»Gerne. Was hast du denn alles da?«
»Viele Spezialitäten.«
Der Mann stand auf und kam über den staubigen Boden näher. Er hatte etwas längere, graue Haare unter dem Hut und eine Pfeife im Mund, von der er einen genüsslichen Zug nahm.
»Die Fässer hier sind nachher für die Beerdigung des Bürgermeisters. Ich hoffe doch, ihr seid auch dabei? Das gesamte Dorf ist eingeladen.«
Seine Stimme strotzte förmlich vor Begeisterung. Smith fragte

sich immer mehr, was hier überhaupt vor sich ging. Es schien fast so, als würden sich die Leute über das Ableben des Bürgermeisters freuen. Er konnte sich all das nicht erklären, nickte jedoch, um den Mann zufrieden zu stellen.

»Ja, wir werden dabei sein.«

»Junge Frau, darf es etwas Zimtwein sein?«

Amanda fühlte sich geschmeichelt, sie lächelte und nickte bloß, statt zu Antworten.

»Ich nehme auch gerne eine Kostprobe davon.«

Der Mann verschwand im Inneren seines kleinen Geschäfts und kam mit zwei Weinkelchen wieder. Smith kamen die irgendwie bekannt vor... dann erinnerte er sich wieder daran, dass er sie in dem alten Hotel gesehen hatte, in dem sie auch das T-Shirt von Tucker gefunden hatten. *Das hängt alles irgendwie zusammen.* Er überlegte, während Amanda bereits den ersten Schluck genommen hatte. Sie leckte sich über die Lippen.

»Der ist gut. Süß... aber nicht zu süß, und die Zimtnote ist gut herauszuschmecken.«

Smith trank nun ebenfalls, und genoss das Gefühl, als der kühle, süßliche Wein seine Kehle hinunterrann. Er trank den gesamten Kelch auf einmal aus.

»Verdammt gut, wirklich.«

Der Weinverkäufer grinste. Er zog erneut an seiner Pfeife und blies den Rauch in Ringen in die Luft.

»Wir werden nachher einige Fässer an den See bringen. Ihr könnt dort noch weitere köstliche Sorten testen.«

»Wir sehen uns später.«

Smith grinste, der Mann war ihm sehr sympathisch vorgekommen. Gemeinsam mit Amanda schlich er nun weiter über den verlassenen Marktplatz. Laute Stimmen waren aus der Dorfkaschemme hinter ihnen zu hören, es war scheinbar wirklich so, dass sich dort fast jeder aufhielt. Ein paar Meter weiter nahm Smith zur Kenntnis, dass sich Amandas Körpersprache wieder verändert hatte. Sie wirkte erneut angespannter und auch trauriger als zuvor. Er konnte nicht wegsehen, nutzte den Moment und stellte erneut die Frage.

»Alles okay?«

»Ja. Nur immer wenn ich Alkohol trinke... dann denke ich an das, was meinen Eltern passiert ist.«

»Möchtest du drüber sprechen?«

Amanda holte tief Luft.

»Ja. Aber nicht hier. Komm.«

Sie umrundeten die Häuser und stiegen etwas auf den nächsten Gipfel dahinter. Sie hatten schnell ein Plateau erreicht, von dem aus sie eine Sicht über das gesamte Dorf hatten.

»Hier ist ein besserer Ort dafür.«

Und während die Sonne ihre letzten Strahlen des Tages auf das trockene Gras des Felsens warf, begann Amanda, ihre Geschichte zu erzählen.

**AMANDA BAKER
13. AUGUST 2005**

10

Es geschah an einem warmen Sommertag Mitte August vor drei Jahren. Vor ein paar Tagen erst hatte ich meinen neunzehnten Geburtstag gefeiert. Es war keine große Feier gewesen, ich hatte zu dem Zeitpunkt wenige Freunde, und konnte somit auch nicht mehr als eine Handvoll Gäste einladen. Ich hegte einen Groll auf meine Eltern, da sie mir meinen Lebensraum einschränkten und mir meine Freiheiten nahmen – zumindest dachte ich das damals. Im Nachhinein wollten sie mich wohl einfach nur beschützen. An besagtem Abend schlich ich mich noch spät aus dem Haus raus. Es war bereits dunkel draußen, und ich hatte die Anweisung bekommen, zuhause zu bleiben. Doch wie das so ist im jugendlichen Leichtsinn... man macht natürlich nicht das, was einem gesagt wird, sondern verhält sich wie ein Rebell. Ich fühlte mich nicht schlecht dabei, als ich durch die dunklen Straßen schlich, die nur von einzelnen Laternen und vom Licht des Mondes beleuchtet wurden. Es war eine klare und vergleichsweise kühle Nacht, nachdem die letzten Wochen so heiß gewesen waren, dass man sich rund um die Uhr nach Erfrischung gesehnt hatte. Mein Ziel war das Haus meines damaligen Freundes, er hieß Marlon. Gott, er war der netteste und fürsorglichste Mensch, den ich zu der Zeit gekannt habe. Ich vermisse ihn noch heute, auch wenn ich mittlerweile über die Geschehnisse hinweggekommen bin. Ja, das ist so, auch wenn mich all das manchmal überwältigt und in schönen Momenten wieder einholt. Ich war nur noch ein paar Querstraßen entfernt und musste eine Abkürzung durch den Park nehmen. Als ich schließlich eine Brücke erreicht hatte, unter der das sanfte Rauschen eines

Kanals zu hören war, vernahm ich Schritte hinter mir. Ich dachte mir zunächst nichts dabei, als mir die Schritte jedoch stets folgten, wurde ich misstrauisch. Sie wurden immer schneller... was zur Folge hatte, dass auch ich mein Tempo erhöhte und rannte. Der Mann hinter mir war jedoch schneller, noch bevor der Parkabschnitt zu Ende war, hatte er mich niedergeschlagen und zu Boden gebracht. Ich hatte solch eine Angst... das kannst du dir gar nicht vorstellen. Ich habe um mein Leben gefürchtet. Ich habe geschrien, so laut ich konnte. Doch wie hoch war die Wahrscheinlichkeit schon, dass mich im Park jemand hören konnte? Mein Gott, war ich dumm gewesen. Das Ganze um mich treten hatte mich nur aus der Puste gebracht, es hat ansonsten nicht wirklich geholfen. Der Mann hatte seine Hose bereits ausgezogen. Er roch nach Alkohol, und seine Fahne ließ mich würgen. Als er mich dann so weit hatte, dass er in mich eindringen konnte... hörte ich Schritte und eine bekannte Stimme. Marlon kam angelaufen. Ich atmete erleichtert auf, versuchte, die Aufmerksamkeit meines Vergewaltigers auf mich zu ziehen, und es sah auch so aus, als würde ich das schaffen. Er schien die Schritte von hinten nicht zu bemerken, bis Marlon ihn am Kopf packte und brutal nach hinten riss. Ich nutzte den Freiraum, der sich mir geboten hatte, und wand mich unter dem Mann heraus. Ich verpasste ihm einen Tritt auf die Stelle, die am meisten Schmerzen verursachte. Er keuchte schmerzverzerrt auf und ließ sich von Marlon auf den Rücken ziehen.
»Lauf!«, sagte er zu mir.
Das tat ich dann auch – und bereue die Entscheidung im Nachhinein. Alles andere wäre besser gewesen, ich hätte Marlon helfen können, den Betrunkenen zurückzuhalten und auf die Polizei zu warten. Doch ich lief einfach zurück zu dem Haus meiner

Eltern. Als ich hinter mir einen Schrei hörte, und gerade noch sah, wie der Betrunkene Mann ein scharfes Messer in der Kehle von Marlon versenkt hatte, fühlte ich mich vor Schock wie gelähmt. Ich war nicht in der Lage, mich fortzubewegen – konnte es erst wieder, als der Mann aufstand und in meine Richtung lief. Ich rannte schneller, als ich denken konnte. Verlor einmal das Gleichgewicht, konnte mich aber gerade noch an einem Laternenpfahl festhalten. Ich durfte mir keine Pause erlauben, obwohl alles in mir danach rebellierte. Mein Herz schlug wie ein Presslufthammer in meiner Brust. Zuhause angekommen, verriegelte ich als erstes die Tür. Wenig später ertönten bereits massive Faustschläge gegen das Holz, welche im gesamten Haus zu hören sein mussten. Mein Vater kam mir entgegen, als ich ins Wohnzimmer lief.

»Was ist denn los?«, fragte er.

Ich war nicht zu mehr fähig als zu den folgenden Worten.

»Ruf die Polizei!«

Mehrere Sekunden vergingen... es war viel zu viel Zeit, bis er schließlich reagierte.

»Okay. Geh du nach hinten.«

Ich hörte, wie die Tür im Rahmen unter den Faustschlägen bebte und zitterte. Da ich wusste, dass der Mann bewaffnet war, verstärkte sich meine Angst nochmal. Ich wünschte mir, dass er einfach verschwinden würde... auch, wenn mir diese Tatsache Marlon nicht zurückbringen konnte, was mir in dem Moment schmerzhaft bewusst wurde. Ich begann zu weinen und hatte das Gefühl, zu hyperventilieren. Wenig später trat auch meine Mutter ins Wohnzimmer. Sie blickte mich aus verschlafenen Augen fragend an, ihr weißes Schlafshirt wehte sanft um ihren Körper herum.

»Was ist los?«

Bevor ich antworten konnte, sagte mein Vater, dass die Polizei bereits auf dem Weg sei. Doch auch das konnte mich nicht beruhigen... die Gefahr in Form des bewaffneten Mannes, der weiter unsere Haustür bearbeitete, war immer noch real.

»Ich hole meine Waffe aus dem Keller.«

Mein Vater machte sich zur Kellertreppe auf. Ich lief ihm hinterher und meinte nur:

»Nein! Tu das nicht!«

Ich wusste nicht, wie lange unsere Tür die harten Schläge noch aushalten würde. Allerdings wusste ich stattdessen, dass der Mann mit dem Messer bei geöffneter Tür bloß zustechen musste – schon dann war mein Vater machtlos. Er ließ sich nicht von meinen Worten beirren, und im Nachhinein betrachtet verfluche ich mich dafür, dass ich nicht mehr darangesetzt habe, ihn von seinem Vorhaben abzuhalten. Es war reine Intuition... ich wusste, dass das unmöglich gut gehen konnte. Bange Sekunden vergingen, in denen ich darauf wartete, bis Dad mit der Waffe aus dem Keller zurückkehren würde. Er war Jäger, und ich wusste, dass er gut schießen konnte – doch das Unbehagen breitete sich wie ein Tumor immer weiter aus, legte sich um meinen Magen und drückte ihn von allen Seiten zusammen. Meine Mutter und ich blieben hinter ihm, als er, mit der geladenen Waffe in der Hand, hinter die Tür trat. Er öffnete sie nicht, sondern wartete stattdessen, bis sie aus den Angeln fiel, was wenig später auch passierte. Mit einem dumpfen Knall streckte ihn die Tür zu Boden, mein Vater verlor sein Gleichgewicht und landete hart auf dem Rücken. Als nächstes sah ich nur noch Blut... die Waffe war in unerreichbare Ferne gerutscht, und der Angreifer hatte sein blutverschmiertes Messer bereits tief in den

Oberkörper meines Vaters versenkt. Gurgelnde Schreie stießen aus seinem Hals hervor, er spuckte Blut auf den Fußabtreter und starb qualvoll langsam. Meine Mutter und ich waren beide vor Schock gelähmt. Die Zeit schlich quälend langsam dahin, als der Mann seinen Blick wieder hob und fast schon dämonisch lächelte. Der gesamte Eingangsbereich schwamm vor Blut, und an der Stelle, an der die Tür aus den Angeln gebrochen war, säumte gesplittertes Holz den Boden. Von draußen drang leise das Martinshorn der Einsatzfahrzeuge zu mir herüber, ich nahm es jedoch nur verschwommen wahr. Mein Freund und mein Vater waren gerade brutal vor meinen Augen ermordet worden, und der Mörder befand sich in unserem Haus. Erneut, oder besser gesagt weiterhin, spürte ich diese verdammte Todesangst, die meinen Körper lähmte und mich wie versteinert zurückließ. Die Sirenen kamen näher… Motorgeräusche mischten sich in die Szenerie, doch ich sah mich immer noch in starker Gefahr. Der Mann schwang das bluttriefende Messer in Richtung meiner Mutter. Sie hatte sich schützend vor mir aufgebaut. Die Waffe, die mein Vater aus dem Keller geholt hatte, lag für uns in unerreichbarer Ferne hinter dem Mörder. Er beachtete die Schusswaffe jedoch nicht, ihm schien sein scharfes Küchenmesser zu reichen.

»Komm her. Mach die Beine breit für mich.«

Ich erinnere mich noch genau an diese Worte. Sie klangen einfach nur hasserfüllt und böse. Meine Mutter wagte, in einem Moment, in dem weder ich, noch der Angreifer damit gerechnet hatten, einen großen Schritt nach vorne und schlug mit der flachen Hand nach dem Mörder. Sie verfehlte ihn, er drehte seinen Kopf rechtzeitig weg, so dass sie ins Leere schlug. Sie taumelte, verlor ihr Gleichgewicht, und wurde mit einem Messerhieb in den Unterarm niedergestreckt. Die Klinge zog einen tiefen und langen Schnitt, aus dem augenblicklich Blut spritzte und durch den Stoff des dünnen Schlafshirts sickerte. Sie versuchte, den Blutfluss irgendwie aufzuhalten, schaffte das jedoch nicht. Der Mann nutzte die Chance, die sich ihm bot, und stach ein weiteres Mal zu… dieses Mal erwischte er ihren Hals. Als er ihr den Rest geben wollte, hörte ich einen lauten Knall… und sah noch, wie aus seinem Hinterkopf aus einem münzgroßen Loch Blut auf den Teppich lief.

»Sind Sie okay, Miss?«

Der Polizist, ein Mann im Alter von etwa dreißig bis vierzig, beugte sich zu mir herab. Unter Tränen nickte ich, konnte die Worte, die er danach sprach, aber nicht mehr verstehen. Ich hatte den Fokus auf meine Mutter gelegt. Sie war zwar am Leben, doch anhand ihrer Stichwunde im Hals konnte ich absehen, dass dieser Zustand nicht von Dauer war.

»Ruft einen Notarzt!«

Die Stimme des Polizisten klang verschwommen. Ich nahm die Hand meiner Mutter in meine Hand… sie war blutverschmiert. Ich spürte ihren schwachen Händedruck, und auch den Moment, in dem sie aufhörte, zu atmen. Bis zu ihrem letzten Atemzug hatte ich ihre Hand gehalten - und auch lange danach, als das, was gerade geschehen war, langsam mein Bewusstsein eroberte. Ich konnte die Tränen nicht zurückhalten, lehnte mich an der Schulter des Polizisten an, und ließ meinen aufgestauten Gefühlen freien Lauf. So vergingen die Minuten dann. Ich wurde weggeführt vom Tatort - weggeführt aus dem Haus, in dem ich mein gesamtes Leben verbracht hatte. Niemals hätte ich es für möglich gehalten, dass der Schrecken, von dem man beinahe täglich in der Zeitung liest oder Berichte im Fernsehen sieht,

Einzug in mein idyllisches Dorf halten würde. Doch damit hatte ich mich schrecklich geirrt, und letztendlich hatten drei Menschen durch mein egoistisches Verhalten ihr Leben verloren. Man brachte mich ins Krankenhaus im Nachbardorf, wo ich mein eigenes Zimmer bekam, und die Möglichkeit hatte, mich von den Geschehnissen zu erholen. Doch diese Bilder... die werde ich niemals vergessen. Die Masse an Blut, die toten Körper, die aus den Angeln getretene Tür... all das sehe ich in ruhigen Momenten viel zu oft vor mir. Irgendwann konnte ich es nicht mehr ertragen. Es war genau zwei Wochen, nachdem man mich aus dem Krankenhaus gebracht und in einen, so wie sie es nannten, vorübergehenden Aufenthaltsort, gesteckt hatte. Da mit meinen Eltern meine letzten Verwandten gestorben waren und ich wirklich gar keinen mehr hatte, steckte man mich in eine Art Internat. Ich hatte direkt von Anfang an Schwierigkeiten, zu den anderen Jugendlichen Kontakt aufzubauen. Da gab es nur einen, mit dem ich mich schnell anfreundete. Wyatt. Doch durch ihn rutschte ich mittelfristig in eine Szene ab, die mir ganz und gar nicht gut tat. Ich fing an, Drogen zu nehmen, zog mir jeden möglichen Stoff rein. Ob es ein Joint oder hier und da mal eine Line war, ich nahm immer dankend an und knallte mich bis zur Besinnungslosigkeit zu. So war der Schmerz, der mich noch lange begleitete, zumindest etwas zu ertragen gewesen. Als wir dann beide mit einundzwanzig Jahren raus aus dem Heim kamen, gründeten wir uns eine Wohngemeinschaft. Wir hatten in der Zeit noch Tucker kennengelernt, mit dem wir dann gemeinsam eine Mietwohnung bezogen. Ich hatte das Gefühl, dass mein Leben in geordnete Bahnen geriet, und so war das dann auch.

GILBERT SMITH
26. AUGUST 2008

11

»Wir wohnen heute noch immer zusammen«, beendete Amanda ihre Ausführungen.

Sie sah mit starrem Blick und glasigen Augen in die Ferne. Smith konnte ihr ansehen, dass es ihr definitiv nicht leichtgefallen war, all das erneut zu durchleben, was ihr vor drei Jahren geschehen war. Sie hatte es jedoch geschafft, die gesamte Zeit über stark zu bleiben und ihre Tränen zurückzuhalten. Als Smith jetzt allerdings sah, dass ihre Gefühle kurz davorstanden, sie zu überwältigen, legte er seinen Arm um sie und zog sie zu sich heran. Er genoss die Wärme, die sie ausstrahlte, und wünschte sich, dieser Moment, den sie schweigend verbrachten, würde ewig anhalten.

»Es ist schön hier. Die Berge, unten die Konturen des glasklaren Sees, dazu der Wald...«

»Ja wirklich. Hier ist die Aussicht besonders schön«, stimmte Smith ihr zu.

Die Sonne war bereits hinter den Gipfeln verschwunden, was bewirkte, dass die Umgebung direkt um einiges dunkler war. Der Wind war etwas aufgefrischt, und wenige Minuten später entschieden Smith und Amanda sich dazu, den Weg zurück zur Unterkunft anzutreten. Die Wahrscheinlichkeit, dass der gemeinsame Marsch zur Hütte des Bürgermeisters bald losgehen würde, war sehr hoch. Und sie beide wollten durch ihre Abwesenheit keine Aufmerksamkeit erregen – nicht, solange die Möglichkeit bestand, dass Tucker und Wyatt irgendwo in der Nähe waren und eventuell sogar auf sie warteten. Aus der Ferne war wenig später zu erkennen, dass sich vor der Kaschemme auf dem staubigen Boden bereits eine Menschentraube gebildet hatte. Die meisten der Leute kamen Smith bekannt vor, er hatte viele Gesichter bereits vor wenigen Stunden im Inneren des Restaurants gesehen. Es waren nur wenige Kinder dabei, was ihn etwas verwunderte. Alle Menschen wirkten freundlich, und auch Goldhand lächelte, als er ihn und Amanda erblickte. Auf einem Kutschwagen stapelten sich mehrere Fässer Wein, und Smith erkannte den sympathischen Weinverkäufer auf einem der zwei Pferde, die den Wagen zogen. Silberfinger hatte Tornado bereits gesattelt und nahm einen Zug aus seiner Pfeife, während er sich durch den verfilzten Bart strich. Seine Hutkrempe wirkte abgenutzt und dreckig, und Smith fragte sich auf einmal, ob das vorhin bereits der Fall gewesen war. Daraufhin musste er sich eingestehen, dass er darauf nicht geachtet hatte – und lenkte seine Gedanken wieder in eine andere Richtung. Nach und nach trudelten noch mehr Menschen ein, und die Traube wurde immer größer. Als es schließlich bereits zu dämmern anfing, wurden mehrere Petroleumlampen angezündet. Die gelben Flammen erhellten die Umgebung etwas, und die Menge setzte sich in Bewegung. Goldhand und Silberfinger ritten auf Rocky und Tornado vor, direkt hinter ihnen folgte der Weinverkäufer mit seinem Kutschwagen. Eine Gruppe aus fünf Leuten, jeder von ihnen mit einer Lampe bestückt, bildete die nächste Reihe. Danach mischte sich alles, Smith und Amanda bildeten schließlich den Schluss. Es ging bergab, an Bäumen vorbei, mal über staubigen, mal über kiesigen und mal über grasigen Boden. Erheitertes Gemurmel erfüllte die Umgebung, Smith hatte den Eindruck, dass jeder jeden innerhalb des Dorfes kannte. Er fühlte sich etwas außen vor, warf einen heimlichen Blick zu Amanda und sah, dass es ihr ähnlich erging. Sie hatte

86

ihren Kopf gesenkt und schien das alles, was um sie herum geschah, nicht wahrzunehmen. Smith war darüber aber auch nicht verwundert, sie musste scheinbar immer noch das verdauen, was sie gerade an die Oberfläche ihres Gedankendickichts geholt hatte – für ihn. Er fühlte sich in diesem Moment machtlos, wusste nicht, was er sagen konnte, um ihre Stimmung etwas zu verbessern. Und so rann die Zeit dahin. Einige Minuten vergingen, ehe Smith bereits die ersten Ausläufer des Waldes in der Ferne sah, der sich um den See schlängelte. Es war ein ziemlich beschwerlicher Fußmarsch gewesen, das dauerhafte Bergabgehen hatte seine Knie derart strapaziert, dass der Schmerz von dort aus in die Wunde seiner Schulter gezogen war. Es war das erste Mal seit Stunden, dass sie sich wieder gemeldet hatte – nun aber mit einer gewaltigen Wucht, die ihm Tränen in die Augen trieb.

»Geht es dir gut?«, fragte Amanda.

Sein schmerzverzerrter Blick schien ihre Aufmerksamkeit geweckt zu haben.

»Es geht. Es ist nur... meine Schulter.«

Er versuchte, ein Lächeln zustande zu bringen, brach jedoch ab, als er merkte, dass es nur halbherzig war.

»Okay. Ich hoffe, es wird besser.«

Nach fünf weiteren Minuten hatten sie den See erreicht. Nach einer kurzen Ansprache verschwanden Goldhand und Silberfinger, um wenige Minuten später mit dem Leichnam des Bürgermeisters wiederzukehren. Sie hatten ihn in weiße Leinen gewickelt, und Smith nahm verstört zur Kenntnis, dass der große Zeh am Ende herausguckte. Er schüttelte die Bilder an das, was vor Stunden geschehen war, ab und verbannte sie aus seinem Kopf. Die Kugel hatte sich in den Brustkorb des Mannes gebohrt und ihn sofort getötet. Smith fühlte sich nicht schlecht – er wusste, dass er aus Notwehr gehandelt hatte. Das Einzige, was ihm gewisse Bedenken verschaffte, war die Tatsache, dass sich alle Menschen so verhielten, als gäbe es ein Fest zu feiern. Niemand trauerte dem alten Mann nach. *Ich muss dringend in Erfahrung bringen, was es damit auf sich hat.* Er glaubte überhaupt nicht an das, was er hier sah. Alles wirkte wie eine künstliche, aufgesetzte Fassade, die mit den falschen Worten oder Taten zum Einsturz gebracht werden konnte.

Der Leichnam wurde direkt neben dem See begraben. Danach stampfte Goldhand ein selbstgebautes, kleines Kreuz in den Boden, auf dem der Name und das Todesdatum des Mannes draufstanden. Das erste Weinfass wurde aufgeschlagen, und es hatte sich sofort eine lange Schlange gebildet. Smith nahm dankend ein Bier an, als ihm ein Mann eines reichte. Amanda lehnte ab und ließ ihren Blick durch die Gegend schweifen. Smith tat es ihr gleich, nachdem er sich einen Schluck des süß-bitteren Bieres genehmigte. Ein Feuerwerk wurde gezündet. Die Knallkörper explodierten am Himmel über dem See, der das Licht in vielen Farben reflektierte. Die Menschen blickten gebannt in den Himmel, ehe sie ihre fröhlichen Unterhaltungen wieder fortsetzen.

»Das war er, mein Mann.«

Smith drehte sich um. Hinter ihm stand eine Frau, er schätzte sie auf etwa siebzig Jahre. Sein Blick schweifte durch die nähere Umgebung, doch er sah keinen, mit dem sie gesprochen hatte, weshalb er vermutete, dass ihre Worte ihm galten.

»Sie sind die Frau des Bürgermeisters?«

»Ja.«

Sie wischte sich eine Träne aus dem Augenwinkel, lächelte

dann jedoch wieder.

»Ich hätte nicht gedacht, dass er es noch so lange macht. Letztendlich hat ihn seine Krankheit also doch irgendwann dahingerafft.«

Seine Krankheit? Smith wurde misstrauisch. *Scheinbar hat es sich noch nicht ganz herumgesprochen, was der wahre Grund für das Ableben des Mannes war.*

»Was hatte er?«

Er versuchte, sich vorsichtig heranzutasten und nicht mit der Tür ins Haus zu fallen.

»Es war einfach das, was mit dem Alter kommt. Voranschreitende Blind- und Taubheit, Schmerzen in allen Gelenken... er ist langsam von dannen gezogen, doch wenn ich jetzt so darüber nachdenke, hatte er ein erfülltes Leben.«

Sie wischte sich eine Träne aus dem Augenwinkel, und Smith fiel auf, dass sie die Einzige war, die auch nur einen Anflug von Traurigkeit zeigte. Er fühlte sich schlecht - auch, wenn er wusste, dass er den Mann aus Notwehr hatte töten müssen.

»Endlich ist der Weg für uns frei, Betty.«

Plötzlich war ein Lallen zu vernehmen, und Smith drehte sich in die Richtung, aus der die Worte kamen, die ein Mann gesprochen hatte. Er erblickte eine abgewrackte Erscheinung. Verfilzte, braune Haare, rahmten ein vernarbtes und ungepflegtes Gesicht ein. Der Typ stank so stark nach Alkohol, dass Smith unwillkürlich das Gesicht verziehen musste.

»Verpiss dich, Randall.«

Die Worte von Betty schnitten wie ein Messer durch die dicke Luft und schienen sie fast entzwei zu teilen. Randall benahm sich nicht so, als hätte er ihre Worte gehört - im Gegenteil, er wagte sich noch näher an sie heran und bedrängte sie weiter.

Währenddessen nahm er noch einen Schluck aus einer Bierflasche, die er danach achtlos auf den Boden warf. Mittlerweile war es so dunkel, dass es nur noch das Mondlicht gab - die Nacht war klar, es standen viele Sterne am Himmel. In der Ferne wurde nun ein riesiges Feuer von Goldhand entzündet. Smith merkte, dass es in den letzten Minuten frisch geworden war, weshalb er, gemeinsam mit Amanda, nun ebenfalls den Weg zum Feuer aufsuchte. Der Boden unter seinen Füßen fühlte sich weich und das Gras trocken an. Die Oberfläche des Sees glitzerte in der Ferne und reflektierte das Licht des Mondes in alle Richtungen. Es sah so aus, als tanzten viele Diamanten auf dem glasklaren, dunklen Untergrund. Smith nahm Amanda in den Arm und genoss das Schauspiel, ehe sie das Feuer erreicht hatten. Glut wirbelte in die Luft und flog umher wie Glühwürmchen, ehe sie einfach verschwand. Für Smith war dies ein Bild des Momentes, den er gerade erlebte. Er breitete sich langsam aus, glühte ein letztes Mal farbenfroh auf... ehe er im Gedankendickicht verschwinden würde.

»Durst?«

Smith drehte sich um, und nahm den gefüllten Becher Wein, den ihm Goldhand reichte, entgegen, ohne zu fragen. Er nickte zum Dank und setzte sich den Becher an die Lippen, bevor er einen großen Schluck trank. Es war eine andere Sorte als die, die er gemeinsam mit Amanda zuvor bei dem Weinverkäufer im Dorf getrunken hatte. Die Zimtnote war hier nur leicht ausgeprägt und stellte sich hinter etwas Saurem an - vermutlich Zitrone. Doch auch dieser Wein schmeckte einfach fantastisch. Deshalb reichte Smith den Becher an Amanda weiter, die auch ohne zu zögern einen großen Schluck nahm und somit den Rest trank. Sie wischte sich die Reste des Weins vom Mund und sagte:

»Der war wieder ziemlich gut.«

»Wein konnte unser Marty schon immer.«

Der Mann, der nun zu ihnen trat, war im Licht des Feuers eine recht beeindruckende Erscheinung. Er überragte Smith, der zwar nicht klein, aber auch nicht übermäßig groß war, um einen ganzen Kopf. Er trug kurze, schwarze Locken, die perfekt zu seinem Teint passten.

»Mein Name ist Bob.«

Er reichte Smith die Hand, und dieser ergriff sie nach einem kurzen Zögern.

»Freut mich, Bob. Ich bin Officer Gilbert Smith.«

Er betonte seinen Titel extra, und beobachtete, wie sich Bobs Gesichtszüge veränderten. Es war zwar nur eine minimale Regung, doch er hatte sie genauestens wahrnehmen können.

»Freut mich ebenfalls, Gilbert. Ich bin der Koch des *Ribber's*. Ich hoffe, die speziellen Burger vorhin haben geschmeckt?«

»Sie waren vorzüglich.«

Smith übertrieb damit nicht mal, es war tatsächlich so. Als er an das saftige Fleisch und die Gewürze dachte, lief ihm wieder das Wasser im Mund zusammen. Dazu gesellte sich noch der fettige Geruch... sein Magen knurrte leise.

»Was war das überhaupt für ein Fleisch und wie habt ihr es gewürzt?«, fragte Smith nun.

»Nicht, dass ich mich irgendwie einmischen möchte, doch es hat so gut geschmeckt, dass ich es einfach herausfinden muss.«

Bob lachte kurz auf.

»Du bist herzlich eingeladen, meine Küche am morgigen Tag zu besichtigen. Ich bin mir sicher, dir wird das gefallen, was du siehst.«

Eine weitere Stimme mischte sich nun in die Unterhaltung ein. Smith war sich sicher, sie irgendwo her zu kennen... er konnte sie jedoch nicht einordnen. Bis er sich umdrehte und den Mann erkennen konnte, der plötzlich hinter ihm stand. Es handelte sich um Officer Charles Reinhart.

12

»Charles?«

»Gilbert.«

Reinhart schüttelte Smith die Hand. Er wirkte überhaupt nicht überrascht ob der Tatsache, dass sein Kollege sich hier aufhielt.

»Was machst du hier?«

Er erinnerte sich daran, wie er sich nach der offiziellen Vernehmung nach den Geschehnissen rund um die Eröffnung des *Arizona Splash* oft mit ihm getroffen und sie gemeinsam den Fall bearbeitet hatten, nachdem Reinhart sich zunächst eine Dienstpause hatte genehmigen lassen. Zusammen hatten sie weitere Male den Tatort der brutalen Mörder inspiziert und ihre eigenen Schlüsse gezogen, ehe der dienstliche Kontakt wieder im Sande verlaufen war. Umso überraschter war er nun, ihn vor sich zu sehen.

»Bob und ich sind gute Freunde.«

Die Antwort kam nur zögerlich, doch als der dunkelhäutige, hoch gewachsene Mann zur Bestätigung lächelte, nahm Smith ihm das Ganze ab.

»Dennoch bin ich nur durch Zufall hier. Allerdings sollten wir uns über wichtigere Dinge unterhalten. Was machst *du* hier?«

Smith wusste, dass seine Antwort nicht annähernd so einleuchtend sein würde, wie die von Reinhart. Er versuchte, sich schnell die passenden Worte zurechtzulegen.

»Ich hatte gestern Abend einen Unfall.«

Auf die Verfolgungsjagd mit der roten Viper wollte er nicht eingehen. Die Tatsache, dass er eine Leiche im Kofferraum des Wagens gefunden hatte, verschärfte die Situation nochmal um einiges, weshalb er da für sich behalten und eigene Ermittlungen anstellen wollte.

»Das erklärt mir aber nicht, warum du heute Abend hier bist.«
Die bohrenden Fragen von Reinhart verunsicherten Smith gewissermaßen. Er wusste nicht, wie er darauf reagieren sollte, weshalb er sich dazu entschied, lässig zu bleiben.

»Ich wurde sehr nett von den Bewohnern aufgenommen und habe zudem Amanda und zwei von ihren Freunden kennengelernt.«

Er deutete mit der Hand auf seine Begleitung. Amanda brachte ein schwaches Lächeln zustande, doch wie sie sich wirklich fühlte, war in diesem Moment nicht zu erkennen. Es war zu dunkel – das orangene Licht des Feuers reichte nicht dazu aus, das zu beurteilen.

»Okay. Dann lass uns mal auf unser Treffen anstoßen.«
Reinhart verschwand nach einem kurzen Wortwechsel und reichte ihm dann eine Flasche von dem selbstgebrauten Bier. Er prostete ihm symbolisch zu. Smith erwiderte die Geste seinerseits, und nahm ein Schluck von dem kühlen Getränk. Er wusste nicht, was es war, doch irgendetwas gefiel ihm an der Situation nicht. Sie wirkte für ihn irgendwie... zu künstlich. Aufgesetzt. Er wandte sich ab, drehte sich zu Amanda, und versuchte, so leise zu sprechen, dass ihn niemand sonst hören konnte.

»Ein Bekannter von der Polizei. Wir haben gemeinsam Ermittlungen bei dem letzten großen Fall angestellt... das *Arizona Splash*, falls du dich daran erinnern kannst.«

»Das Schwimmbad, in dem die Leute getötet wurden? Grausame Geschichte«, hauchte sie ihm ins Ohr.

»Ich habe alles darüber gelesen.«
Smith war nicht wirklich überrascht, denn das Thema hatte,

vollkommen zurecht, einige Zeit lang die Medien des gesamten Landes beherrscht. Irgendwann war es in den Aktenschrank abgelegt worden, da die Täter ja bereits mit der Befreiung der Überlebenden getötet worden waren. Was schließlich der genaue Ausgangspunkt der schrecklichen Taten gewesen war, konnte nie ermittelt werden.

Smith ließ seinen Blick weiter schweifen. Glut flog um die Flammen des knisternden Feuers und verschwand in der Nachtluft. Er trank sein Bier mit einem großen Schluck aus.

»Möchtest du noch einen Wein?«

Amanda nickte.

»Gerne. Danach sollten wir aber mal gehen...«

Sie beugte sich zu ihm vor, senkte ihre Stimme auf Flüsterlautstärke.

»Vielleicht sollten wir uns nochmal ungestört umsehen. Du weißt schon, wegen Tucker und Wyatt.«

»Wir können nicht einfach von hier weg...«

»Wir sollten uns geschickt anstellen. Goldhand und Silberfinger scheinen gerade andere Dinge im Blick zu haben, und der Rest scheint nicht an uns interessiert zu sein. Ich kann auch meinen Kollegen fragen...«

»Nein«, meinte Amanda nur.

»Er verhält sich seltsam. Findest du nicht auch?«

Smith war derselbe Gedanke gekommen, doch er hatte ihn als unwichtig abgetan. Dass Amanda ihn nun darauf ansprach und offensichtlich seine Meinung teilte, stimmte ihn zumindest etwas nachdenklich.

»Okay, kein Wort zu keinem. Ich mache uns eben einen Becher Wein klar und dann verschwinden wir.«

Er entfernte sich von Amanda und suchte Marty auf, der weiterhin bei seinen Weinfässern saß. Das erste war bereits geleert worden, und er war gerade dabei, das zweite aufzuschlagen. Es dauerte etwas, bis das Holz nachgab, und als er Smith erblickte, gab er ihm gleich den ersten Becher.

»Ich hätte gerne noch einen zweiten für meine Begleitung.«

Er fühlte sich komisch dabei, Amanda ständig *seine Begleitung* zu nennen. Doch was war sie sonst? Ihm fiel das passende Wort auch jetzt, als er länger darüber nachdachte, nicht ein. Es gab wahrscheinlich nichts, was die Lebenssituation mit dem Umstand, dass sie sich erst knapp vierundzwanzig Stunden kannten, beschrieb. Marty reichte ihm dann auch den zweiten Becher, und Smith trat den Rückweg an. Er musste an vielen Menschen vorbei – die meisten beachteten ihn nicht. Dann jedoch, als er fast wieder die Stelle erreicht hatte, von der er annahm, dass er dort wieder auf Amanda treffen würde, stellte sich ihm Randall in den Weg.

»Wo willst du denn hin? Mit diesen beiden Bechern voller Wein?«

Der Alkoholiker grinste und entblößte dabei seine vergilbten Zähne. Sein Atem roch gefühlt noch stärker nach Alkohol als zuvor, und er wirkte mehr als einfach nur besoffen. Da Smith wusste, dass es keine gute Idee sein würde, einen der Weinbecher abzugeben, entschied er sich, den Mann nicht zu beachten. Dieser machte jedoch, als Smith sich an ihm vorbei drängeln wollte, einen Ausfallschritt zur Seite und stieß mit der Schulter gegen ihn, was zwei Dinge zur Folge hatte. Zum einen wurde Smith wieder von dem unfassbaren Schmerz überwältigt. Tränen schossen ihm in die Augen und hinderten ihn daran, einfach so weiterzugehen. Zum anderen ließ er, als Reaktion auf den Schlag, beide Weinbecher fallen. Sie landeten im trockenen

Gras, und die dunkle Flüssigkeit bahnte sich seinen Weg über den Boden wie ein Rinnsal.

»Jetzt hast du den guten Wein verschüttet.«

Randall lallte immer mehr und sah Smith hasserfüllt an. Dieser konnte den Blick seines Gegenübers nur erwidern. Er verspürte eine Abscheu in sich aufsteigen, die sogar noch die übertraf, die er in der Hütte des Bürgermeisters gegenüber dem verrotteten, alten Mann empfunden hatte. Er hasste solche Menschen wie Randall - solche, die sich hemmungslos gehen ließen und es einfach nicht schafften, sich in die Gesellschaft zu integrieren. Deshalb hatte er, zumindest für ein ganzes Jahr, dem Alkohol entsagt - nachdem er es in seiner Anfangszeit bei der Polizei fast immer übertrieben hatte. Seine Psyche war gewissermaßen im Laufe der letzten Jahre abgestumpft, er brauchte nun nicht mehr zu trinken, um zu vergessen. Das geschah am Ende eines mittlerweile kurzweiligen Prozesses von ganz allein.

»Und das ist ganz allein deine Schuld, man.«

Randall baute sich vor ihm auf, schien ihn herausfordern zu wollen. Eigentlich hatte Smith so etwas definitiv nicht nötig, doch der Alkohol, den er bereits in sich hineingegossen hatte, verleitete ihn dazu, dass er gegenüber Randall seinen Mann stehen wollte.

»Hättest du mir deine beschissene Schulter nicht in den Weg gestellt, dann wäre der Wein auch nicht zu Boden gefallen.«

»Meine Schuld, was?«

Randall gab ihm einen weiteren Stoß, dieses Mal traf er genau die Stelle, die Smith am Meisten schmerzte. Die Wunde aus seiner Schulter sendete heftige Impulse an sein Schmerzzentrum und machte somit ein weiteres Mal auf sich aufmerksam. Smith versuchte, das zu ignorieren und seinerseits einen ersten Schlag zu setzen, doch er konnte nicht so schnell gucken, wie Randall bereits seine Faust ein zweites Mal auf seinen Oberkörper schlug. Dieser Schlag streckte Smith komplett nieder, er verlor das Gleichgewicht und landete im trockenen Gras. Seine Sicht war verschwommen, und er fühlte sich, als wäre ein Intercity mit voller Geschwindigkeit über seinen geschundenen Körper gerast. Randall trat ihm hart in die Seite, und er spürte, wie ihm für mehrere Sekunden die Luft wegblieb. Er biss sich dabei auf die Zunge, und spürte, wie der kupferne Geschmack von Blut seinen Mundraum ausfüllte.

»Stopp.«

Aus der Ferne waren Schritte und die dazugehörige Stimme zu hören. Charles Reinhart eilte heran, zog Randall auf die Beine und legte ihn danach auf den Bauch.

»Was ist hier passiert?«

»Der Wichser hat mich umgehauen«, murmelte Smith.

Es war ihm unangenehm, vor Reinhart darüber zu sprechen, dass ein zugedröhnter Säufer es geschafft hatte, ihn mithilfe eines Schlags zu Boden zu strecken. Die einzige Ausrede, die er hatte, war die, dass der Mann genau in seine Wunde getroffen hatte - jedoch würde ihm das auch nichts bringen, wenn das gerade eine ernste Sache und keine aus den Fugen geratene Diskussion gewesen wäre.

»Wie konnte das passieren?«

»Unwichtig.«

Smith winkte ab, und hoffte, dass Reinhart sich damit zufriedengeben würde. Dieser beäugte ihn kurz, und sein stechender Blick drang Smith bis ins Mark.

»Wir reden zu einem anderen Zeitpunkt darüber.«

Er verpasste Randall Handschellen, die er aus seiner Jackentasche holte. Er trug keine Dienstuniform, doch dies war nur eins von vielen Dingen, die Smith verwunderten, weshalb er sie als unwichtig abtat.

»Dich bringen wir lieber mal an einen Platz, an dem du deinen Rausch ungestört ausschlafen kannst. Komm mit.«

Randall wehrte sich leicht, doch Reinhart bekam ihn schnell in den Griff. Er führte den Mann weit weg, außer Reichweite des Feuers und bald auch außer Sichtweite. Tief im Wald um den See herum schien es einen geeigneten Ort zu geben, an dem der Mann in aller Ruhe ausnüchtern könnte - Smith vermutete, dass es sich hierbei um die Hütte des Bürgermeisters handelte, die ja nun leer stand. Er wandte seinen Blick ab und ging wieder in Richtung des Feuers. Niemand von den anderen Dorfbewohnern hatte offensichtlich mitbekommen, was zwischen ihm und Randall vorgefallen war.

Er versuchte, aus der Ferne irgendwo die Konturen von Amanda auszumachen, sah sie jedoch nirgends. Es war schon von weitem zu erkennen, dass sie sich nicht mehr an der Stelle aufhielt, an der sie auf ihn hatte warten sollen.

Smith machte sich jedoch nichts daraus, und ging weiter auf das Feuer zu, in der Hoffnung, dass sie irgendwann bald auftauchen würde. Das geschah jedoch nicht. Er suchte die nähere Umgebung ab, entdeckte bekannte Gesichter, jedoch nicht das von Amanda. *Wo ist sie nur hin?* Er streifte um das Feuer herum, entdeckte Betty, Marty, Goldhand, Silberfinger, und später auch wieder Charles Reinhart. Doch von Amanda fehlte jede Spur. Während die Minuten vergingen, kam Smith die Situation immer merkwürdiger vor.

»Wo hast du ihn hingebracht?«

»In die leerstehende Hütte im Wald. Dort kann er seinen Rausch ausschlafen.«

Also doch.

»Hast du meine Begleitung gesehen? Amanda… sie war vorhin noch hier.«

»Nein.«

Reinhart schüttelte den Kopf.

»Ich habe den Säufer weggebracht. Das hast du doch gesehen.«

Smith überlegte, was wohl geschehen sein mag. Was hatte Amanda dazu verleitet, die Stelle und scheinbar auch die gesamten Feierlichkeiten einfach zu verlassen? Es fehlte jede Spur, es war, als wäre sie vom Erdboden verschluckt worden. Smith vermisste ihre Nähe… sie war, ausgenommen von Charles Reinhart, die Einzige, die nicht aus der Gegend stammte. Sie hatten eine gemeinsame Mission, waren auf der Suche nach Tucker und Wyatt, ihren beiden Freunden. *Wenn sie ein Lebenszeichen von ihnen bekommen hat… dann hätte sie mir doch sofort Bescheid gesagt. Ich war doch nicht weit weg.* Es bedrückte ihn, nicht zu wissen, weshalb sie einfach verschwunden war. Je näher er den Gedanken ins Auge fasste, je stärker er darüber nachdachte, desto unwahrscheinlicher erschien es ihm, dass sie die Feierlichkeiten aus freien Stücken verlassen hatte.

»Ich muss sie suchen.«

Smith wandte sich direkt an Reinhart.

»Bleib doch locker.«

Dieser lächelte und machte eine wegwerfende Geste mit der Hand.

»Sie wird schon bald wieder auftauchen. Es gibt keinen Grund, in Panik zu verfallen.«

Smith gefiel die Einstellung seines Kollegen nicht.

»Was ist mit dir los? Du bist nicht so, wie ich dich in den letzten

Wochen kennengelernt habe. Du verhältst dich anders. Außerdem… es gibt keinen schlüssigen Grund, warum du überhaupt hier bist.«

Vielleicht war es die Mischung aus Alkohol, Gefühlsschwankungen und dem starken Schmerz in seiner Schulter, vielleicht war es aber auch eine angebrachte Aktion - Smith wusste es nicht. Er baute sich vor Reinhart auf, und blickte ihm tief in die Augen. Normalerweise war es seine Spezialfähigkeit, Menschen durch die Augen in die Tiefen der Psyche zu blicken - was wohl an seinem Psychologiestudium aus früheren Tagen lag. Bei Reinhart schaffte er das jedoch nicht. Der Blick des Mannes war leer und hing irgendwo, weit an Smith vorbei, in der Ferne. *Er beobachtet die in die Luft wirbelnde Glut des Feuers.*

»Gilbert. Wir kennen uns erst wenige Wochen, und haben bisher nur beruflich miteinander zu tun gehabt. Du erwartest doch nicht, dass ich mich jetzt vor dir rechtfertige? Ich bin hier, um einen Freund zu besuchen. Das solltest du akzeptieren.«

»Okay, es tut mir leid. Ich bin nur etwas aufgebracht.«

»Schon okay. Möchtest du noch ein Bier?«

Bevor Smith annehmen oder ablehnen konnte, hatte Reinhart bereits eine Flasche geholt, sich umgedreht und sie geöffnet. Sie stießen an, und Smith nahm sich vor, nach einem kleinen Schluck die Suche nach Amanda fortzusetzen. Das Bier schmeckte etwas bitterer als zuvor… die süße Note schien komplett verflogen zu sein. Nichtsdestotrotz nahm er einen großen Schluck, und spürte, wie das Getränk seinen Hals hinunterlief. Seine Züge entspannten sich, er vernahm aus seinen tränenden Augen die züngelnden Flammen des Feuers, und spürte die Wärme bis zu seinem Kopf emporsteigen. Die Wunde aus seiner Schulter sendete keine Impulse mehr an sein Schmerzzentrum - Smith war sich nicht mal mehr sicher, ob sie überhaupt noch existierte. Er bohrte in ihr herum, und zog seinen Finger erst wieder hervor, als das Blut in Strömen über sein T-Shirt lief. Der Schmerz blieb jedoch weg. Wie betäubt taumelte Smith durch die Gegend und hatte den nahen Wald bald erreicht. Der kühle Wind pfiff durch die Bäume und jagte ihm eine Gänsehaut über den Körper. Im Mondlicht glitzerte der See… das Wasser wirkte jedoch dunkel und bedrohlich, wie der Schlund eines Monsters. Das war auch der letzte Gedanke, der in Smith Kopf drang, ehe er sich niederkniete und direkt neben dem See auf den kalten Steinen des Ufers das Bewusstsein verlor.

GILBERT SMITH
27. AUGUST 2008

13

Aus einem grauen, bewölkten Himmel drangen nur wenige Sonnenstrahlen bis auf den Boden hervor. Smith schlug die Augen auf und blickte verwirrt in den Himmel. *Was ist passiert?* Er versuchte, herauszufinden, was geschehen war, doch er hatte keine Erinnerungen mehr. Er wusste nur, dass er, gemeinsam mit Amanda, auf dem Beerdigungsfest des Bürgermeisters gewesen war. An mehr konnte er sich nicht erinnern. Er blickte sich um. *Wo ist Amanda?* Nach und nach drang das, was in der Nacht passiert war, in sein Bewusstsein hervor, und breitete sich dort wie ein bösartiger Parasit aus. *Sie ist weg... jetzt schon mehrere Stunden.* Sein Magen drehte sich um und ihm wurde übel. Wenn er wenigstens einen Anhaltspunkt hätte, und wenn es auch ein noch so kleiner wäre... Smith raffte sich auf, stützte sich auf den Steinen ab und stand auf. Sein gesamter Körper schmerzte... Kopf, Rücken, und am schlimmsten die Wunde in seiner Schulter. Das, was er am Abend nicht bemerkt hatte, rollte jetzt mit voller Wucht über ihn herüber. Er musste ein paar Minuten lang warten, setzte sich wieder hin, und entschied sich dann, als der Schmerz zumindest etwas abgeebbt war, ein paar Schritte zu gehen. Die frische Luft tat seinem Kopf gut, der kühle Wind half ihm dabei, wieder klare Gedanken zu fassen. Er entfernte sich von dem Wald und blickte in die Richtung, in der er die Überreste des Feuers sah. Ein gigantischer Haufen Äste und Nadelhölzer war dort aufgerichtet worden – nun war es bloß noch Schutt und Asche. Der Boden war an einigen Stellen ebenfalls abgebrannt und platt getreten, doch sonst gab es nichts, was darauf hindeutete, dass vor wenigen Stunden noch eine große Menschenmasse dort gewesen war. Der Platz wirkte komplett verwaist, einzig und allein die aufgeschüttete Erde neben dem See, in dem sich der Leichnam des Bürgermeisters befand, zeigte Smith, dass er das alles nicht geträumt hatte. Er entdeckte in der Ferne die Überreste von zwei Weinfässern, und Abdrücke auf dem Boden, die eindeutig von dem Kutschwagen zu stammen schienen. Die Hufen der Pferde hatten tiefe Spuren hinterlassen. *Amanda... falls sie sich gegen ihren Willen von hier entfernt haben sollte, dann muss ich etwas in der Hand haben, womit ich mich verteidigen kann.* Er überlegte, als ihm etwas einfiel. *Meine Waffe und der Benzinkanister sind im Haus des Bürgermeisters. Aber dort ist auch Randall. Oder wie hieß er nochmal? Der Säufer.* Er dachte an die Schlägerei, die sie in der Nacht gehabt hatten, und spürte einen tiefsitzenden Hass in sich aufsteigen. Eigentlich hatte er diese Gefühle vor langer Zeit abgelegt gehabt. Nachdem er sein Psychologiestudium erfolgreich absolviert hatte, war er in ein tiefes Loch gefallen, aus dem er sich zwar schwer, am Ende aber erfolgreich heraus gekämpft hatte. Der Gang zur Polizei, den Lebensweg, den er danach eingeschlagen hatte, bereute er zu keiner Sekunde. Das alles hatte sein Leben wieder in geregelte Bahnen gebracht.

Der Boden unter seinen Füßen fühlte sich weich an, jeder seiner Schritte wedelte eine Staubwolke auf. Der Wald kam wieder näher, schon bald bedeckte das Blätterdach seinen Kopf und schirmte die wenigen Sonnenstrahlen ab, die sich durch den bewölkten Himmel kämpften. Wenig später erkannte er bereits die Hütte, sie lag im Schatten von mehreren hervorragenden Ästen. Aus der Ferne wirkte sie bereits bedrohlich... und als Smith an das dachte, was dort geschehen war, überkam ihm eine Gänsehaut. *Dieser Ort ist definitiv nicht normal. Irgendwas stimmt hier ganz gewaltig nicht.* Er betrat die Treppenstufen und vernahm aus dem Augenwinkel, dass die obere aus der Fassung herausgebrochen war und das zersplitterte Holz auf dem Boden lag. Die anderen beiden Stufen hielten Smiths Gewicht aus, und so stand er wenige Sekunden später an der Stelle, an der am gestrigen Tage noch die Tür im Rahmen gehangen war. Die Dunkelheit im Inneren wirkte beunruhigend auf ihn. Und erst dieser Geruch... es stank nach Tod in der Hütte, doch das war nicht weiter verwunderlich. Vor weniger als vierundzwanzig Stunden war ein Mensch hier gestorben und hatte einige Stunden dort gelegen. Irgendwie spürte Smith jedoch, dass das nicht der einzige Grund war. Es war fast so, als befände sich eine überirdische Präsenz in diesem Raum, und er dachte wieder an die Séance, die er gemeinsam mit Amanda und dem Bürgermeister abgehalten hatte. *Amanda...* Er versuchte, den Gedanken an sie zumindest für die nächsten Augenblicke zu verteidigen. Er musste jetzt erstmal seine Waffe finden, und hoffte insgeheim, dass ihm sich dabei niemand in den Weg stellen würde. Hinter dem Flur, im angrenzenden Raum, fand er den Benzinkanister. Seine Waffe fand er etwas abseits, an der Stelle, an der er sie verloren hatte. Er nahm beide Dinge in die Hand und überlegte, was er nun tun sollte. Nach wenigen Sekunden entschied er sich dazu, die kleine Hütte weiter zu durchsuchen. Sein Gefühl verleitete ihn zu der Annahme, dass es hier im Inneren etwas geben musste, was er noch nicht gesehen hatte. Er verhielt sich leise und durchkämmte den kleinen Raum, in dem er tags zuvor den Bürgermeister getötet hatte. Außer ein paar Blutspuren war davon nichts mehr zu sehen. Der Tisch war umgestoßen und das Ouija-Brett lag in der Ecke des Raumes, doch das passte zum schlechten Zustand der Behausung. Smith folgte dem Geruch und setzte seinen rechten Fuß über die Schwelle in das angrenzende Zimmer. Er hörte ein lautes Stöhnen, drehte sich um, und entdeckte Randall, der auf einer alten Matratze auf dem Boden lag. Der Stoff war bereits vergilbt, und der gesamte Raum strahlte einen unausstehlichen Geruch aus, der bei ihm nicht nur Kopfschmerzen, sondern auch Übelkeit erzeugte.

»Was... was ist passiert?«

Randall ließ seinen Blick durch die Gegend schweifen, ehe er Smith entdeckte. In diesem Raum gab es ein altes Holzfenster, durch das Licht hineinfiel. Am Rahmen blätterte sich das Holz bereits ab, doch auch das passte perfekt in die Umgebung.

»Du.«

Randalls Tonlage veränderte sich plötzlich von verwirrt zu wütend, doch seine Stimme klang sehr klar. Er schien es tatsächlich geschafft haben, seinen Rausch auszuschlafen.

»Was willst du hier?«

Smith wollte sich nicht dumm anmachen lassen, weshalb er seine Waffe entsicherte und sie direkt auf Randall richtete. Auf einmal wich die trotzige, aggressive Grundhaltung einer Furcht, die den gesamten Körper des Mannes in Beschlag nahm.

»Hey, man, ich wollte ja nicht...«

»Was wolltest du nicht?«

Smith schob den Lauf der Waffe in den Bauch des Mannes. Er nahm zur Kenntnis, wie Randall die Augen aufriss und ihn ungläubig anstarrte.

»Was geht in eurem Kaff vor sich? Warum verschwinden ständig Leute?«

Dem ängstlichen Ausdruck in Randalls Augen folgte ein süffisantes Grinsen. Angst wich aus seinem Blick – er wusste, dass er jetzt etwas in der Hand hatte, was ihn davor bewahrte, auf der

Stelle von Smith erschossen zu werden.

»Das ist das Geheimnis von Kinmark.«

Er machte einen Ruck nach vorne, eine Bewegung, mit der Smith in diesem Moment nicht gerechnet hatte. Er verlor die Waffe aus der Hand, sie landete polternd auf den Holzdielen in der Hütte. Randall wagte blitzschnell einen Schritt nach vorne und trat mit dem Fuß auf die Pistole.

»Lass uns das ganz in Ruhe klären.«

Warmer, nach Alkohol stinkender Atem schlug Smith ins Gesicht. Randall stieß ihn gegen die Wand, und Smith spürte, wie der harte Aufprall ihm die Luft aus den Lungen presste. Er schaffte es gerade noch, sein Gleichgewicht zu halten, holte mit der Faust aus, und versenkte diese in Randalls Gesicht. Er streckte den Mann mit einem harten Schlag nieder, dieser verlor den Boden unter seinen Füßen und fiel auf den Rücken. Somit rutschte die Waffe unter seinen Schuhen weg, Smith hechtete nach vorne, griff nach ihr und atmete erleichtert auf, als er das kühle Metall zwischen seinen Fingern spürte. Er zögerte nicht weiter – er wollte einfach kein Risiko mehr eingehen. Er wusste, dass er Randall für gewisse Informationen brauchte, und wandte nun eine Vorgehensweise an, von der er wusste, dass sie funktionieren wird. *Am Ende des Tages ist er nämlich einfach nur ein feiges Arschloch.* Smith richtete die Waffe auf den Oberschenkel von Randall und drückte ab. Die Kugel bohrte sich tief in das Fleisch des Mannes, und aus der Wunde sickerte ein heftiger Blutfluss auf den Boden. Ein animalischer Schrei folgte, der jedoch von den Holzwänden der Hütte verschluckt wurde.

»Du mieser Bastard.«

Randall stöhnte auf und fasste sich auf die Wunde, wollte so natürlich versuchen, den Blutfluss einzudämmen. Schon bald war seine Hand komplett rot.

»Arschloch.«

Die Beleidigungen nahmen nicht ab, doch Smith fühlte sich mit jedem Wort, was der verletzte Mann sprach, besser.

»Was passiert in eurem beschissenen Dorf?«

Randall zwang sich ein Lächeln auf die Lippen. Es sah fast aus, als fletsche er die Zähne.

»Da du Irrer mich vermutlich sowieso töten wirst, will ich dir noch etwas zeigen. Schau mal.«

Er atmete tief durch, robbte sich ein paar Zentimeter nach vorne und zog etwas hinter seinem Rücken hervor. Es handelte sich um eine Konservendose. Er warf sie in Smiths Richtung, die Dose landete auf dem Boden und der Inhalt rollte langsam und zögerlich heraus. Es handelte sich um einen abgetrennten Finger, der an der Unterseite noch mit verkrustetem Blut beschmiert war.

14

»Sie werden deiner kleinen Schlampe nach und nach jeden ein-
zelnen ihrer beschissenen Finger abtrennen, um dann mit den
anderen Körperteilen fortzufahren.«
Smith war vor Schock wie gelähmt. Er wusste nicht, ob das, was
Randall sagte, der Wahrheit entsprach – er konnte die Sache nur
nach dem Teint, den der Finger hatte, beurteilen.
Smith wandte seinen Blick ab und sah Randall voller Hass an.
Neben dem schmerzverzerrten Gesichtsausdruck erkannte er
ein schwaches Grinsen.
»Was habt ihr mit ihr gemacht?«
Er holte mit seinem Fuß aus und trat Randall mit voller Wucht
ins Gesicht. Das Nasenbein brach, und Blut strömte über sein
komplettes Gesicht. Er sah, so wie er dort auf dem Boden an der
Wand lag, wie ein Wahnsinniger aus. Als keine Antwort kam,
und er nur sah, wie Randall eine dicke Ladung Blut auf den
Boden spuckte, verpasste er ihm einen weiteren Tritt – dieses
Mal in die Magengegend. Randall atmete schwer, er schien kurz
davor zu sein, das Bewusstsein zu verlieren. Doch der Ausdruck
in seinen Augen und die zu einem Grinsen verzogenen Mundwinkel bestätigten Smith in der Annahme, seine Gewalt noch
nicht in den angemessenen Maßen eingesetzt zu haben. Er zögerte nicht lange und verpasste Randall eine zweite Kugel –
dieses Mal in den anderen, unverletzten Oberschenkel. Die Au-
genlider des Mannes flackerten, während sich schon eine enor-
me Blutpfütze unter seinem aufrecht an der Wand lehnenden
Körper gebildet hatte. Smith schätzte, anhand der Erfahrungen,
die er über die Jahre im polizeilichen Dienst gemacht hatte, dass

dem Mann weniger als eine Minute blieb, bis er das Bewusstsein verlieren und an dem vielen Blutverlust dann später auch sterben würde. Seine gesamte Hose, die vorher beige war, hatte bereits einen dunkelroten Farbton angenommen. Er stieß langsame, kurze Atemzüge aus und murmelte etwas Unverständliches vor sich hin. Smith konnte die Worte nicht verstehen, weshalb er sich bückte und sein rechtes Ohr näher an den Mund des sterbenden Mannes hielt.

»Wie bitte? Ich habe dich nicht verstanden.«

Randalls Kopf schoss mit einer Wucht nach vorne, mit der Smith nie im Leben gerechnet hatte. Er öffnete seinen Mund, fletschte die Zähne wie ein wildes, hungriges Tier und versenkte sie in Smiths Ohr. Er riss ihm ein kleines Stück von seinem Ohrläppchen heraus, kaute auf dem Fleisch und schluckte es einfach herunter. Smith konnte das nicht mehr verhindern, er riss seinen Kopf zurück, zögerte nicht mehr länger und schoss Randall mitten ins Gesicht. Der laute Knall, der noch lange in den Wänden der Hütte und im angrenzenden Wald nachhallte und die darauffolgende Stille nahm Smith gar nicht mehr so wahr. Adrenalin rauschte durch seinen Körper, und der Schmerz, den er nun in Schulter und Ohr verspürte, war fast so schlimm, dass er ihm das Bewusstsein raubte. Er blickte auf Randall, den Mann, den er soeben getötet hatte. *Das Arschloch, das mir mit seinen letzten Lebenszügen ein Stück Fleisch aus dem Ohr gebissen hat.* Er versuchte vorsichtig, mit seiner Hand die Schwere der Bisswunde zu ertasten, und spürte in diesem Moment eine Welle aus verschiedenen Gefühlen über sich einbrechen. Wut, Hass, Traurigkeit, Hilflosigkeit... all das vermischte sich zu einem Etwas, was für ihn nur schwer zu ertragen war. Zu einer Welle, die ihn übermannte und ihn an den Rand der Verzweiflung brachte. Sein Blick schweifte zu Randall. Das Geschoss hatte seine Stirn genau zwischen den Augen durchdrungen. Neben vielem Blut, welches noch immer aus dem Loch sickerte, hatte sich auch Hirnmasse auf seinem Gesicht ausgebreitet. So viel Blut wie jetzt hatte Smith schon einmal gesehen – es war an einem Tatort gewesen, vor ewig langer Zeit. Er schüttelte den Kopf, vertrieb die Gedanken an seine Vergangenheit und konzentrierte sich aufs Hier und Jetzt. *Amanda.* Er hatte zwar weiterhin keinen Anhaltspunkt zu ihrem Aufenthaltsort, wusste jedoch, dass sie in großer Gefahr schwebte. *Der Finger muss nicht zwingend zu ihr gehören,* rief er sich selbst in Erinnerung. Er schaffte es jedoch nicht, sich damit zu beruhigen, seine Gedanken drifteten immer weiter in ungewollte Richtungen ab. *Dieser Irre hat einfach ein Stück Fleisch von mir gegessen.* Was, wenn diese Tatsache keine Reaktion auf die gegebenen Umstände gewesen war, sondern...? Er überlegte, kam jedoch auf nichts, was ihn zufriedenstellte. Er erhob sich stöhnend von dem blutüberströmten Boden, stützte sich an der Kante des Holztisches ab und kam so langsam auf die Beine. Er torkelte in den nächsten Raum und nahm den Benzinkanister wieder mit, den er zwischenzeitlich abgestellt hatte. Die frische Luft außerhalb der Hütte tat ihm enorm gut, sie half ihm dabei, einen klaren Kopf zu bekommen. Er stolperte die Stufen vor der Hütte hinunter und landete im weichen Gras. Sein Herz schlug unfassbar schnell, er fühlte sich so, als wäre er eben einen Marathon gelaufen. Das Blut rauschte in Höchstgeschwindigkeit durch seinen Körper, und sein verletztes Ohr begann zu pochen. *Ich muss zurück ins Dorf. Wenn Amanda irgendwo ist... wenn sie irgendwo hingebracht worden ist... dann doch wohl nach Kinmark.*

Ein paar Minuten vergingen, bis er sich in der Lage fühlte, seinen Weg anzutreten. Er stapfte durch den Wald, hörte die Äste unter seinen Füßen brechen und genoss jede Sekunde, die er an der frischen Luft verbringen und sich weiter von der Hütte entfernen konnte, in der er bereits zwei Menschen ohne Skrupel getötet hatte. *Verliere ich mich selbst wieder?* Er verspürte nichts – keine Trauer, keine Emotionen, keine Gefühle für das, was er getan hatte. Er fühlte sich im Recht – der Bürgermeister hatte Amanda angegriffen, und Randall, der Alkoholiker, hatte augenscheinlich etwas mit ihrem Verschwinden zu tun gehabt. Auch, wenn das nicht feststand, war er sich ziemlich sicher, dass der Mann etwas gewusst hatte, was er bis zu seinem Tod bewusst verschwiegen hatte. Und alleine dieser Gedanke sorgte schon dafür, dass die Wut wieder all seine menschlichen Eigenschaften verdrängte. Es war fast so, als würden ihm Engel und Teufel auf der Schulter sitzen, die beide gleichzeitig auf ihn einredeten und ihre Worte sich so zu einem unverständlichen Schwall vermischten. Der Teufel hatte dabei jedoch in den letzten Minuten deutlich die Oberhand genommen.

Bald hatte er die freie Fläche erreicht, und der Weg, der vor ihm lag, führte ihm direkt zu dem Plateau, dort, wo er die zerstörten Zelte finden würde. Er vergewisserte sich mehrfach vorsichtig, dass er nicht wieder auf ein Puma treffen würde – nun wäre er, gerade mit seinen Verletzungen, dem Tier schutzlos ausgeliefert und am Ende. Er würde wahrscheinlich gar nicht mal mehr so schnell reagieren können, wie das Tier brauchte, um sich auf ihn zu stürzen und ihn in Stücke zu reißen. Er schaffte es jedoch, den Weg zum Plateau ohne Zwischenfälle zu überstehen. Von dort aus war seine Sicht besser, hinter einer Anhöhe waren in der Ferne die ersten Ausläufer Kinmarks zu sehen. Smith fühlte sich zwar nicht gut – doch zumindest sicher, wozu die Pistole und der Kanister natürlich enorm viel beisteuerten. Die beiden waren seine Lebensversicherung, und auch, wenn es anstrengend war, den Kanister den bergigen Weg hinauf zu schleppen, wusste er, dass es wichtig sein könnte. *In der Not frisst der Teufel eben Fliegen.* Er geriet schnell ins Schwitzen, und musste das schwere Behältnis immer mal wieder zwischendurch abstellen, um sich den Schweiß von der Stirn zu wischen. Obwohl es lange nicht so warm wie am gestrigen Tage war und die Sonne größtenteils von den Wolken zurückgedrängt wurde, war ihm extrem heiß. Schon bald begann seine Hand vom Tragen des Benzinkanisters zu schmerzen. Er stellte ihn ab und ließ seinen Blick durch die Gegend schweifen. Und dann plötzlich... es war fast so, als befände er sich in einem Traum... sah er das schwarze Pferd. Er wusste nicht, ob es sich hierbei um Rocky oder Tornado handelte – Fakt war aber, dass es ein Pferd war – und somit ein Fortbewegungsmittel. Smith konnte sein Glück in diesem Moment kaum fassen. Er sah sich nervös um, rechnete fast damit, dass in den nächsten Augenblicken jemand auftauchen würde, dem das Pferd gehörte. Doch das war nicht der Fall. Mit langsamen, zögerlichen Schritten ging Smith auf das Tier zu – auch, um es nicht zu verunsichern. Er strich sanft über das Fell, und entschied sich dann, irgendwie zu versuchen, aufzusteigen. Das fiel ihm jedoch gar nicht so leicht, er schaffte es erst nach mehreren Versuchen, seinen rechten Fuß in den Steigbügel zu stecken und sich unter Schmerzen irgendwie auf den Rücken des Pferdes zu ziehen. Es war ein Kunststück, dabei auch seine Waffe und den Benzinkanister nicht aus der Hand zu lassen, doch er schaffte es. Er gab dem Pferd die Sporen und nahm zur Kenntnis, wie sich das Tier langsam in Bewegung setzte. Bald schon ritt er auf dem Rücken des schwarzen Pferdes durch das trockene Gras und genoss den kühlen Luftzug, der ihm augenblicklich den Schweiß auf der Stirn trocknete. Er fühlte sich direkt besser, auch, wenn der Schmerz, ausgehend von seiner Schulter und seinem Ohr, weiterhin existierte. Es ging den Anstieg hinauf, und während die bergige Natur an ihm vorbeirauschte, entdeckte Smith etwas in der Ferne. Direkt neben dem Weg, dort, wo das Gras nicht platt getrampelt war sondern in die Höhe sprießte, gab es eine kleine Lücke im Stein, aus der schwarze Dunkelheit wie ein offener Schlund klaffte. Smith verlangsamte das Pferd, entdeckte neben dem Höhleneingang einen Holzpfosten und band es dort fest. Er nahm seine Waffe mit – entschied sich aber dazu, den Benzinkanister an Ort und Stelle zu lassen. Der Eingang war so breit, dass es gerade dazu ausreichte, ihn zu passieren. Er schabte mit seiner Schulter über den Stein, ignorierte jedoch den Schmerz, der erneut in ihm aufflammte. Er biss sich auf die Zähne, versuchte, stark zu sein, und konnte so den Kampf gegen seinen stärksten Gegner gewinnen. Der Boden unter seinen Füßen, der anfangs trocken und staubig gewesen war, wurde nun schlammig und feucht. Es wurde immer stickiger und auch der Geruch veränderte sich. Im Inneren der Höhle stank es nach Fäkalien und Blut. Eine Mischung, die dafür sorgte, dass Smith die Galle im Hals hochstieg und er würgen musste. Alles in ihm sträubte sich dagegen, den Weg fortzusetzen... doch er tat es trotzdem, er handelte aus dem Gefühl heraus. Um den abartigen Geruch zumindest etwas zu vertreiben, konzentrierte er sich darauf, einen Fuß vor den anderen zu setzen und dem Weg zu folgen, der ihn tiefer hinein führte. Der Abstand zwischen den Wänden vergrößerte sich schon bald, so dass er wieder entspannt durchatmen konnte.

Sein Brustkorb hob und senkte sich bald wieder in regelmäßigen Abständen, und die schlechte Luft war bald so überlagernd geworden, dass er sie nicht mehr vollständig wahrnahm. Fünf Minuten dauerte es, bis er einen kleinen Kanal erreicht hatte. Durch die Ritzen an den Wänden der Höhle über und neben ihm drang nur spärliches Licht, was ihm aber trotzdem zur Orientierung reichte. Wasser, Schlamm, oder was auch immer das dort vor ihm war, es floss in eine Richtung – tiefer ins Innere des Felsens hinein. Smith dachte nicht lange nach, sondern folgte dem Fluss direkt. Er kam sich albern vor, wusste nicht genau, warum er das tat. Es gab schließlich nichts, was dafürsprach, dass es hier irgendetwas gab, was er erkunden musste. Seine Schuhe waren bald komplett von der bräunlichen Brühe durchweicht, und er ekelte sich vor jedem weiteren Meter. Es fühlte sich für ihn an, als würde er mitten durch eine Kanalisation stapfen. *Was, wenn das einfach nur das Abwassersystem, die Kanalisation des Dorfes ist? Dann ist der ganze Aufwand umsonst.* Er ließ seinen Blick schweifen, hoffte, dass ihm irgendetwas ins Auge fiel, was er als wichtig erachtete. An den Wänden waren feine Spuren zu sehen... *Sind das Handabdrücke?* Smith ging näher heran und betrachtete die braunen Schlieren, die sich über den Stein zogen. Und tatsächlich: dort, auf der Wand, waren in unregelmäßigen Abständen Handabdrücke aus einer Mischung aus Blut und Schlamm bestehend zu sehen. Smith war überrascht, er hatte nicht damit gerechnet, überhaupt auf irgendetwas Interessantes hier in den Tiefen der Kanalisation Kinmarks zu stoßen. Diese Entdeckung verleitete ihn jetzt dazu, weiterzusuchen. Er strich vorsichtig über den Schlamm, der Abdruck war kalt und das Blut bereits getrocknet. Der raue Felsen wies an einigen Stellen kleine Einkerbungen auf, durch die immer wieder Wasser und Schlamm sickerte. Smith wagte sich weiter nach vorne und stand bald knietief im stinkenden Schlamm. Ihm wurde übel, er drehte sich um und übergab sich. Der beißende Geruch verursachte Kopfschmerzen und Unwohlsein bei ihm, zusätzlich zu der Übelkeit. Feine Bluttropfen zogen sich nun über den Stein, und Smith spürte, dass er etwas Großem auf der Spur war. Er schlug sich tiefer durch den Morast und stieß wenige Minuten später auf eine Einkerbung in der Wand. Aus der Ferne war die Nische nur schlecht zu erkennen gewesen, jetzt, wo er jedoch genau davorstand, sah er den Gang in seiner ganzen Pracht. Es handelte sich um eine schmale Abzweigung, die ihn von dem Hauptweg abbrachte. Neugierig quetschte er sich durch die schmale Spalte im Felsen, prustete und keuchte, als er sich endlich wieder frei bewegen konnte. Er fiel der Länge nach in den Schlamm und versuchte, die Luft anzuhalten, um möglichst wenig von der ekligen Masse in den Mund zu bekommen. Sein Kinn war verschmiert und er spuckte die Schlammreste, die er nicht abwehren konnte, auf den Boden. Er wischte sich an seinem T-Shirt trocken, wartete einen Moment ab, in dem er den Schmerz gewähren ließ, und richtete sich dann auf. An dieser Stelle wurde die braune Masse langsam flacher, ehe sie wenig später ganz verschwand. Seine Schuhe schabten über den trockenen Kies und hinterließen tiefe, braune Abdrücke... doch diese waren nicht die einzigen. Direkt vor sich sah er immer mal wieder Schuhabdrücke, die ihn immer tiefer in die Höhle führten. Es war fast, als folge er einer Spur, die sich aber wenig später wieder auflöste. Verärgert kehrte Smith um, nachdem er merkte, dass er sich in einer Sackgasse befand. Er kämpfte sich zurück, und hatte bald wieder die Stelle erreicht, die ihn ursprünglich hineingeführt hatte. Von draußen schlug ihm peitschende Nässe ins Gesicht, er kniff die Augen zusammen und blickte in den wolkenverhangenen Himmel. Es hatte zu regnen begonnen. Der Boden war bereits durchweicht und hatte sich in einen schlammigen Untergrund verwandelt. Ein kleines Rinnsal floss über den Boden und bahnte sich langsam den Weg in die Höhle, die wohl den Eingang zur Kanalisation darstellte. Smith war froh, dass er sich wieder an der frischen Luft befand - der Regen wusch ihm den Schlamm vom Körper und aus der Kleidung, zudem war das kalte Wasser auf seinen Wunden enorm angenehm und vertrieb den Schmerz für ein paar Augenblicke. Er wischte sich den Regen aus dem Gesicht und wandte sein Gesicht dem Himmel zu. Er musste nun Kraft sammeln, und war bereit, alles zu geben.

15

Fest entschlossen steckte er seine Waffe in den Hosenbund und ging mit schnellen Schritten auf das schwarze Pferd zu, welches im Angesicht des Wetters betrübt durch die Gegend blickte. Er schwang sich auf den durchnässten Rücken des Tieres, nachdem er den Benzinkanister auf den Sattel hob. Das Pferd setzte sich langsam in Trab und die Hufe stapften durch den aufgeweichten Boden. Smith gab sich damit zufrieden, er wollte das Tier nicht unnötig stressen - zudem ging es jetzt immer weiter bergauf. Sein durchnässtes Haar klebte ihm an der Stirn und der kühle Wind ließ ihn erzittern. Der Boden wurde währenddessen immer unebener und schwerer zu bereiten - und der Regen immer unnachgiebiger. Wenig später stoppte das Pferd, und weigerte sich, den Weg weiter zu gehen. Sie befanden sich vor einer Steigung, die durch den Regen unpassierbar zu sein schien - zumindest für das Pferd. Seufzend stieg Smith ab, nahm seine beiden Waffen mit und stapfte selbst durch den aufgeweichten Boden. Er versank immer wieder knöcheltief im Schlamm, während es weiterhin wie aus Kübeln goss. Es dauerte eine schweiß- und nerventreibende halbe Stunde, ehe Smith den Anstieg geschafft hatte. Der Regen war zwischendurch verflacht und hatte dann auch komplett aufgehört, als er sich direkt hinter den ersten Ausläufern von Kinmark befand. Hinter der windschiefen Fassade der Kaschemme war er zwar etwas geschützt, spürte aber dennoch die Kälte in seinen Gliedern. Es war deutlich kühler als gestern, er schätzte, dass die Temperatur bestimmt um zehn Grad gefallen war durch den Regen. Der Himmel blieb grau, während er sich langsam um das Haus herumschlich um zu sehen, was an der Vorderseite los war. Die einfachen Holzfenster waren geöffnet und so hatte es der Regen geschafft, ins Innere zu dringen. Dort, in dem zuvor belebten Innenraum, entdeckte Smith jedoch niemanden. Es war, als hätte der Regen alle Leute aus dem Dorf vertrieben. Plötzlich hörte er, wie in seinem Rücken eine Tür geöffnet wurde. Das Holz schabte laut über den Boden, Smith drehte sich hastig um und zog blitzschnell seine Waffe aus dem Bund.

»Hey, man, alles gut.«

Hinter ihm stand Bob, der Koch des Dorfes. Er hob beschwichtigend die Hände in die Luft. Da er nicht den Anschein machte, als wäre er gefährlich, senkte Smith die Waffe wieder zu Boden.

»Wo warst du? Wir haben dich heute gar nicht im Hotel gefunden. Du warst nicht da.«

»Mir wurde irgendetwas verabreicht.«

Er lehnte sich an den Tisch, der direkt in seinem Rücken war, und entlastete so seinen Körper etwas. Jetzt, wo er sich wieder nicht in Bewegung befand und sich einfach entspannte, schien ihn der Schmerz wieder umbringen zu wollen. Er blickte Bob von Kopf bis Fuß an, der Mann wirkte souverän, und er war sich sicher, dass er keine Bedrohung darstellte.

»Hast du Hunger?«

»Hm.«

Er dachte an das, was er in den letzten Stunden erlebt hatte, und spürte, wie sich sein Magen verkrampfte. Er verspürte viele Gefühle auf einmal - Hunger jedoch war keins davon, weshalb er den Kopf schüttelte.

»Nein. Ich suche Amanda, meine Begleitung… sie ist seit gestern Abend verschwunden.«

»Oh, das ist keine schöne Situation.«

Bob verschwand in der Küche und kam wenige Sekunden später mit einer Glasflasche und zwei Gläsern wieder. In ihr befand sich eine braune Flüssigkeit - Smith vermutete, dass es sich dabei um Whiskey handelte.

»Tut mir leid, dass deine Partnerin dich verlassen hat. Aber sei dir sicher - es werden auch wieder bessere Zeiten kommen.«

»Moment.«

Smith schob das Glas zurück, was Bob ihm hingestellt hatte. Er überlegte einen kurzen Moment, ob er von der Begegnung mit Randall erzählen sollte - entschied sich jedoch dagegen. Er nahm dem Mann ab, dass er nicht wusste, was sich hier abspielte. Bob machte einen ehrlichen Eindruck und sah ihn nun an.

»Was ist los?«

»Mir wurde etwas ins Getränk getan, und ich glaube, dass dahinter ein Plan steckt.«

Smith baute sich vor Bob auf, stützte sich auf der Theke ab und versuchte so, einen einschüchternden Eindruck zu erwecken. Nun war er wieder ganz der Cop, der ermittelte - wenn auch in eigener Sache.

»Wenn du irgendetwas weißt, wäre ich dir sehr dankbar, wenn du es mir mitteilen würdest.«

Bob schüttelte den Kopf und lächelte.

»Oh nein. Was denkst du, wo du hier bist? Wir befinden uns in Kinmark. Hier läuft alles seinen Gang.«

Er schenkte sich mit zittrigen Händen ein Glas Whiskey ein und exte das Glas mit einem Schluck.

»Bob, verdammt.«

Smith schlug mit der Hand auf die Theke und nahm zur Kenntnis, wie sein Gegenüber zusammenzuckte.

»Es verschwinden Menschen in diesem Dorf. Ich habe mit Amanda, Tucker und Wyatt drei vor knapp zwei Tagen kennengelernt. Zudem kursieren Geschichten da draußen, dass das hier sogar öfter passiert.«

Der Blickkontakt, der nun zwischen Smith und Bob entstand, hielt eine ganze Zeit lang an. Es vergingen mehrere Sekunden, bis Bob schließlich seinen Blick senkte und zu erzählen begann.

»Vor vielen Jahren war Kinmark viel größer und hatte auch viel mehr Einwohner. Wir waren nicht bloß ein kleines Dorf in den Bergen, sondern ein Ort, an dem Menschen ihre Zeit gerne verbrachten und uns oft besuchten. Bis das Unglück vom einen auf den anderen Tag über uns hereinbrach.«

Er machte eine Pause und blickte unsicher durch die Gegend. Er kämpfte mit sich, entschied sich dann aber, weiter zu erzählen.

»Die Menschen wurden krank und starben. Wir wussten nicht, warum, und wie... es war ein Virus, das durch das Dorf grassierte. Es verursachte schlimme, offene Wunden, zerfetzte die Blutlaufbahnen im Inneren und fraß die Leute wie ein Parasit von innen heraus auf. Sie starben elendig, die meisten bei sich zuhause, viele aber auch auf der offenen Straße. Wir hatten nichts, rein gar nichts, womit wir sie behandeln konnten. Das zog sich über Tage, Wochen, Monate... irgendwann haben wir dann nur noch einen letzten Ausweg gesehen. Vor circa zwanzig Jahren. Unser Bürgermeister, Leeroy, hatte diese Idee, weshalb wir ihm alle in gewisser Art und Weise unser Leben verdanken. Wir setzten dunkle Magie gegen das Virus ein, beschworen Geister aus dem tiefsten Jenseits herauf. Das klappte dann auch ganz gut. Das Virus wurde ausgerottet, die Infizierten, die zu dem Zeitpunkt noch am Leben waren, wurden vollständig geheilt. Doch wie das eben bei so einem Handel mit den finsteren Mächten ist… alles fordert seinen Tribut.«

Bob bot Smith ein weiteres Mal einen Whiskey an. Smith war gespannt, wie die Geschichte weitergehen würde, und willigte deshalb ein. Er war sich sicher, dass er hier etwas erfahren würde, was ihm auf der Suche weiterhelfen konnte.

»Menschen verschwanden. Es geschah vom einen auf den anderen Tag. Nicht viele, vielleicht einer oder zwei pro halbes Jahr. Anfangs dachten wir uns nichts dabei. Als aber schließlich einer von den Verschollenen zurückkehrte und eines Tages blutüberströmt auf dem Marktplatz zusammenbrach, wussten wir, dass etwas ganz und gar nicht stimmte. Es handelte sich um einen zuvor lebensfrohen Menschen, der sich danach in ein rücksichtsloses und skrupelloses Arschloch verwandelt hat. Die Rede ist von Randall.«

Smith musste das, was Bob erzählte, erstmal verdauen. Bob ließ ihm dafür Zeit, denn er legte eine weitere Pause ein.

»Seine Geschichte übertrifft wirklich alles. Ich kann dir jetzt nicht jedes einzelne Detail nahelegen, denn sonst säßen wir morgen noch hier, und damit wäre keinem geholfen. Warte mal, bitte.«

Bob verschwand hinter der Tür, die in die Küche der Kaschemme zu führen schien. Smith war verwirrt und ärgerte sich auch etwas. *Verdammt, Randall… Er hatte es zwar verdient gehabt, zu sterben, doch wenn ich gewusst hätte, dass seine Rolle so wichtig ist, hätte ich ihn niemals getötet, verdammt.* Es dauerte zwei Minuten, bis Bob wiederkam. Er hatte eine Karte und einen Bleistift mitgebracht, rollte das Papier auf dem Tresen aus und fuhr mit dem Stift über die Skizzen, die dort zu sehen waren.

»Hier ist eine Karte von Kinmark. Ich habe sie selbst angefertigt.«

Er zeichnete eine feine Linie, startete bei der Kaschemme und endete irgendwo außerhalb, mitten im Gebirge. Dort, wo seine Linie endete, zeichnete er einen großen Punkt.

»Hier befinden sich die Minen, dort, wo das Virus damals seinen Anfang nahm. Der Knotenpunkt des ganzen also. Deine Freunde… sie könnten sich genau hier aufhalten.«

»Warum sollten sie dort sein?«

Smith kam das ganze relativ komisch vor. Er konnte Bobs Worten zwar folgen, verstand die Logik dahinter aber nicht.

»Wenn Menschen verschwinden, tauchen sie dort wieder auf. Frag mich nicht, woran das liegt… ich kann es dir nicht erklären. Dieser Ort… er scheint irgendetwas Mysteriöses zu besitzen.«

Bob sah ihn eindringlich an.

»Ich kann diesen Ort nicht verlassen. Die Menschen sind auf mich angewiesen. Ich würde dir gerne behilflich sein bei der Suche nach deinen Freunden, aber es geht nicht. Randall… er hat früher in den Minen gearbeitet. Du müsstest ihn in der Hütte vom Bürgermeister finden.«

»Was ist mit Charles Reinhart? Meinem Kollegen?«

»Er ist heute Morgen wieder abgereist. Sein Aufenthalt war leider nur von kurzer Dauer… dienstliche Sachen, verstehst du sicherlich.«

Smith glaubte ihm nicht wirklich. Doch er hatte zunächst keine andere Wahl, als den Worten des Mannes zu folgen. Wenn ihn dies näher an Amanda… *und Tucker und Wyatt*, fügte er in Gedanken hinzu, brachte, dann hatte er sein Ziel erreicht. Danach, da war er sich sicher, würden sie sofort diesen unheilvollen Ort verlassen.

»Für den Weg würde ich dir auch mein Pferd zur Verfügung stellen. Ich bringe dich sofort zu Lucky.«

Smith fand dies eine nette Geste, weshalb er einwilligte. Bob führte ihn nach draußen. Hinter der Kaschemme entdeckte er Lucky - einen Schimmel mit einer prächtigen Mähne. Er strich über das warme Fell.

»Wenn ich mir den Himmel so ansehe, sollte es erstmal die nächsten Stunden trocken bleiben.«

Bob schirmte sich die Hand über die Augen und blickte nach oben. Smith folgte seinem Beispiel. Durch die dunkle Wolkendecke waren einige wenige Sonnenstrahlen gedrungen, die sich zögerlich in Richtung Boden wagten. Smith sah es genauso wie er – es schien so, als würde es erstmal nicht mehr regnen.

»Die Gänge in der Mine sind ziemlich verzweigt. Du solltest aufpassen, dass du dich nicht verläufst, wenn du alleine losziehst.«

Bob hatte ihn durchschaut – Smith hatte nicht vor, sonst noch jemandem von seiner Mission zu erzählen. Randall war tot, und andere Hilfe konnte er sich nicht holen – er kannte die Leute kaum und wusste zudem nicht, wen er fragen sollte. Falls das stimmte, was Bob ihm erzählt hatte, hatten die Leute dann auch genug Respekt vor der Mine und würden nicht freiwillig mitkommen, was er gut verstehen konnte. Er verabschiedete sich von Bob und gab Lucky schließlich die Sporen. Der Schimmel trabte langsam um die Kaschemme herum, über den Marktplatz und schließlich aus dem Dorf heraus. Diese Seite hatte Smith bisher noch nicht gesehen – brüchige Hütten, an denen die Holzdielen teilweise windschief an der Fassade hingen, vermooste Bretter, und zum Teil sogar Hütten, die in sich zusammengefallen war. Sie standen leer, keine Menschenseele war zu sehen. Augenscheinlich ging jeder gerade seiner Arbeit nach, im Inneren der Häuser auf dem Marktplatz – anders konnte Smith sich die gespenstische Stille nicht erklären. Schließlich hatte er auch diesen unheimlichen Teil des Dorfes verlassen, und sah nun nur noch braches Ödland vor sich. Ein leichter Wind fegte über den Boden, der mit feuchtem Gras gesäumt war. Der Schlamm stand hier allerdings lange nicht so tief wie auf dem Weg nach Kinmark, als er den Rest ohne das Pferd bewältigen musste. Er ritt langsam und entspannt den Weg entlang, und war von dem Anblick, den ihm die Natur bot, begeistert. In der Ferne erkannte er Schluchten und Täler, ganz weit unterhalb sah er die ersten Ausläufer der Stadt. Hier oben war das Leben viel friedvoller – auch, wenn er wusste, dass er hier nicht hingehörte, sondern nur seine Aufgabe erledigen musste. Und diese war, Amanda wiederzufinden, auch, wenn seine Hoffnung diesbezüglich immer weiter schwand. Eine halbe Stunde verging, in der er mal langsamer und mal schneller durch die Gegend ritt. Er hatte Kinmark lange hinter sich gelassen, als er schließlich vor dem gigantischen Eingang der Mine angekommen war. Der Boden hier war relativ trocken, augenscheinlich hatte der Regen die Gegend um die Mine in den letzten Stunden verschont. Smith nahm seine Waffe in die Hand und entsicherte sie. Den Benzinkanister hatte er im Dorf gelassen, da er ihn nicht benötigen würde. Seine Waffe diente nur zum Schutz - gegen einen rachsüchtigen Geist würde er sich mit Schüssen nicht verteidigen können, doch diese Geschichte würde er erst glauben, wenn er sich davon selbst überzeugt hatte. Zum gegenwärtigen Zeitpunkt ging er davon aus, dass Amanda, Tucker und Wyatt gegen ihren Willen entführt... *und hoffent-*

lich nicht getötet... worden waren. Die Tatsache, dass ihm am gestrigen Abend irgendeine Droge verabreicht worden war, die ihn ausgeknockt hatte, bestätigte das. Er dachte darüber nach, wie er die Bierflasche von Reinhart angenommen hatte. Er wollte es sich nicht ausmalen, spürte aber intuitiv, dass sein Kollege bei der ganzen Sache mit drinsteckte. Nachdem er seinen Gedanken lange genug nachgehangen war, stieg er aus dem Sattel und band Lucky vor der Mine fest. Das Innere wurde noch gut vom Tageslicht ausgeleuchtet, es drang bis in die kleinsten Ecken des Gesteins hervor. Je weiter er hervordrang, desto flacher wurde die Decke - bald hatte sie seinen Kopf fast erreicht, doch es reichte immer noch dazu aus, aufrecht zu gehen. Etwas tiefer entdeckte er alte, verrottete Gleise. Sie waren von brauner Erde überwuchert und kaum sichtbar, schienen aus einer anderen Zeit zu stammen. An den Wänden brannten, in unterschiedlichen Abständen, kleine Glühlampen, die ein gelbes Licht verbreiteten, welches zumindest zur Orientierung ausreichte. Smith folgte den Schienen und hatte schon bald eine alte Lore entdeckt. Das Metall an den Seiten war verrostet, doch als Smith sich gegen den Wagen stemmte, bemerkte er, wie dieser sich in Bewegung setzte. Er überlegte kurz und entschied sich dann dazu, in den Wagen zu steigen. Er stemmte sich ins Innere, ignorierte den Schmerz aus seiner Schulter und schaffte es tatsächlich. Schwer atmend lehnte er sich zurück und ruhte sich einen Moment lang aus, ehe er die Lore in Bewegung setzte. Der Boden und das Innere waren von Kohlenstaub überzogen, und als er an sich hinunter blickte, sah er, dass seine Kleidung bereits vollkommen verdreckt war. Er sah so, wie er sich durch die Gegend bewegte, ziemlich angsteinflößend aus - das durchblutete T-Shirt und jetzt auch noch der Dreck, der an seinem ganzen Körper haftete. Die Tatsache, dass ihm ein Teil des Ohres fehlte, verstärkte sein skurriles Erscheinungsbild noch. Doch es war ihm egal, die Hauptsache war nun, dass er sich seinem Ziel näherte - dem Inneren der Mine. Er musste die Lore mit seiner eigenen Kraft antreiben, entdeckte einen Hebel an der Seite des Fahrzeuges und startete einen ersten, zögerlichen Versuch. Zunächst ließ sich der Hebel nur schlecht bewegen, er schien über die vielen Jahre, die die Lore hier stand, festgerostet zu sein. Etwa eine Minute später hatte Smith es jedoch geschafft, ihn zu lösen. Von nun an ging es einfacher. Die Lore setzte sich in Gang und rollte quietschend und laut schabend über die alten Gleise. Die Wände strahlten im gelben Licht und reflektierten es durch die dunklen Gänge der Mine. Wenige Zeit später hatte Smith die erste Abzweigung erreicht. Er stoppte die Lore. Beide Gänge sahen gleich aus - mit dem Unterschied, dass der eine weiterhin von den kleinen Glühlampen beleuchtet wurde und der andere komplett dunkel war. Er wollte zunächst die Mine weiter erkunden und entschied sich deshalb erstmal dazu, den beleuchteten Gang zu nehmen. Er mochte sich nicht ausmalen, welche Gefahren in der Dunkelheit lauerten - obwohl er den Gedanken natürlich lächerlich fand. Aber andererseits... *was, wenn das nicht bloß eine Legende von Kinmark ist, sondern all das was Bob sagte der Wahrheit entspricht?* Der Mann hatte auf ihn keinen geisteskranken Eindruck gemacht, ganz im Gegenteil. Allerdings schien es ihm doch so, als hätten zumindest Goldhand und Silberfinger etwas zu verbergen - was Bob und alle anderen ja miteinschließen würde. *Verdammt. Randall. Er war derjenige, der mir alles hätte erzählen können, doch ich habe ihn einfach brutal abgeschlachtet.* Er ärgerte sich, aber nicht des Mannes wegen, sondern eher um die Informationen, die ihm so eventuell entgangen waren. Ob Randall ihm überhaupt irgendetwas erzählt hätte, war eine andere Sache. Er setzte die Lore wieder in Gang und lehnte sich nach links, um in die Gleise zu steuern, die in den beleuchteten Gang führten. Es ging nun etwas schneller und leichter, da der Weg bergab führte. Smith musste nicht mehr ganz so viel Kraft ins Hebeln investieren und konnte so etwas durchatmen. Die Lore rauschte über die Gleise und die Geräusche, die entstanden, verbreiteten sich in dem Gang. Bald schon wurde der Abstand zwischen Boden und Decke wieder größer. Smith hatte die Tunnelpassage passiert, befand sich nun in einem riesigen Höhlenraum und ließ seinen Blick schweifen. Von dem, was er sah, war er ziemlich beeindruckt. Gleise wanden sich wie Schlangen durch die Gegend, und drangen bis in die tiefsten Ecken des Raumes hervor. Und vor allem... er sah Menschen! Etwas weiter entfernt, auf einer Plattform, die er auf demselben Gleis erreichen würde, auf dem er sich gerade befand, entdeckte er zwei Leute. Sie waren nackt... ihre helle Haut reflektierte im gelben Licht. Schon aus der Ferne konnte Smith erkennen, dass etwas nicht stimmte. Dunkle Schlieren zogen sich über den Rücken der Männer, und die Haut wirkte verwaschen vom Blut. Smith brachte die Lore wieder in Bewegung und musste nun wieder deutlich mehr Kraft ins Kurbeln legen. Seine Finger begannen zu schmerzen, doch er hörte nicht auf, trieb den Wagen weiter über die Gleise. Er kam den Menschen immer näher, die ihn jedoch nicht zu beachten schienen. Erst, als er sich soweit genähert hatte, dass er nur noch einen Meter entfernt war, drehten sich die beiden Männer zeitgleich um. Als Smith in ihre Gesichter und auf ihren Oberkörper blickte, stockte ihm der Atem. Er schätzte die beiden Personen auf etwa fünfzig Jahre. Sie waren abgemagert, die Knochen traten aus der Haut am Brustkorb hervor. Gesichtshaut und Körper waren übersät von Pusteln, Narben und eiternden Wunden. Aus aufgekratzten Stellen lief dickflüssiges Blut über den Körper, was an einigen Stellen bereits getrocknet war. Dieser Anblick jagte Smith eine Gänsehaut über den Körper. Er schob seine Hand vorsichtig in den Hosenbund und sorgte so dafür, dass er seine Waffe griffbereit hatte.

»Was führt dich hierher, Fremder?«

Die Worte des Mannes klangen sanft, fast traurig. Seine Stimme passte nicht zu seinem Erscheinungsbild.

»Ich bin auf der Suche nach drei Menschen. Sie sollen sich wohl hier aufhalten...«

»Leute, die in Kinmark verschwinden.«

Der Mann lächelte, es war ein gequältes Lächeln und wirkte eher gezwungen als echt.

»Davon gibt es reichlich. Und als Grund schieben sie immer uns vor. Wir, die bösen, die das Virus in sich tragen und an ihm sterben werden, da wir in die Tiefen der ehemaligen Goldmine verbannt wurden.«

Smith ließ sich die Worte durch den Kopf gehen. Der Mann klang klar, weshalb er davon ausging, dass dieser die Wahrheit sagte.

»Die scheren sich einen Dreck um uns«, bestätigte der zweite Mann.

»Lassen uns elendig verrecken hier unten und schieben das Verschwinden der Leute auf uns.«

»Warum verschwinden die Menschen?«, fragte Smith.

»Fremder, ich muss dir etwas zeigen. Komm bitte mit.«

Smith überlegte, rang mit sich, ob er dem Mann tatsächlich folgen sollte. Außer dem schlimmen Zustand, den der Körper seines Gegenübers aufwies, gab es keinen Grund, der ihn davon abhielt. Er setzte sich in Bewegung, folgte dem Mann, und warf einen Blick auf dessen Rücken. Überall am gesamten Körper war Blut zu sehen, und der Geruch des Mannes war absolut widerwärtig. Smith hatte noch nie so etwas Schlimmeres gerochen, versuchte jedoch, seine Abscheu zu verbergen. Der Mann hatte offensichtlich keine bösen Absichten und sprach von Dingen, die ihn neugierig stimmten. *Was möchte er mir wohl zeigen?* Er malte sich viele verschiedene Szenarien in seinem Kopf aus, und zog seine Waffe aus dem Bund hervor, um auf alles vorbereitet zu sein.

»Du brauchst keine Angst vor uns zu haben. Wir sehen schlimm aus... gezeichnet vom Leben, gezeichnet von den Dingen, die uns damals in Kinmark passiert waren. Aber das, was ich dir jetzt gleich zeigen werde, wird dir alles erklären.«

Der Mann führte ihn über die Plattform in einen verborgenen Teil der Mine, eine Lücke im Felsen bildete den Eingang. Hier gab es keine Gleise und der Gang, den sie nun beschritten, war enger als zuvor. Smith fühlte sich wie ein Goldgräber, als er dem Mann langsam folgte. Je tiefer es in den Felsen hineinging, und je weiter er sich von den Gleisen und seinem Weg nach draußen, der Lore, entfernte, desto beunruhigender wurde ihm. Er hielt genug Abstand von dem kranken Mann, um jederzeit angemessen reagieren zu können. Der schachtartige Gang endete bald und sie hatten eine Stelle erreicht, an der es nicht weiterging.

»Hier ist die Schlucht der Toten.«

Trauer schwang in den Worten des Mannes mit. Als Smith sich näher auf seine Umgebung konzentrierte und seinen Fokus etwas lenkte, nahm er zur Kenntnis, dass der Gestank hier noch viel schlimmer war als zuvor. Mit jedem weiteren Meter roch es immer stärker nach Verwesung. Smith wagte sich langsam näher heran und sah hinab. In dem engen Durchgang gab es nicht viel Licht – doch er brauchte auch nicht viel um das, was zu sehen war, wahrzunehmen. Der Anblick hunderter nackter Leichen jagte ihm einen Schauer durch den Körper.

»Wir mussten jeden Toten einfach hinunterwerfen. Keiner konnte Abschied nehmen, da das Virus bei den Verstorbenen die schlimmste Phase erreicht hatte. Verdammt... es mussten Leute unnötigerweise sterben, obwohl es ein Heilmittel gibt.«

Smith wurde hellhörig.

»Ein Heilmittel? Was meinst du damit?«

»Na ja, alle, die zurzeit in Kinmark leben, haben davon Gebrauch gemacht. Uns wurde die Nutzung egoistischer Weise verwehrt.«

»Was hat es mit den verschwundenen Personen auf sich?«

»Nun, in Kinmark herrschten seit Beginn meiner Zeit schon immer andere Verhältnisse. Damals hatten wir eine Knappheit an Nahrungsmitteln... weshalb es sich die Überlebenden zur Gewohnheit gemacht haben, Kannibalismus zu betreiben.«

Smith spürte, wie ihn die Worte des Mannes lähmten und jedes einzelne eine unbändige Wut in ihm auslöste.

»Das ist der Grund für das Verschwinden der Menschen?«

»Ich kann es nicht mit Sicherheit sagen. Es ist viele Jahre her, dass ich aus dem Dorf geworfen und in die Mine verbannt worden war.«

»Wovon habt ihr euch ernährt?«

»Not macht erfinderisch. Wir leben von den Fleischabfällen, die sie uns hierherbringen. Einmal die Woche werden wir mit Nahrung versorgt.«

»Ihr esst das, was sie euch bringen?«

»Wir haben keine andere Wahl.«

Der Mann sah ihn traurig an.

»Was würdest du in unserer Situation machen? Wir wollen hier nicht leben. Wir haben uns diese Situation nicht ausgesucht.«

»Was hat es mit dem Geist auf sich? Mir wurde erzählt, dass das Virus damals mit übernatürlichen Kräften besiegt wurde.«

»Der Geist von Kinmark lebt auch hier unten in der Mine. Der Weg ist allerdings etwas beschwerlicher... soll ich dich dorthin führen?«

Smith nickte, er musste gar nicht weiter überlegen. Sie kehrten wieder um, und hatten den Hauptraum bald wieder erreicht. Als Smith seinen Blick schweifen ließ, sah er immer mehr Menschen - jeder sah schlimmer als die anderen aus. Viele waren todkrank, die Körper überzogen von blutenden Wunden. Der Anblick stimmte Smith traurig. Die Menschen würden hier unten sterben, ohne jemals wieder das Tageslicht zu sehen. Und wenn das Virus sie nicht umbringen würde, dann würde es der Hunger tun. Die Arbeiter nahmen ihn nicht wirklich war, waren viel mehr damit beschäftigt, Kohle in die Loren zu schaufeln, die auf den Gleisen herumfuhren. Der Mann führte ihn derweil in einen anderen Bereich. Sie stiegen in eine Lore und fuhren tiefer ins Innere hinein, vorbei an den anderen Menschen. Smith beobachtete sein Gegenüber genau. Der Blick des Mannes ging in die Leere. Er sah zwar schlecht, aber alles andere als gefährlich aus. Auch, wenn Smith wusste, dass er jetzt ständig auf der Hut sein musste, schob er seine Waffe erstmal wieder in den Hosenbund. Die Gleise führten nach oben und dann geradeaus, tiefer in die Mine hinein. Wenig später stoppte der Mann den

Wagen und sie stiegen nacheinander aus. Etwas höher war die Sicht nun besser. Sie passierten eine Holzbrücke, deren Bretter ziemlich morsch wirkten. Bei jedem Schritt verspürte Smith das Gefühl, als würde sie einstürzen - sie hielt seinem Gewicht jedoch stand und hatte ihn bald auf die andere Seite geführt. Er atmete erleichtert auf.

»Du solltest alleine weitergehen.«

Der Mann zeigte auf einen engen Schacht, aus dessen Öffnung schwarze Dunkelheit drang. Hier oben war das Licht nur spärlich, weshalb Smith nicht viel erkennen konnte.

»Pass auf.«

Der Mann nahm eines der vielen Kohlestücke vom Boden und warf es in den Schacht hinein. Smith konnte seinen Augen nicht trauen, als er sah, was wenige Sekunden später geschah. Das Kohlestück schoss aus dem Schacht zurück und traf ihn mitten auf der Stirn.

16

Es fühlte sich an, als würde seine Schädeldecke explodieren. Smith wurde von den Füßen gerissen und landete unsanft auf dem Boden. Der kranke, abgemagerte Mann sah seine Chance und stürzte sich zu Smiths Überraschung auf ihn. Er konnte in diesem Moment nicht nach seiner Waffe greifen – sein Körper war unter dem des Mannes begraben, der nun bedrohlich seine Zähne fletschte. Er hatte Hunger – schmerzhaften Hunger, und wirkte wie ein wildes Tier. Smith zögerte keine weitere Sekunde, holte mit der Faust aus und nahm zur Kenntnis, wie das Nasenbein des Mannes unter seinem harten Schlag brach. Blut strömte über das ausgemergelte und vernarbte Gesicht, es mischte sich mit dem Dreck und dem vertrockneten Blut aus alten Wunden zu einer bräunlichen Masse. Der Mann gab jedoch nicht nach – er schien keinen Schmerz mehr zu empfinden, was Smith nicht wunderte. Für ihn hingegen fühlte sich die Platzwunde, die das herumfliegende Kohlestück hinterlassen hatte, so an, als würde hinter seiner Schädeldecke jemand unnachahmlich einen Presslufthammer benutzen. Durch den Schlag hatte Smith sich genug Freiraum erkämpfen können, was ihm ermöglichte, seine Waffe zu ziehen. Der Knall, den der folgende Schuss erzeugte, hallte ohrenbetäubend in den engen Gängen der Mine wider. Die Schädeldecke des Mannes platzte, und Blut spritzte Smith direkt ins Gesicht. Er wischte es sich mit seinem Ärmel von der Stirn, und merkte, wie er sich so den schwarzen Kohlestaub ins Gesicht schmierte. So, wie er jetzt aussah, musste er für andere wie ein Irrer wirken... er entledigte sich von dem Körper des toten Mannes, rutschte ein Stück nach hinten und lehnte sich zurück. *Wollen die mich alle töten?* Die Frage hinterließ unangenehme Kopfschmerzen bei ihm, da er sich keine Antwort darauf bilden konnte. Als er einen Blick auf die zerschundene Leiche warf, tat es ihm fast leid, dass er den Mann getötet hatte. *Er wollte mich töten... ich darf kein Mitgefühl für ihn verspüren.* Dennoch ging es ihm nahe, dass dieser Mensch augenscheinlich aus Verzweiflung so gehandelt hatte. Ihm taten die Leute leid, deren Schicksal es war, ihr tristes Dasein inmitten der alten Mine zu fristen. Sie waren zum Tode verdammt worden, vor langer Zeit. *Und das obwohl es im Dorf angeblich ein Gegenmittel dafür gibt... meine Mission sollte es nun sein, neben Amanda, Tucker und Wyatt auch dieses Gegenmittel zu finden. Ich muss im Dorf danach suchen.* Er wollte umkehren und die Mine wieder verlassen, als er noch einmal scharf überlegte. *Okay, dieses Kohlestück... was hat dafür gesorgt, dass es wieder aus dem Schacht geflogen kam?* Er war felsenfest davon überzeugt, dass sich das, was passiert war, ganz einfach erklären ließ. Um es herauszufinden, musste er sich jedoch in den Schacht wagen. Er wartete noch einen Augenblick ab, bis die Schmerzwelle schließlich abgeflacht war. Jeder einzelne Schritt tat ihm weh – sein Kopf schmerzte, zudem seine Schulter und die Bisswunde am Ohr. Alles vermischte sich zu einer Intensität, die er nicht ertragen konnte. Es war ihm jedoch wichtig, jetzt einfach weiterzumachen – da es sich für ihn anfühlte, als wäre er seinem Ziel zumindest ein kleines Stück nähergekommen. Er wagte sich etwas weiter nach vorn und warf einen Blick in den dunklen, beengten Schacht. Er war bloß so breit, dass Smith nichts anderes übrigblieb, als durch die Passage zu kriechen. Er hielt für einen kurzen Moment die Luft an, machte die Augen zu und kroch vorwärts.

Die Dunkelheit, die ihn nun umschwirrte, verstärkte sein aufkommendes Gefühl von Klaustrophobie. Er hatte sonst keine Probleme und vermutete daher, dass es an der schlechten Luft und dem üblen Gestank lag. Jedes weitere Stück, was er zurücklegte, machte ihm mehr zu schaffen. Schweiß brach aus allen Poren aus und spülte ihm den Kohlestaub aus dem Gesicht. Er mühte sich immer heftiger ab, hatte damit jedoch zunehmenden Erfolg – er kam weiter voran. Fünf Minuten dauerte es, bis er unter Schmerzen und Keuchen das Ende des Schachtes erreicht hatte. Er richtete sich auf, stützte sich dabei auf dem rauen Felsen ab und zog sich auf die Beine. Er befand sich nun in einem kleinen Raum – doch es gab hier nichts Besonderes zu sehen. Zu allen Seiten war der Abschnitt mit rauem Felsen umgeben, und es wehte ein leichter, kühler Wind. Smith konnte jedoch nicht ausmachen, woher die Luft kam – außer dem Schacht, durch den er in den Abschnitt gelangt war, gab es keinen Weg nach draußen. Der Boden bestand aus grobem Sand, immer mal wieder entfernten sich kleine Körner und wehten im leichten Wind herum. Der Ort strahlte eine düstere Aura aus - doch mehr gab es hier nicht zu sehen. Smith bückte sich, schöpfte etwas Sand in die Hand und warf ihn in die Luft. Ein plötzlicher Windstoß sorge dafür, dass die Körner durch den Schacht geblasen wurden und dort landeten, wo er sich noch bis vor kurzem aufgehalten hatte. *Es gibt keinen Geist... es ist bloß ein Windstoß, der aus den Tiefen der Mine kommt.* Auch, wenn er sich dieses Phänomen nicht erklären konnte, sorgte die Lösung des Ganzen dazu, dass Smith eine gewisse Art von Erleichterung verspürte. Es ließ sich eben doch alles rational erklären. Er machte sich wieder auf den Rückweg, der ihm erneut alles abverlangen würde. Er sehnte sich nach der frischen Luft, und würde jetzt alles daransetzen, die Mine und damit diesen Ort, der auf so viele Weisen schrecklich war, zu verlassen. Der Rückweg dauerte länger und schien viel anstrengender zu sein als der Hinweg. Es ging etwas bergauf – was erklären konnte, dass ihm der Hinweg leichter gefallen war. Er brauchte dieses Mal zehn Minuten, bis er sich wieder dort befand, wo er die Leiche des kranken Mannes zurückgelassen hatte. Irgendetwas in seinem Inneren verleitete ihn dazu, den ausgemergelten Körper in den Schacht zu werfen. Er wusste nicht, ob er aus Intuition oder anderen Gefühlen heraus handelte – er tat einfach das, was er dachte. Der Mann war leichter, als er es zunächst gedacht hatte. Der Körper rutschte die Wände entlang und verschwand schon bald in dem schwarzen Loch. Im nächsten Moment ging ein Ruck durch die Wände... die Mine erzitterte, und Steine lösten sich aus der Decke. Smith sah, dass ein riesiger Felsbrocken einen der Arbeiter traf und ihn zerquetschte. Er stand auf, und rannte einfach, wollte sich möglichst schnell aus der Gefahrenzone bringen. Er sprang in die Lore, die noch immer dort auf den Gleisen stand, wo er und der Mann zuvor ausgestiegen waren. Er konnte den Hebel nur langsam bedienen, zu sehr lähmte ihn sein Schmerz. Einer der Steine traf die Lore, die bedenklich schwankte und fast aus den Gleisen kippte. Smith gelang es jedoch, sein Gewicht zu verlagern, so dass er den Absturz verhindern konnte. Er atmete erleichtert auf, besann sich dann jedoch wieder darauf, seinen Weg fortzusetzen – mit dem stetigen Risiko, von einem Stein erschlagen zu werden. Er schaffte es unbeschadet zurück auf die Plattform, auf der er auf die beiden Männer gestoßen war. Das Beben war wieder etwas abgeflacht, es flogen nur noch kleinere Steine aus der Decke. Smith sah sich um. An einigen Stellen waren die Gleise von riesigen Felsbrocken zerstört oder teilweise blockiert worden. Der Weg, den er jetzt noch fahren musste, um wieder zu dem Punkt zu gelangen, an dem er den Raum betreten hatte, war versperrt. Er blickte sich nach Alternativen um, folgte den alten Gleisen mit seinen Augen, entdeckte jedoch keinen Weg, der ihn sonst noch dorthin zurückführen würde. Seufzend stieg er in die Lore, die er zuvor benutzt hatte, und rollte bis zu dem Gleisstück vor, welches von einem Stein blockiert wurde. Der Weg war an dieser Stelle nur etwa einen Meter breit – darunter ging es in eine steile, dunkle Tiefe. Smith zitterte, wusste jedoch, dass ihm nichts anders übrigblieb, als vorsichtig zu versuchen, über den Stein zu klettern. Er prüfte kurz, ob der Stein wackeln würde, fand jedoch heraus, dass er bombenfest war. Ein paar Sekunden musste er noch warten, bis die aktuelle Schmerzwelle abgeebbt und er wieder bereit war, seinen Weg fortzusetzen. Es war ein ziemlicher Kraftakt, über den Felsbrocken zu klettern, doch er hatte es nach wenigen Augenblicken bereits geschafft. Jetzt, wo er nach vorne blickte und auf dem Gleis entlangschritt, nahm er erst zur Kenntnis, wie morsch die Schienen waren. Das Metall war an den meisten Stellen bereits komplett durchgerostet und mehr als instabil - er wunderte sich, wie es über all die Jahre hier in der Mine allen Gegebenheiten hatte standhalten können. Wenig später hatte er den Hauptraum wieder verlassen, und mit ihm auch die kranken Menschen, von denen er nun niemanden mehr sah. Es war ihm ziemlich nahe gegangen, wie schlecht der Zustand des Mannes gewesen war - eine Situation, die schamlos ausgenutzt worden war. Deshalb empfand Smith mehr Mitleid für den Mann, den er gerade eben getötet hatte, als für Randall. Langsam und bedächtig folgte er im gelben Lichtkegel der Glühlampen an der Wand den Gleisen, die ihn durch die enge, tunnelartige Passage wieder nach draußen führen würden. Er hatte bald wieder die Stelle erreicht, an der der Weg eine Gabelung machte, und hielt dort kurz einen Moment lang inne. In seinem Rücken spürte er die Dunkelheit, die wie der Schlund eines Monsters aufklaffte. Er hatte genug gesehen - hatte jedoch weiterhin keine wirkliche Spur bekommen, die ihn näher an Amanda, Tucker und Wyatt brachte. Er musste Bob mit den Dingen, die er gerade gehört hatte, konfrontieren... wie genau er das anstellen sollte, wusste er jedoch nicht. *Es gibt ein Heilmittel für das Virus. Wenn ich das beschaffen kann und die Menschen aus der Mine rette... dann habe ich meine gute Tat des Tages vollbracht.* Smith vergewisserte sich, dass die Gefahrensituation vorbei war, und schob sich seine Waffe wieder in den Gürtel. Gerade, als er gehen wollte, als er die Mine und all die kranken Menschen hinter sich lassen wollte, hörte er einen lauten Schrei, und sah jemanden aus der Dunkelheit auf ihn zustürmen.

17

»Wyatt?«

Es dauerte etwas, bis Smith den Mann erkannt hatte. Sein körperlicher Zustand war schrecklich. Seine rot blauen Haare klebten ihm an der Stirn und sein Gesicht war über und über mit Schlamm beschmiert. Sein T-Shirt war zerrissen und über seinen Oberkörper zog sich eine tiefe Narbe. Er wirkte abgehetzt, sein Atem ging in kurzen, flachen Zügen, und sein Blick blieb irgendwo in der Ferne hängen. Er wirkte bloß noch wie eine leere, leblose Hülle - es war nichts mehr von dem Mann übrig, den Smith vor kurzer Zeit kennengelernt hatte. Wyatt verlor das Gleichgewicht und fiel nach vorne - Smith schaffte es jedoch rechtzeitig, ihn abzufangen.

»Was ist passiert?«

Wyatt zuckte leicht zusammen und deutete dann auf seinen rechten Arm. Er zitterte am gesamten Körper. Smith schob vorsichtig den durchbluteten Stoff hoch, und sah das, was er schon zuvor bei dem Mann in der Mine gesehen hatte. Der Arm war von eiternden Wunden und vernarbtem Gewebe überzogen, die Schnitte waren teilweise frisch. An anderen Stellen war das Blut bereits verkrustet und hatte sich mit dem braunen Schlamm zu einer ekelerregenden Masse vermischt.

»Kranke Menschen.«

Die ersten Worte, die Wyatt sprach. Sie drangen leise aus seinem Mund, fast wie ein Flüstern. Er hustete und spuckte eine ordentliche Ladung Blut auf die Gleise. Er lehnte sich aufrechtstehend an die Felswand und versuchte, sich irgendwie zu beruhigen.

»Was ist passiert? Tucker, Amanda… hast du sie gesehen?«

»Nein. Amanda ist nicht bei dir?«

»Nicht mehr.«

Smith entschied, dass jetzt nicht der richtige Zeitpunkt war, um alles zu erzählen. Er würde später, sobald sie in Sicherheit waren, Wyatt alles berichten, was sie erlebt hatten.

»Wir sollten schnell hier raus. Komm.«

Wyatt war zu sehr geschwächt, um das Tempo von Smith mithalten zu können. Er legte einen Arm des Mannes um seine Schulter, unterdrückte den Ekel, den der beißende Geruch verursachte, und wagte sich so weiter nach vorne. Das Gewicht von Wyatt bremste ihn natürlich enorm aus, sodass sie nun deutlich langsamer vorankamen.

»Wo ist Tucker?«

»Ich habe ihn nicht mehr gesehen… wir wurden schon im Dorf getrennt. Ich fürchte, er ist tot.«

»Was haben diese Leute mit euch angestellt?«

»Ich erzähle es dir später, okay?«, sagte Wyatt mit zusammengebissenen Zähnen.

Es war ersichtlich, dass er sich enorm zusammenreißen musste.

»Ja, okay. Lass uns erstmal hier raus.«

Smith spürte, wie seine Schulter bereits nach wenigen Augenblicken zu schmerzen begann. So kamen sie nicht gut voran - Wyatts Zustand war enorm kritisch, zudem schien er ebenfalls das Virus in sich zu tragen, das hier unten in der Mine grassierte.

»Im Dorf haben sie ein Heilmittel gegen das Virus«, meinte Smith keuchend.

»Alles wird gut. Du kommst wieder in Ordnung.«

Wyatt ächzte.

»Es fühlt sich an wie ein Parasit und frisst mich von innen heraus auf.«

Sie mussten eine erneute Pause einlegen. Smith setzte sich auf den Boden, Wyatt tat es ihm gleich. Sie saßen sich gegenüber, in dem engen, tunnelartigen Gang. Zwischen ihnen führten die verrosteten Gleise tiefer ins Innere.

»Wurdest du gejagt?«, fragte Smith.

»Haben sie dich verfolgt?«

»Ich weiß es nicht. Ich bin nur gerannt… irgendwann waren sie weg.«

»Okay. Es scheint, als wären wir außer Gefahr.«

Smith fühlte sich hundeelend. Er wollte einfach nur schlafen, wollte diesen Tag einfach nur vergessen. Die Verfolgungsjagd hatte sich zu einem Horrortrip entwickelt, dessen Ende noch nicht absehbar war. Mit Wyatt hatte Smith schon einen Teil seines Ziels erreicht - auch, wenn der Mann verletzt war und dringend behandelt werden musste, so hatte er ihn immerhin in der Mine gefunden. Etwas, woran er zwar geglaubt, aber womit er nicht gerechnet hätte.

»Wir haben bei denen gegessen«, brachte Wyatt keuchend hervor.

»Verdammt, das sind Kannibalen. Wir haben Menschenfleisch gegessen.«

Smith dachte an die Burger am gestrigen Tage - und spürte, wie sich sein Magen umdrehte. Er hatte das, was der Mann, auf den er als erstes in der Mine getroffen war, verdrängt - bis jetzt.

»Jeder im Dorf trägt eine gewisse Schuld an allem. Jedem ist bewusst, dass hier in der Mine Menschen mehr oder weniger ihr trauriges Dasein fristen.«

Wyatt machte eine Pause.

»Du sagtest, sie haben ein Gegenmittel für das Virus?«

»Ja. Einer der Arbeiter hat es mir gesagt.«

»Aber wieso sollten sie ihr eigenes Volk einfach sterben lassen? Aus welchen Gründen sollten sie denen das Medikament vorenthalten, sofern es eins gibt?«

»Sie wollen kein Risiko einer erneuten Verbreitung eingehen. Auch, wenn das irgendwie merkwürdig klingt… man kann nicht wissen, wie Menschenesser ticken.«

Wyatt lachte gequält auf.

»Das stimmt wohl.«

Es wurde wieder ruhig. Smith versuchte, sich irgendwie in die Psyche der Leute hineinzuversetzen. Nach außen hin waren sie alle nett gewesen… sowohl Bob als auch Goldhand und Silberfinger, wenn auch mit Anlaufschwierigkeiten. Der Wein hatte köstlich geschmeckt, das Bier war vorzüglich… *Außer das, was Reinhart mir gegeben hat, verdammt.* Er konnte sich allerdings eher vorstellen, dass die Aktion nicht von seinem Kollegen geplant gewesen war. Er diente wohl nur als Mittel zum Zweck - einer der anderen hatte ihm eine Droge in das Getränk gemischt, dessen war er sich sicher. Einer von denen, die ihm gewiss schaden wollten. Wenige Augenblicke später brachen Smith und Wyatt wieder auf. Sie setzten ihren beschwerlichen Marsch auf dem alten Gleis fort, und es dauerte lange, bis sie das Tageslicht erreicht hatten. Smith atmete erleichtert auf, als ihm die Sonne, die sich mittlerweile durch die dicke Wolkendecke gekämpft hatte, direkt ins Gesicht schien. Der Boden war zwar noch schlammig, doch er stand nicht mehr unter Wasser, was das Vorankommen nun natürlich deutlich erleichterte. Lucky, der Schimmel, ließ sich die Sonne aufs Fell scheinen und stand reglos an dem Platz, an dem Smith ihn zurückgelassen hatte.

»Wo hat sich dein Weg von Tucker getrennt?«

»In der leerstehenden Absteige. Das war gestern… seitdem habe ich ihn nicht mehr gesehen.«

Smith erinnerte sich an das blutige T-Shirt, den Schriftzug an der Wand, und die Tatsache, dass er und Amanda mit einem Medium kommuniziert hatten, welches Tuckers Spitznamen genutzt hatte. *Amanda…* Er wünschte sich in diesem Moment nichts sehnlicher, als sie lebend wiederzusehen. Für sie würde er sogar sein eigenes Leben riskieren - dessen war er sich sicher. Er kannte sie zwar erst seit wenigen Tagen, war von ihr jedoch komplett begeistert.

»Wir werden beide suchen und finden. Aber wir sollten uns schon etwas beeilen… komm.«

Er half Wyatt aufs Pferd und stieg danach selbst auf. Es fühlte sich gut an, die Mine hinter sich lassen zu können - und wieder frische Luft atmen zu können. Hier war der Geruch, den Wyatt ausstrahlte, auch viel besser zu ertragen als in den engen Gängen. Als sie beide im Sattel saßen, band er Lucky los und gab dem Schimmel die Sporen. Zögerlich trabte das Tier los und verfiel dann in einen sanften Galopp. Der frische Wind wehte Smith den Kohlestaub aus dem Gesicht und tat in vielerlei Hinsicht einfach nur gut. Sie entfernten sich immer weiter von der Mine und sahen wenige Zeit später bereits die ersten Ausläufer Kinmarks vor sich. Smith wurde mit jeder vergehenden Sekunde mulmiger. Das Dorf wirkte belebter als zuvor - er erkannte Marty, den Weinverkäufer, der sich gerade mit Betty und einer unbekannten Person unterhielt. Der Marktplatz war voll, jeder ging seiner eigenen Tätigkeit nach - es wirkte fast so, als sei nie etwas passiert. Smith stimmte dies unheimlich wütend. Sie lebten ihr Leben weiter - obwohl sie ihr tiefstes Geheimnis in der Mine versteckt hatten. *Skrupellose Mörder sind das. Alle.*

Er empfand gegenüber jedem einzelnen Dorfbewohner eine unvorstellbare Wut. Jeder von ihnen trug seinen eigenen Teil dazu bei, dass Menschen, die geheilt werden konnten, an ihrer Krankheit in der Mine verenden würden. Smith stoppte Lucky kurz, und entschied sich dazu, den Weg zu reiten, der um die Häuser herumführen würde. Er wollte möglichst wenig Aufsehen erregen, gerade für Wyatt konnte es gefährlich werden. Sie mussten unerkannt bleiben. Im Schatten der Holzhäuser trabte Lucky langsam entlang. Sie hatten die Kaschemme bald erreicht. Smith band Lucky fest und drehte sich zu Wyatt um.

»Warte hier, okay?«

Wyatt nickte.

»Beeil dich bitte.«

Auch in der Kaschemme tobte, wie bereits am Vortag, wieder das Leben. Lautes Stimmengewirr, von dem Smith nur einzelne Wortfetzen verstand, hallte durch den Raum. Ein Tablett mit Fleisch wurde von einer blonden Frau an einen Tisch gebracht. In der anderen Hand trug sie zwei gefüllte Bierkrüge. Smith beachtete sie und die anderen nicht weiter - er hatte sein Ziel bereits vor Augen. Er trat die Küchentür mehr auf, als dass er sie öffnete. Das Holz knackte im Rahmen und ein paar Splitter fielen auf die Bodendielen.

»Wir müssen reden, Bob.«

Smith versuchte, seine Wut etwas zurückzuhalten. Er blickte den großen, dunkelhäutigen Mann an und musterte ihn von Kopf bis Fuß. Nie im Leben hätte er gedacht, dass dieser Mensch etwas Grauenhaftes zu verbergen hatte.

»Officer…«

Smith zog seine Handfeuerwaffe, Bob hob beschwichtigend die Hände.

»Was ist los?«

Seine Stimme klang nicht ängstlich, sondern eher fragend. Es war fast so, als hätte er wirklich keine Ahnung über das, was hier gerade vor sich ging. *Er ist ein verdammt guter Schauspieler, das muss man ihm lassen.*

»Wo habt ihr das Heilmittel aufbewahrt? Und wo, verdammt, sind Amanda und Tucker?«

Bobs Gesichtszüge veränderten sich in diesem Moment. Ein Grinsen stahl sich auf sein Gesicht - er wusste, dass Smith ihn nicht erschießen würde, bevor er eine Antwort bekommen würde.

»Du hast deine Freundin immer noch nicht gefunden? Das tut mir leid für dich.«

Er schob sich einen Stuhl zurück und setzte sich an den Tisch.

»Schau mal.«

Bob zog seinen Ärmel hoch, und Smith sah, wie kaputt die Haut des Mannes war. Striemen, vernarbtes Gewebe… ein deutliches Zeichen dafür, dass er ebenfalls mal an dem Virus erkrankt gewesen war.

»Es gibt kein Heilmittel, auch, wenn unsere Verbannten dir das gesagt haben. Der Körper regeneriert sich selbst… oder eben nicht. Es war ein Wunder, dass ich das überstanden habe. Wahrscheinlich war es mein gefestigter Glaube an Gott.«

Smith ließ die Worte auf sich wirken. Bob hatte derweil den Kopf gesenkt, doch auch so war für Smith zu erkennen, dass ihm Tränen in den Augen standen.

»Ich habe viele Leute verloren, aber nie den Glauben. Es gibt kein Heilmittel für das Virus, die Leute sind auf sich angewiesen.«

»Warum leben sie nicht im Dorf?«

»Na, weil das Virus hochansteckend ist.«

Smith wurde plötzlich übel. Er erinnerte sich daran, wie er auf den kranken Mann in der Mine getroffen war... und wie er Wyatt später gestützt hatte. Er wusste nicht, ob seine Gedanken ihm in diesem Moment einen Streich spielten, doch er spürte einen Juckreiz in seinem linken Arm.

»Warum hast du mich in die Mine geschickt?«

»Du solltest sehen, was wir hier bereits durchgemacht haben.«

»Verdammt, ich hätte darin sterben können!«

Smith schlug mit der Hand auf den Holztisch. Er hatte es satt, sich von Bobs Worten einlullen zu lassen. Jegliches Mitgefühl, was die letzten Sekunden aufgekommen war, war mit einem Schlag wieder verpufft. Es war, als hätte wieder jemand in seinem Inneren einen Schalter aktiviert, der ihn in seine dunkelste Zeit zurückbrachte.

»Es tut mir leid...«

»Ich glaube dir kein Wort.«

Smith zog Bob am Kragen des T-Shirts, welches er trug, im Stuhl hoch. Durch die offene Tür drangen alle Geräusche ins Innere der Küche. Gerade wurde offensichtlich angestoßen - ein lautes Raunen ging durch den Innenraum.

»Wo sind meine Leute, Bob?«

Er hatte Wyatt bewusste nicht erwähnt, wollte abwarten, was Bob ihm erzählen würde. Als sich nichts regte, verpasste er dem Mann einen herben Faustschlag ins Gesicht. Die Unterlippe platzte auf und Blut verteilte sich auf dem Gesicht des Koches.

»Okay. Okay, du hast recht, ich habe gelogen.«

Bevor Smith ein weiteres Mal zuschlug, hielt er inne und senkte die Faust wieder. Offenbar hatte seine Methode gewirkt - Bob schien bereit zu sein, zu reden.

»Ich habe das Gegenmittel im Keller versteckt. Niemand weiß davon... ich zeige es dir.«

Smith zögerte kurz. Würde der Mann ihn in eine Falle locken? Es war der offensichtlichste Gedanke, der ihm durch den Kopf schwirrte.

»Hände auf den Rücken.«

Er wollte unbedingt sichergehen und sich keiner unnötigen Gefahr aussetzen. Er bemerkte dann jedoch, dass er seine Uniform ja nicht trug - und somit auch seine Handschellen nicht bei sich hatte. Nervös blickte er sich um, und entdeckte ein Stück Tau, welches an einem Haken an der Wand hing. Bob folgte derweil seinem Befehl, Smith zog den Mann hinter sich her und band seine Hände mit dem Tau zusammen. Er zog das Seil so stramm, dass Bob aufstöhnte.

»Wo lang?«

Er wollte nicht viele Worte verschwenden. Bob führte ihn durch eine Tür in einen nur schwer durchschaubaren Lagerraum. Eine morsche Holztreppe führte dann fünf Stufen tiefer in einen engen Kellerraum. Bob knipste das Licht an und ging dann auf einen Schrank zu, der mit einem Schloss gesichert war.

»Der Schlüssel ist in meiner rechten Hosentasche.«

Smith tastete die Gegend ab und fand den Schlüssel. Er öffnete den Schrank und sah neben jeder Menge beschrifteten Papieren ein kleines Becherglas mit einem lilafarbenen Pulver im Inneren.

»Es reicht eine kleine Dosis, und du bist geheilt.«

Smith nahm das Glas an sich und steckte es in seine Hosentasche. Sie verließen den Raum wieder und stiegen die Treppe nach oben, die wieder in die Küche führte.

»Warum wurde es den Leuten in der Mine vorenthalten?«

»Weil es für sie zu spät ist.«

»Schwachsinn. Du erzählst nichts als Lügen.«

Smith zog Bob näher an sich heran und schubste ihn dann in die Dunkelheit - die Treppenstufen hinunter. Mit einem Stöhnen kam der Mann auf dem Boden auf. Smith verließ den Raum, schloss die Tür und trat wieder ins Innere der Kaschemme. Alle Augen waren auf ihn gerichtet, doch niemand sagte etwas. Die Luft war zum Schneiden dick. *Ich muss ein beängstigendes Bild abgeben mit meinem zerstörten Ohr, meiner Schulterwunde und dem Kohlestaub aus der Mine.* Er verließ das Gebäude wieder und ging auf die Rückseite zu, dort, wo er Lucky und Wyatt gelassen hatte. Er drehte sich um, entdeckte eine Regentonne an der Seite der Kaschemme und schöpfte etwas Wasser in seine Hand. Lucky trank gierig, Smith musste die Prozedur mehrmals wiederholen, ehe der Schimmel erstmal gesättigt war. Er fand auf die Schnelle nichts, was er dem Tier zu essen geben konnte - weshalb er das auch nicht tat. Im selben Moment knurrte sein Magen, doch als er daran dachte, dass er am gestrigen Tage offenbar ungewollt zum Kannibalen geworden war, verging das Gefühl wieder ganz schnell und wurde von der Wut auf diesen seltsamen Ort verdrängt.

»Ich habe das Heilmittel.«

Wyatt blickte ihn überrascht an und stieg langsam aus dem Sattel.

»Wie hast du das denn hinbekommen?«

Smith zuckte mit den Schultern und holte das Becherglas hervor.

»Ich habe eben meine Methoden.«

Er drehte den Deckel auf. Wyatt griff hinein und verteilte sich eine ordentliche Portion auf der Handfläche.

»Was nun?«

Verdammt. Smith ärgerte sich. *Ich hätte Bob fragen sollen, wie man das Pulver einnimmt, bevor ich ihn die Treppe runtergestoßen habe.* Er hatte in diesem Moment nicht rational gehandelt.

»Zieh es dir durch die Nase wie den ganzen anderen Stoff.«

Smith zuckte mit den Schultern, Wyatt grinste.

»Okay, man, das klingt doch gut.«

Es folgte ein ohrenbetäubender Knall - und ein zweiter direkt darauf. Smith merkte, wie sein Blickfeld verschwamm… er sah, wie eine Kugel in das Hinterteil des Pferdes drang und das Tier gequält aufschrie. Die zweite Kugel traf fast in Zeitlupe Wyatts Kopf und ließ seinen Schädel zerplatzen.

TUCKER MILLER & WYATT SCOTT 26. AUGUST 2008

18

Tucker und Wyatt entfernten sich immer weiter von der Feuerstelle und den Zelten.

»Sie hat es echt auf ihn abgesehen«, meinte Tucker, als sie sich außer Hörweite befanden.

»Meinst du wirklich?«

Tucker nickte.

»Ja. Von so einer Seite habe ich sie bisher noch nie kennengelernt.«

»Okay. Was denkst du über den Typen?«

Tucker zuckte mit den Schultern.

»Okay, er ist Cop, aber was soll schon passieren? Er scheint in Ordnung zu sein, und ist auf unsere Hilfe angewiesen. Auch, wenn die Bullen niemals unsere Freunde waren.«

»Möchtest du noch einen?«

Wyatt zog zwei selbstgedrehte Joints hervor.

»Klar, man.«

Er zündete die Joints mit einem Feuerzeug an, reichte Tucker einen und nahm von dem anderen selbst einen tiefen Zug. Sein Körper ruhte und seine Züge wurden entspannter. Er blies den Rauch in Ringen in die frische Luft und sah auf. Vor ihnen ging es eine Anhöhe hinauf, der Weg war steil, aber passierbar. In der Ferne waren dunkle Umrisse zu erkennen - die ersten Häuser des Dorfes. Wyatt spürte, wie ein Kribbeln seinen Körper durchzuckte. Lange Zeit hatte er über das kleine Bergdorf gelesen, war immer wieder auf Artikel gestoßen, in denen berichtet wurde, wie Menschen an diesem Ort einfach verschwanden. Allerdings waren die Meldungen immer widersprüchlicher geworden - wie das in den Medien halt grundsätzlich immer der Fall war. Wyatt hielt nicht viel von der einfachen Klatschpresse, die sich mit diesem Thema aber auch nie beschäftigt hatte. Denen war es wichtiger, irgendwelche Prominenten gegen ihren Willen abzulichten und Storys zu erfinden, die teilweise wie an den Haaren herbeigezogen klangen. Nein, Wyatt hatte sich schon immer eher für Wissenschaftsmagazine interessiert, wollte bei der Forschung im Allgemeinen immer auf dem aktuellen Stand bleiben. Irgendwann hatte er die Story über Kinmark in einer Zeitschrift gelesen, die sich mit den Mythen aus den USA befasste. Als er dann Tucker und später Amanda kennenlernte, fand er heraus, dass sie gemeinsame Interessen teilten. Und so waren sie jetzt hier, wenige hundert Meter von Kinmark entfernt auf einer Anhöhe und rauchten Joints.

Sie setzten ihren Weg fort und hatten das Dorf dann auch ein paar Minuten später erreicht. Die Sonne brannte herab, es war wirklich ein wunderschöner Tag. Der Himmel strahlte im schönsten blau und erhellte die atemberaubende Natur. Sie fanden sich hinter einem größeren Haus wieder, dessen Holzfassade lose im Wind hing und morsch ächzte. Tucker ging vor, Wyatt folgte ihm. Der leichte Wind tat gut, Wyatt war in den letzten Minuten durch den Anstieg und die Sonne ziemlich ins Schwitzen geraten. Ansonsten fühlte er sich aber sehr gut – zudem war er aufgeregt. Sie würden zunächst Hilfe für den verletzten Cop holen - danach stand es ihnen frei, das Dorf bis auf den letzten Zentimeter zu erkunden. Darauf freute er sich bereits, zudem war er gespannt, wie sich die Menschen, auf die sie hier treffen würden, verhielten. Es lag bereits in der Luft, dass sie hier eine spannende Mission erwartete. Tucker trat in das Gebäude hinein, Wyatt folgte ihm. Es war ein altes Restaurant

- so viel war nun zu sehen. Holztische und Stühle standen in mehreren Reihen neben den Fenstern und tiefer im Raum drin. Hinter der Theke entdeckte Wyatt einen hochgewachsenen Mann.

»Guten Tag.«

Der Mann blickte hoch und setzte ein freundliches Lächeln auf.

»Hallo. Was führt euch zu uns?«

»Wir wollten Hilfe…«

»…uns das Dorf näher ansehen«, unterbrach Tucker ihn.

Wyatt blickte ihn fragend an.

»Amanda und er kommen fürs erste klar.«

Er zuckte mit den Schultern, und Wyatt sah ein, dass er recht hatte. Der unbekannte Mann grinste.

»Nun, ihr seid herzlich willkommen in Kinmark. Mein Name ist übrigens Bob. Darf ich euch etwas zu essen anbieten? So begrüßen wir Neuankömmlinge.«

»Wir haben gerade gefrühstückt, danke. Eventuell kommen wir später am Tage auf dieses Angebot zurück. Wir wollen uns erst mal etwas umsehen.«

»Sehr gerne. Falls ihr Fragen haben solltet, kommt gerne auf mich zu.«

Tucker und Wyatt erkundeten akribisch das Dorf, nahmen jeden Winkel genauer in Augenschein. Sie tranken Wein und lernten freundliche Menschen kennen. Die Zeit flog regelrecht dahin - mehrere Stunden waren vergangen, als sie sich dazu entschieden, erneut das kleine Restaurant aufzusuchen - und dieses Mal etwas zu essen. Bob säuberte gerade die Tische und blickte auf, als er die beiden eintreten hörte.

»Ihr kommt gerade richtig. Ich mache den Laden gleich auf, ihr könnt euch schon mal setzen.«

Tucker und Wyatt nahmen an einem der Tische Platz.

»Was möchtet ihr haben? Ich kann euch das Tagesgericht sehr nahelegen. Kinmark Steak mit gegrilltem Gemüse.«

»Klingt gut«, meinte Tucker.

Wyatt bestätigte dies mit einem Nicken.

»Einverstanden.«

Das kleine Lokal füllte sich in den folgenden Minuten immer mehr. Viele Menschen, denen sie zuvor auch teilweise im Dorf begegnet waren, nahmen an den Tischen Platz. Bob verschwand in der Küche und kam wenige Zeit später mit der ersten Fleischplatte wieder. Wyatt lief das Wasser im Mund zusammen, als der Geruch des gegrillten Fleisches in seine Nase drang. Bob stellte das Gericht vor ihnen ab, und brachte kurz darauf zwei große Bierkrüge.

»Lasst es euch schmecken.«

Sie stießen miteinander an und nahmen einen Schluck. Lautes Stimmengewirr drang durch das gefüllte Lokal. Wyatt nahm einen Bissen von dem Fleisch und kurz darauf einen Happen von dem Grillgemüse. Auch, wenn das Fleisch einen merkwürdigen Nachgeschmack hatte, den Wyatt so nicht kannte, ergänzten sich beide Geschmäcker perfekt, und die Bratensoße, die Bob über das Steak gekippt hatte, verstärkte das nochmal. Der Nachgeschmack wurde zunehmend von dem rauchigen Gewürz vertrieben, weshalb Wyatt ihn bald nicht mehr wahrnahm. Sie aßen auf und tranken noch mehr Bier, ehe die Zeit langsam voranschritt. Irgendwann verabschiedeten sie sich von Bob und verließen das Lokal.

»Was denkst du, sollen wir nun wieder zurückgehen?«

Tucker zuckte mit den Schultern. Bevor er antwortete, wurde er von einer anderen Stimme unterbrochen.

»Ihr seid also die Gäste, von denen Bob gesprochen hat?«

Ein Mann mit einem Cowboyhut stand direkt hinter ihnen. Er zog an einer Pfeife und blies den Rauch in die Luft.

»Ich bin Frank, man nennt mich aber auch Goldhand.«

Er streckte seine Hand aus, Wyatt nahm die Geste an. Der Händedruck des Mannes war fest.

»Wyatt«, murmelte er.

»Und ich bin Tucker«, meinte selbiger.

»Wir haben ein kleines Problem in unserem Hotel. Die Abwasserleitung ist verstopft. Kennt sich jemand von euch damit aus?«

»Ich kann mir das mal ansehen«, meinte Tucker.

Wyatt nickte. Das ergab Sinn, Tucker hatte früher eine handwerkliche Ausbildung absolviert, bevor er dann eine andere Richtung eingeschlagen hatte.

»Okay. Magst du mitkommen?«

Tucker drehte sich zu Wyatt um.

»Ich bin gleich wieder da. Du kannst dich ja gerne noch umsehen.«

»Uns steht das Wasser bis zum Hals«, witzelte Goldhand.

Ein weiterer Mann trat aus seinem Schatten hervor. Die beiden sahen sich ähnlich, der andere war nur etwas jünger und hatte einen verfilzten Bart im Gesicht.

»Mein guter Kollege Silberfinger. Wir passen darauf auf, dass es in Kinmark rund läuft.«

»Du kannst dir in der Zwischenzeit ja gerne unser Prunkstück ansehen«, sagte Silberfinger.

Wyatt wurde bei seinen Worten neugierig.

»Was?«

»Die stillgelegte Goldmine außerhalb des Dorfes. Du musst dem Weg in die Berge folgen und brauchst zu Fuß nur etwa eine halbe Stunde.«

Wyatt fühlte das Adrenalin durch seinen Körper rauschen. *Eine alte Goldmine... wow!* Endlich war nun etwas passiert, mit dem er sich zufrieden geben konnte. Das einzige Problem war nur...

»Du kannst ruhig gehen.«

Tucker schien seinen Blick lesen zu können. Er grinste und blickte Goldhand und Silberfinger nacheinander an.

»Ich komme klar und helfe euch gerne aus. Zumal das Essen in eurem Restaurant zuvor echt genial war.«

»Okay, wir sehen uns später.«

Für Wyatt war es nicht weiter schlimm, dass sich hier ihre Wege vorübergehend trennten. Er blickte Tucker nach, der hinter den beiden Männern über den großen Marktplatz hinter dem Restaurant schlich und in einem Gebäude verschwand, welches von außen genauso abgewrackt wirkte wie es das Restaurant getan hatte. Ein paar Minuten später schritt er alleine über den Marktplatz, in die Richtung, die ihm Silberfinger vorgegeben hatte. Nachdem er ein paar leerstehende Holzhäuser passiert hatte, hatte er das Dorf verlassen und sah um sich herum nur freie Fläche. Es war in der Zwischenzeit noch wärmer geworden, allerdings war ein leichter Wind aufgekommen, der sanft durch das trockene Gras wehte und die Temperatur so zumindest etwas angenehmer gestaltete. Die Landschaft um ihn herum war atemberaubend schön, und er erinnerte sich wieder an die Fotos, die er in dem Magazin mit dem Mysterium über Kinmark entdeckt hatte. Endlose, bergige Weiten, am Fuß die Täler, in denen die Menschen vermutlich allesamt bei diesen Temperaturen in den örtlichen Schwimmbädern waren - oder an der Küste, weit weg von hier. Im Gebirge war es allerdings auch mehr als angenehm. Er dachte für einen kurzen Moment an Amanda und den Cop, der sich ihnen als Gilbert vorgestellt hatte. Amandas Blicke waren eindeutig gewesen - sie hatte Gefallen an dem Typen gefunden, und Wyatt freute sich für sie. Sie hatte es sich verdient, nach all dem Grauen, was sie bereits in ihrem kurzen Leben erlebt hatte. Der Weg wurde etwas steiler, und Wyatt merkte, wie ihn das mehr und mehr anstrengte. Es dauerte etwas länger, als Silberfinger gesagt hatte, aber dennoch hatte er einige Zeit später den Eingang der Mine erreicht.

Tucker trat nach den beiden Männern ins dunkle Innere des Gebäudes, welches sie *Hotel* nannten. Durch einige Ritzen im Holz fiel Licht ins Innere, es reichte gerade so dazu aus, um sich einigermaßen gut orientieren zu können - zu mehr allerdings nicht.
»Wir müssen in den Keller. Komm.«
Goldhand führte ihn tiefer in das Gebäude hinein. Er öffnete eine Tür und trat ein, Tucker folgte ihm. Dieser Abschnitt war etwas besser ausgeleuchtet, er erkannte, dass sie sich in einem Treppenhaus befanden. Plötzlich drehte Goldhand sich um, packte ihn am Kragen und drückte ihn an die Wand.
»Wie viele seid ihr?«
Seine Stimme klang bedrohlich. Von dem Mann, den er eben kennengelernt hatte, war keine Spur mehr zu sehen.
»Insgesamt vier. W… wir haben n… noch z… zwei Leute an einer Zeltstelle.«
Er spürte, wie sein Hals trocken wurde und ihm langsam die Luft abgeschnitten wurde durch den festen Griff des Mannes. Ein Lächeln stahl sich auf das Gesicht von Goldhand.

»Okay, ich danke dir für die Information.«

Er ließ kurz ab, und Tucker dachte, dass der Moment nun vorüber war. Da hatte er sich jedoch getäuscht. Goldhand holte erneut aus, und stieß ihn mit einer solchen Kraft gegen die Wand, dass Lichtblitze vor seinem inneren Auge umher zuckten und er wenig später das Bewusstsein verlor.

Dunkelheit klaffte aus dem Inneren der Mine. Wyatt musste jedoch nicht lange überlegen – er war zu neugierig. Die Neugierde überlagerte das Unwohlsein, sodass er seinen Weg direkt fortsetzte. Genau in dem Moment, in dem das Tageslicht langsam aus zu gehen schien, sah er in der Ferne einen gelben Lichtkegel an der Wand, dem weitere folgten. Schnell wagte er sich dorthin und ging über den Boden, auf dem alte, verrostete Gleise tiefer ins Innere führten. Im beleuchteten Bereich fühlte er sich dann wieder etwas wohler. Es war so hell, dass er alles genau erkennen konnte – er folgte dem Weg tiefer ins Innere. Ein Schwarm Fledermäuse kam ihm wenige Sekunden später entgegengeflogen, er zuckte zusammen, als die Tiere der Nacht dicht an seinem Gesicht vorbei flatterten. Er blickte den schwarzen Schatten hinterher, ehe sie im Nichts verschwanden – dort, wo sie auch hergekommen waren. Langsam wagte er sich wieter voran und hatte bald eine Gabelung erreicht. Einer der beiden Wege wurde weiter beleuchtet – im anderen war es komplett dunkel. Er musste gar nicht lange überlegen, welchen Weg er nehmen sollte – er entschied sich für den, der nicht mehr beleuchtet wurde. Die Dunkelheit faszinierte ihn schon von klein auf, und da er sehr gerne Filme sah, wusste er, dass die Gefahr meist im dunklen lauerte. Ein Kribbeln überzog seinen Körper – er war bis in die Haarspitzen motiviert, diesen Gang zu erkunden. Nach wenigen Metern endeten die Gleise – er konnte es zwar nicht sehen, spürte jedoch, dass unter seinen Füßen nur noch trockene Erde war. Die Luft im Inneren der Mine wirkte alt und verbraucht – zudem kam so langsam ein seltsamer Gestank auf. Wyatt konnte diesen noch nicht einordnen, doch er stammte definitiv aus der Schublade der Gerüche, die er eher ungern wahrnahm. Er hielt sich die Nase zu und wagte sich langsam weiter vorwärts. Wie erwartet wurde der Gestank noch schlimmer, doch er versuchte, ihn irgendwie zu ignorieren. Ein paar Meter später drang eine Stimme zu ihm. Er konnte die Worte nicht verstehen, sie waren viel zu leise. Neugierig ging er ein paar Schritte nach vorne und somit noch tiefer in die Mine hinein. Erst, als der Boden plötzlich absackte, er an Halt verlor und in die Dunkelheit stolperte, wurde sein Weg unsanft gestoppt.

Das erste, was Tucker spürte, als er aufwachte, war ein heftiges Pochen hinter seiner Stirn. Der Schmerz war unerträglich und hatte sich in seinem gesamten Körper ausgebreitet. Er blickte sich um und versuchte, die Lage, in der er sich befand, zu begreifen. Man hatte ihn um einen Holzstuhl gefesselt, das Seil schnitt tief in seine Haut und hinterließ blutige Striemen darauf. Sein Mund war zudem mit Klebeband verklebt worden, und da seine Nase etwas verstopft war, bekam er nur schlecht Luft. Panisch versuchte er, aufzustehen, und sich irgendwie aus der misslichen Lage zu befreien, scheiterte jedoch. Es wurde nur noch schlimmer, da das Seil tiefer in seine Haut schnitt und somit noch heftiger schmerzte. Er lehnte sich zurück, keuchte, konnte jedoch nicht genug Luft in seine Lunge bekommen. Die Tür des Raumes öffnete sich, und einer der beiden Männer trat ein – es war Goldhand. Die Sonnenbrille, die er zuvor über die gesamte Zeit getragen hatte, hatte er nun abgenommen und das Halstuch hing ihm lose um den Hals. Als er näher trat, schlug Tucker ein Atem entgegen, der nach einer Mischung aus Zigarettenrauch und Bier roch.

»Was macht ihr hier?«

Tucker wollte antworten, konnte jedoch nicht. Das Klebeband saß zu fest um seinen Mund herum und ließ nichts außer unverständliches Gebrabbel heraus.

»Du sollst ordentlich reden, verdammt!«

Goldhand schlug ihm mit der flachen Hand ins Gesicht. Tucker ließ den Schmerz gewähren, versuchte jedoch, die Situation irgendwie zu überstehen. Es war so, als hätte jemand hinter seiner Schädeldecke eine Bombe gezündet, die nun detoniert war. Als Goldhand ihm das Klebeband vom Mund riss, japste er erst mal nach Luft und sammelte sich dann, bevor er sprach.

»Mein Großvater hat hier gewohnt«, keuchte er schließlich, als er fürs erste genug geatmet und sich etwas beruhigt hatte.

»In Kinmark... doch irgendwann ist er einfach verschwunden. Ich wollte mich schon lange auf die Suche begeben... habe es aber erst jetzt getan.«

Tucker hoffte, dass Goldhand ihm die Lüge, die er ihm gerade auftischte, nicht ansehen würde. Ihm war spontan nichts besseres eingefallen.

»Und das soll ich dir glauben?«

Tucker schloss in fester Erwartung eines weiteren Schlages die Augen – dieser blieb jedoch aus. Goldhand blickte ihn aus aufgerissenen Augen an, wartete eine Antwort ab.

»Ich bin auf der Suche nach Antworten hier her gekommen.«

Goldhand lachte auf.

»Und, hast du deine Antworten bekommen?«

Tucker nickte. Er hatte Angst, sich dem Mann zu widersetzen – denn er wirkte in dieser Situation unfassbar bedrohlich, und jedes falsche Wort seinerseits konnte ihn dazu anstiften, erneut mit Gewalt gegen ihn vorzugehen. Tucker fragte sich, wie viele Schläge er noch einstecken konnte – sein Blick war mittlerweile verschwommen und er befand sich auf der Schwelle zur Bewusstlosigkeit. Er atmete schwer, hustete und spürte, wie sich Blut in seinem Mund sammelte.

»Aber nicht auf alle Fragen.«

Er baute sich vor dem Stuhl auf, und bückte sich zu Tucker hinunter, sodass ihm sein Atem nun ins Gesicht schlug.

»Dass hier Leute ab und an verschwinden, dürfte dir ja bekannt sein.«

Goldhand entfernte sich wieder und Tucker atmete auf.

»Das... das stand auch in dem Magazin drin, ja. Man sprach dort von dem Mysterium von Kinmark.«

Tucker konnte keinen klaren Gedanken mehr fassen – es war, als hätte jemand anderes die Kontrolle über seinen Körper übernommen – als steuere eine fremde Kraft seine Gedankenvorgänge.

»Das klingt viel rätselhafter als es eigentlich ist.«

Goldhand zog ein Messer aus seiner Tasche hervor. Die Klinge glänzte im schwach hereinfallenden Tageslicht silbern. Tucker zog seine Arme zurück, eine alles übergreifende Panik nistete sich auf einmal in seinem Verstand ein. Er begann zu schwitzen und sein Magen verkrampfte sich.

»Wir haben unsere Gäste einfach zum Fressen gern.«

Die Klinge rauschte auf seinen Körper zu. Tucker schloss die Augen, und hoffte einfach, dass der Tod Gnade mit ihm hatte und ihn möglichst schnell zu sich holen würde. Die Klinge drang in seinen Oberarm, und der Schmerz war so stark, dass er ihm auf der Stelle das Bewusstsein zum zweiten Mal raubte.

Wyatt stieß sich den rechten Arm an der schroffen Felswand, und atmete erleichtert auf, als er nach wenigen Sekunden unsanft den sandigen Boden erreicht hatte. Alles tat ihm weh... es fühlte sich an, als hätte er sich bei dem Sturz mindestens eine Rippe gebrochen. Keuchend zog er sich wieder auf die Beine. Hier unten war es etwas heller, durch die Ritzen im Stein drangen vereinzelte Sonnenstrahlen ins Innere. Der Geruch hingegen war hier am Schlimmsten. Wyatt stöhnte auf, versuchte, an der Wand den Schacht wieder hinaufzuklettern, merkte jedoch, dass der Stein zu glatt dafür war. Er rutschte ab, knickte zudem noch um und musste sich, als er wieder auf dem Boden angekommen war, erst einen Moment sammeln. Er wartete, bis der Schmerz wieder etwas verflogen war, und stand dann wieder auf. Ihm blieb keine Wahl, als tiefer in die Mine hinein zu gehen. Der Gang, den er nun beschritt, war relativ eng. Er musste sich an einigen Stellen seitwärts am Gestein vorbeiquetschen, und war in diesen Momenten froh, dass er noch nie in seinem Leben klaustrophobische Zustände gehabt hatte. Er konnte währenddessen stets die Ruhe bewahren, auch, wenn er mal leicht feststeckte und der Weg etwas länger dauerte. Von der Decke tropfte in unregelmäßigen Abständen Wasser auf den Boden, jeder einzelne Tropfen erzeugte ein leises Geräusch, welches unheimlich lange in dem Gang widerhallte. *Plop. Plop. Plop.* Er spürte, wie die Flüssigkeit auch auf seine nackte Haut traf, und zuckte zusammen. Er hatte die enge Passage nun geschafft, und atmete erleichtert auf. Der Gang wurde wieder etwas breiter, sogar so breit, dass er zu den beiden Wänden mehr als genug Abstand hatte. Hier unten fühlte es sich für ihn wirklich so an, als wäre er etwas Großem auf der Spur – er bremste sich jedoch innerlich, da er wusste, dass es sich genauso gut um einen Trugschluss handeln konnte. Der Schweißfilm, der sich auf seiner Stirn gebildet hatte, wurde auf einmal von einem kühlen Luftzug getrocknet. Wyatt wurde noch neugieriger. *Wo kommt der Wind her? Gibt es hier unten etwa einen Ausgang?* Die Luft fühlte sich trotz des Windzuges nun zunehmend verbrauchter an. Gerade, als Wyatt den Gang passiert hatte und nun vor einer Gabelung stand, sah er in der Ferne einen großen Schatten. Er konnte im schwachen Licht nur schwer erkennen, um was es sich handelte... vermutete aber, dass das, was vor ihm stand, ein Mensch sein musste. Er wagte sich zögerlich näher heran. Plötzlich drehte sich die Kreatur um, und Wyatt sah, dass er Recht gehabt hatte. Er zuckte vor dem Anblick des nackten Mannes zusammen. Bauchfett hing ihm in Massen über den Körper, und sein Mund war rot umrandet – als Wyatt seinen Blick etwas senkte, sah er das rohe Fleisch in den Händen des massigen Mannes. Die Augen waren ebenfalls blutunterlaufen und weit aufgerissen – ein Bild des Wahnsinns. Der Mann fletschte die Zähne und kam Wyatt näher. Der Kopf war kahlgeschoren, und auf der Glatze waren eiternde Wunden zu sehen, die sich über die gesamte Fläche verteilten. Blut lief aus seinen Mundwinkeln über das Kinn auf den nackten, fetten Körper. »Fleisch...«, keuchte die Kreatur nur.

In Wyatt läuteten alle Alarmglocken. Er hörte Schritte hinter sich... und hinter dem Mann tauchte plötzlich eine ganze Masse von diesen Kreaturen auf, die jedoch im Gegensatz zu ihrem Anführer alle ausgemergelt waren. Wyatt fühlte sich wie in einem Endzeitfilm, in dem er auf der Flucht vor Zombies war – mit dem Unterschied, dass das hier die Realität war und er es nicht mit untoten Kreaturen zu tun hatte, sondern mit lebendigen Menschen – zumindest schien es so zu sein. Sie bewegten sich langsam auf ihn zu... ihm blieb nur die Flucht in die Richtung, aus der er gekommen war. Die ausgemergelten Körper streckten ihre Hände nach ihm aus, doch er schaffte es irgendwie, sich ihren Griffen zu entziehen. Fauliger Atem schlug ihm entgegen und der Gestank nach Blut und Verwesung war allgegenwärtig. Er hatte wenig später die Stelle erreicht, an der er sich erneut um den Felsen herum quetschen musste. Dieses Mal hatte er dazu jedoch nicht so viel Zeit wie zuvor, weshalb er spürte, wie die Panik nun in ihm aufstieg und seinen Verstand lähmte. Es war, als würde ihn eine unsichtbare Hand festhalten. Die Hände, die hinter ihm waren und immer heftiger nach ihm griffen, waren jedoch alles andere als unsichtbar. Sie waren real. Der fette Mann war nicht mehr an der Spitze, Wyatt konnte ihn irgendwo tief im Getümmel erkennen. Er verschlang gerade einen weiteren Bissen des rohen Fleisches und leckte sich danach die Lippen. Der Anblick verursachte eine Gänsehaut auf seinem gesamten Körper. Wyatt wandte sich ab und spürte nur noch einen Impuls. Er rannte - in die Richtung, aus der er gekommen war, denn eine andere Wahl blieb ihm nicht. Gierige, knochige Hände griffen nach ihm, und ein teuflisches Lachen, welches der fette, nackte Kerl ausstieß, hallte durch die Höhle. Der Gestank nach Tod war bestialisch. Wyatt quetschte sich an einer der engen Stellen vorbei, und merkte nach ein paar Sekunden, wie er in dem Gang festhing. *Verdammt!* Nun kam die Panik doch in einzelnen Schüben über ihn, er versuchte, sich irgendwie frei zu bekommen, scheiterte jedoch. Die Steine wackelten bedenklich, ehe sich der oberste Felsbrocken löste und auf den Boden krachte. Wyatt gelang es gerade noch rechtzeitig, seinen Fuß wegzuziehen, sodass ihn der herabfallende Stein nicht traf. Allerdings löste er eine Kettenreaktion aus - es folgten viele weitere Steine, die seinen Weg wenige Sekunden später komplett versperrt hatten. Er drehte sich um und nahm zur Kenntnis, dass seine Angreifer nur noch wenige Meter entfernt waren und weiterhin beständig auf ihn zukamen. Ihm blieb keine andere Wahl… er musste sich jetzt verteidigen. Er verpasste dem ersten, knochigen Körper, der ihn wenig später erreicht hatte, einen Tritt in die Bauchgegend. Die Gestalt kippte zu Boden und der Kopf platzte bei dem Aufprall auf. Wyatt holte mit seiner Faust aus und verpasste dem nächsten Gegner einen Schlag ins Gesicht. Zähne flogen, Kiefer brachen und Nasenbeine zersplitterten unter seinen Fausthieben. Die Männer wehrten sich kaum - sie hatten keine Kraft und waren reihenweise leicht auszuschalten. Irgendwann war nur noch der Mann, auf den er als erstes getroffen war, übrig. Aus milchig weißen Augen schlug ihm ein hasserfüllter Blick entgegen, und als der Mann die Zähne bleckte, lief ihm erneut Blut übers Kinn. Wyatt versuchte, ihn auf Abstand zu halten - doch er kam gegen die Masse einfach nicht an. Fauliger Atem und der Geruch nach Tod schlug ihm entgegen, als sich der Mann auf ihn stürzte und ihn dazu brachte, das Gleichgewicht zu verlieren und unsanft auf den Rippen zu landen.

Tucker wachte auf. Der Schmerz, der durch seinen Körper floss, war unbeschreiblich. Es fühlte sich an, als würde eine immense Kraft an seinen Gliedmaßen ziehen und sie von seinem Körper reißen wollen. Wenig später schlug er die Augen auf. Sein Blick war verschwommen... Seine Augen tränten, ein roter Blutschleier hatte sich in das Wasser gemischt. Er befand sich in einem Raum, der wie eine Abstellkammer anmutete. An der Decke brannte eine Glühbirne, die lose an einem brüchigen Stromkabel hing. Als er sich weiter umblickte, sah er, dass er sich in einer Vorrichtung befand, in der seine Gliedmaßen mit einem dicken Seil festgebunden waren. Er war komplett nackt, seine Kleidung lag neben der Vorrichtung auf dem Boden. Blut lief ihm aus der Nase in den Mund, er musste würgen und wollte die ekelerregende Masse ausspucken, konnte sich jedoch nicht umdrehen, weshalb ihm das Blut übers Kinn auf den Hals lief. Er hatte keinerlei Bewegungsfreiraum, und sein gesamter Körper schmerzte in der Position, in der er sich gerade befand. Wenig später wurde eine Tür an der Seite des Raumes aufgestoßen, und ein Mann trat in das Licht der Glühbirne. Gefühlt wurde es augenblicklich um einiges dunkler, als Tucker Goldhands Schatten erblickte. Er dachte an die Schmerzen, die ihm der Mann bereits zugefügt hatte, und stemmte sich verzweifelt gegen die Fesseln, in die sein Körper gelegt war. Als er einsah, dass er sich damit selbst nur unnötige Schmerzen zufügte, atmete er tief durch und verharrte reglos in seiner Position.

»Oh, du bist wach.«

Goldhand grinste. Es war das fieseste Grinsen, was Tucker je erblickt hatte. Eine unbeschreibliche Kälte durchfuhr seinen Körper und lähmte seine Glieder.

»Wir haben nicht mehr genug Fleisch.«

Er leckte sich über die Lippen, bleckte die Zähne.

»Das Dorf ist hungrig.«

Er ließ Tucker einen Moment lang zappeln, tat einfach nichts. Sein Blick musterte den verletzten, nackten Körper von oben nach unten. Tucker konnte sich vorstellen, dass er einen erschreckenden Anblick abgab. Goldhand zog ein Messer hervor und stach es ihm in den Oberschenkel. Die Klinge drang in sein weiches Fleisch ein und bohrte sich tief in seine Muskeln. Tucker stand erneut auf der Schwelle zur Bewusstlosigkeit, nahm alles nur verschwommen wahr. Er spürte seine Beine nicht mehr… da war nur noch ein unendlicher Schmerz. Goldhand zog die Klinge ruckartig wieder hervor, und das Blut ergoss sich in einem Schwall auf seinem Körper. Der Mann lachte, rückte sich seinen Cowboyhut zurecht, und leckte das Blut von der Klinge des Messers ab. Tucker wusste nicht, ob seine Sinne ihm kurz vor seinem Tod einen Streich spielten, ging aber davon aus, dass das, was er sah, real war. Der Schmerz bestätigte ihn zudem bei dieser Ansicht.

»Morgen gibt es Burger«, meinte Goldhand dann.

»Kinmark wird begeistert sein, wenn Bob seine Kochkünste wieder spielen lässt.«

Er drehte sich um, entfernte sich ein paar Meter, und drückte einen schwarzen Knopf an einer der Wände. Die Maschine, in der Tucker eingespannt war, setzte sich langsam in Gang. Ein Ruck ging durch seinen Körper, und er spürte, wie die Fesseln sich langsam lösten. Er konnte sich jedoch trotzdem nicht bewegen. Der Schmerz legte ihn vollkommen lahm, weshalb er auch nichts gegen die scharfen Klingen tun konnte, die ihm immer näher kamen. In dem Moment, in dem Tucker spürte, wie sein Körper von dem Fleischwolf zermahlen wurde, schwor sein Geist, Rache an den Einwohnern des kleinen Dorfes Kinmark in den Solven-Hills zu nehmen.

Wyatt wurde die Luft aus der Lunge gepresst. Der Mann begrub ihn vollständig unter sich, der ekelerregende, dreckige Körper rieb über sein Gesicht. Er legte all seine Kraft in den Versuch, sich unter dem Mann herauszuwinden, scheiterte jedoch. Lange würde er die Situation nicht mehr durchhalten, ihm wurde mehr und mehr die Luft abgeschnürt. Der Irre sah ihn aus seinen trüben, milchigen Augen mit einem Blick, der nichts anderes als puren Wahnsinn enthielt, an. Er fletschte die Zähne, Blut lief über sein Kinn. Dann senkte er langsam den Mund und biss in den Stoff von Wyatts Shirt. Die Zähne blieben am Stoff hängen, rissen Stücke heraus und hatten seine Haut bald freigelegt. Wyatt gelang es im nächsten Moment jedoch, eine Hand frei zu bekommen. Ohne weiter nachzudenken, bohrte er seinen Zeigefinger tief in die Augenhöhle des Mannes. Der Augapfel platzte auf und die Masse verteilte sich auf Wyatts Gesicht. Er schluckte den aufkommenden Ekel hinunter, stieß den Mann zur Seite und wandte sich unter dem Körper hervor. Er schnappte sich einen der herumliegenden Steine, holte aus und zerschmetterte damit die Schädeldecke des Mannes. Er ließ erst von dem fetten Körper ab, als der Kopf nur noch eine blutige, undefinierbare Masse war. Keuchend lehnte er sich an die Wand, wartete einen Moment ab, bis das Adrenalin seinen Körper durchströmt hatte und der Schmerz des Aufpralls abgeebbt war. Nach und nach kehrte er in die Realität zurück, nahm das, was soeben passiert war, immer stärker wahr. Der Weg, der ihn wieder zurück in den Raum führen würde, den er zuvor unfreiwillig hinabgestürzt war, war versperrt. Er musste sich etwas anderes einfallen lassen – und ging in die Richtung, in die ihn der Leichenberg, den er selbst geschaffen hatte, erwarten würde.

Stunden vergingen, in denen Wyatt sich tiefer durch die Gänge der Mine schlug. Es ging immer weiter, und er hatte in den letzten Stunden einige interessante Dinge entdeckt. Neben alten Relikten wie teilweise verrosteten Güterfahrzeugen, vermoderten Gleisen und morschen Holzbrettern gab es in der Mine auch viele tote Körper, die bereits komplett verwest waren. Der Geruch war erbärmlich, doch er hatte sich daran gewöhnen und den Ekel herunterschlucken müssen. Der Weg hatte ihn in eine unendliche Tiefe geführt. Er hatte Gänge passieren müssen, durch die er bloß kriechen konnte - immer mit der Vision vor den Augen, einen Ausgang zu finden. Doch dieser kam nicht in Sicht. Stattdessen wurde es immer dunkler und immer abartiger. Er fühlte sich, als würde er durch eine Leichengrube laufen. Die Zeit war sein erbarmungsloser Gegner, und mit jeder vergehenden Minute fühlte er sich schlechter. Seine Haut begann zu jucken, er kratzte sich an den Armen, merkte jedoch, wie sich das immer weiter verschlimmerte. Der Ursprung des plötzlich auftretenden Juckreizes war die Stelle, an der der fette Mann versucht hatte, ihn durch den Stoff seines T-Shirts hindurch zu beißen. Er erkannte einen Zahnabdruck und etwas Blut - Schmerz spürte er keinen, sah nun aber, dass es dem ekelerregendem Mann wohl doch gelungen war. Seine Haut war schon ganz wund gekratzt, als sich auch noch Kopfschmerzen dazu gesellten, und das dringende Bedürfnis, die Mine zu verlassen. Da er jedoch keinerlei Ahnung hatte, wann und wo er einen Ausgang finden würde, verdrängte er seine Gefühle und hielt den Fokus weiter auf das Wesentliche gerichtet. Tausend Gedanken schwirrten ihm durch den Kopf, und die Ruhe, die die Mine ausstrahlte, war beängstigend. Er hatte nicht gezählt, wie viele Leute er bei dem Angriff getötet hatte - es waren jedoch nicht so viele gewesen, und er konnte sich nicht vorstellen, dass sie die einzigen waren, die ihr tristes Dasein in der Dunkelheit fristeten. Wyatt fragte sich, während er weiter über den kiesigen Boden schritt, was für Menschen sie wohl waren. Wie lautete ihre Geschichte? Hatten sie etwas mit dem Dorf Kinmark zu tun? Je länger er über alles nachdachte, desto stärker vermutete er, dass Tucker in höchster Gefahr schwebte. Er war mit den beiden Männern mitgegangen - mit den Männern, die ihn, Wyatt, in eine tödliche Falle hatten locken wollten. Er spürte Wut in sich aufsteigen - doch auch die Angst, das Gefühl, welches er in den letzten Stunden nicht zugelassen hatte, machte sich breit. Er fühlte sich hilflos und schwach, zudem wurde sein körperliches Befinden immer schlechter. Er hatte gar keine Ahnung, wie viel Zeit seit seinem Aufbruch vergangen war. Der Gestank im Inneren der Mine ebbte langsam ab, und wenige Meter später entdeckte Wyatt ein kleines Rinnsal. *Wasser!*, dachte er. Seine Kehle fühlte sich ausgetrocknet an, er verspürte nun das dringende Bedürfnis, etwas zu trinken. Zudem schwitzte er, weshalb er sich entschied, dem Strom zu folgen. Er hatte ja auch keine andere Wahl.

Seine Entscheidung hatte sich als die Richtige erwiesen. Dem kleinen Rinnsal folgte tatsächlich wenige Zeit später ein Fluss, der sich durchs Innere der Mine bahnte. Das war ein gutes Zeichen - Wyatt wertete dies so, dass das Wasser ihn auch herausführen würde. Er schöpfte sich etwas von dem kühlen Nass in seine Hand und nahm einen Schluck. Das Wasser schmeckte gut – es war zwar nicht komplett sauber, doch das war Wyatt in diesem Moment vollkommen egal. Es ging für ihn nur darum, etwas Flüssigkeit in den Körper zu bekommen, und dazu reichte es aus. Er wusch sich die Mischung aus Dreck, Schweiß und Blut aus seinem Gesicht und setzte seinen Weg dann fort. Durch das Wasser wurde die Luft im Inneren der Mine etwas besser, was Wyatts Motivation um ein Vielfaches steigerte. Er kippte sich etwas Wasser über die Ausschläge, die sich mittlerweile flächendeckend auf seinem Körper ausgebreitet hatten. Er hatte sich einige Stellen bereits aufgekratzt, sodass er auch verkrustetes Blut abwusch. Er wusste nicht, was genau passiert war, vermutete aber, dass die Menschen, auf die er getroffen war, irgendetwas damit zu tun hatten. Sie hatten alle Wunden am Körper gehabt, und ihre Haut hatte schrecklich ausgesehen. Einen Moment lang setzte er sich hin, er brauchte eine Pause, um wieder zu vollen Kräften gelangen zu können. Das Rauschen des Baches und das abebbende Adrenalin in seinem Körper, sorgten dafür, dass er sich entspannte. Er atmete mehrmals tief durch und schloss nur für einen kurzen Moment die Augen.

Keuchend schreckte Wyatt wieder hoch, als er merkte, dass irgendetwas über seinen Rücken krabbelte. Er sah sich um. Die Haare auf seinem Hinterkopf waren durchnässt, er hatte sich genau in das Rinnsal gelegt. Seine Arme brannten. Dieses Gefühl hatte den Juckreiz verdrängt, war jedoch kein bisschen besser. Eher sogar schlimmer, befand er. Er stützte sich an den Wänden ab und kam so wieder auf die Beine. Es hatte sich um ein paar Wassertropfen gehandelt, und er war erleichtert, dass keine Insekten über ihn gekrochen waren. Generell hatte er hier, tief im Inneren der Mine Kinmarks, kein Ungeziefer entdecken können. Er wusste nicht, ob das ein gutes oder ein schlechtes Zeichen war - vermutete eher letzteres. Sein Magen knurrte, und das Hungergefühl, welches Besitz von seinem Körper genommen hatte, nagte an seiner Psyche. *Ich habe wohl doch länger geschlafen als ich dachte.* Dennoch fühlte er sich gerädert, verspürte nun auch noch leichte Rückenschmerzen. Über seine Arme lief Blut aus Wunden, die er im Schlaf wohl unbewusst aufgekratzt haben musste. *Ich muss weiter.* Er stützte sich an den Wänden ab und schlich so weiter, folgte dem kleinen Flusslauf. Das Wasser führte ihn nun durch einen engen Schacht, der an den Wänden mit Schlamm beschmiert war. Am Ende der Öffnung lag ein Becken, in das das Wasser hineinfloss - Wyatt kroch durch den Schacht und stürzte sich hinein. Er trank gierig, während er untertauchte, spuckte es jedoch direkt wieder aus. Das Wasser war nicht sauber, sondern voller Schlamm. Und dort, wo er sich nun befand, ging es nicht weiter. Ein kleines Becken markierte das Ende des Flusses - und somit auch das Ende jeglicher Hoffnungen, die Wyatt sich gemacht hatte. Das Wasser brannte an seinem Körper und der Dreck drang in die Wunden ein, was ein äußerst unangenehmes Gefühl in ihm erzeugte. Er kämpfte sich wieder zurück, kletterte durch den Schacht und lief wieder in die Richtung, aus der er gekommen war. Vielleicht war ja die Richtung, aus der das Wasser gekommen war, die richtige.

Auch der andere Weg, den er nahm, war der Falsche. Das Wasser kam an einer Stelle aus den Felswänden, und Wyatt schlug vor Wut gegen die kleine Öffnung, aus der der Strom floss. Das nützte jedoch nichts - außer dem Schmerz, der sich in seiner Hand ausbreitete, passierte rein gar nichts. Er ging wieder zurück, den gesamten Weg, den er vor vielen Stunden bereits gegangen war. Irgendwann... er konnte nicht sagen, wie viel Zeit vergangen war, seit er aus seinem Schlaf erwacht war, bebte die Höhle. Steine fielen auf den Boden, ein kleinerer traf seinen Kopf und hinterließ eine blutige Platzwunde. Sein Gesicht brannte nun ebenfalls, der Ausschlag hatte mittlerweile seinen gesamten Körper in Besitz genommen. Es gab keine Stelle, die ihm nicht juckte. Das Beben war heftiger gewesen als das, was er zuvor erlebt hatte. Hoffnung kam in ihm auf. *Der Weg... ist er wieder frei?* Schon fast automatisch beschleunigten sich seine Schritte. Er klammerte sich an diesen Gedanken, ließ ihn nicht mehr los. Er wurde für ihn fast zu einem Mantra. Dennoch musste er vor Freude fast weinen, als er sah, dass die Steine, die ihm zuvor den Weg versperrt hatten, wieder verschwunden waren. Er wollte nun einfach nur noch raus - und rannte, was das Zeug hielt, tief in die Dunkelheit hinein.

GILBERT SMITH
27. AUGUST 2008

19

Officer Gilbert Smith sah nur noch rot. Er war kurz davor, komplett aus den Fugen zu geraten. Als Wyatts Körper nach vorne kippte, hörte er, wie eine Kugel nur knapp neben ihm einschlug. Staub wirbelte auf dem trockenen Boden auf, und das Geschoss hinterließ augenblicklich eine tiefe Kuhle. Goldhand ergriff die Flucht, Smith feuerte seinerseits zu spät eine Kugel ab - er verfehlte den Mann um einige Meter, und schon bald war dieser in der Ferne verschwunden. Smith konnte sich nicht um den sterbenden Schimmel und den toten Wyatt kümmern, sondern rannte Goldhand hinterher. Der Mann war in Richtung des Hotels gelaufen und schließlich im Inneren des Gebäudes verschwunden. Ohne zu zögern trat Smith schließlich auch ins Gebäude. Er konnte Schritte hören… Schritte, die die Treppe hinaufstiegen und dann hinter einer Tür verstummten. Es gab also nur einen Weg, den Goldhand eingeschlagen haben konnte - über die Treppe in das Dachzimmer hinauf. Smith keuchte, als er die Stufen hochstieg - er war eindeutig außer Form geraten, merkte, wie die ständige Bewegung an seiner körperlichen Verfassung zehrte. Er musste eine kurze Pause einlegen, wartete, bis sich sein Atem wieder normalisierte. Dann nahm er seine Waffe wieder in die Hand, trat die Tür auf und ging in den Raum. Das Holz wackelte bedenklich lose im Rahmen und splitterte heraus. Er entdeckte Goldhand direkt im hinteren Teil des Raumes. Sein erster Impuls war es, dem Mann eine Kugel in das Gesicht zu verpassen… bis er sah, was er in der Hand hielt.
»Amanda!«
Goldhands Finger hatten sich in ihren Dreadlocks festgekrallt

und ihren Kopf in eine unbequeme Position gebracht. Um ihren Mund war ein breiter Streifen Klebeband geklebt worden, welches nur ein paar schluchzende Laute durchließ. Goldhand schlug ihr daraufhin fest auf den Hinterkopf. Tränen standen in ihren Augen und liefen ihr nun über die Wangen. Sie gab einen furchtbaren Anblick ab. Goldhand hatte sie an der Wand festgebunden, und ihre Arme steckten in einer Apparatur, die von außen einen gefährlichen Eindruck machte.

»Wenn du mich erschießen solltest, geht der Fleischwolf los und zermahlt die Hände deiner kleinen Freundin. Das Gerät ist mit der Frequenz meines Herzens verbunden.«

Das Gesicht des Mannes wurde von einem triumphierenden Lächeln beherrscht. Smith spürte wieder den Hass in sich aufsteigen. Dieser war noch stärker als zu dem Zeitpunkt, an dem er in der Hütte im Wald auf Randall getroffen war. Unter dem Klebeband drang ein neuerlicher, unverständlicher Wortschwall von Amanda hervor - das Einzige, was er hören konnte, war die Panik und der flehende Unterton in ihrer Stimme. Goldhand drückte ihr nun auch noch den kalten Lauf seiner Waffe an den Kopf, was sie zusammenzucken ließ. Smith war das zu viel in diesem Moment. Er stürzte sich nach vorne, riss den Mann von den Beinen und begrub ihn unter sich auf dem Holzboden. Alles wackelte - der Raum wirkte instabil und fast so, als könne der Boden jederzeit einstürzen. Smith sah zudem, dass die Dachlatten über seinem Kopf an der Decke bereits morsch und an einigen Stellen gebrochen waren. Staub und Späne wirbelten in der stickigen, warmen Luft umher und ließen diese noch unerträglicher werden, als sie es ohnehin schon war. Die Sonne brannte auf das einfach gezimmerte Holzdach und die Hitze setzte sich gnadenlos in den Wänden des Raumes fest. Smith schwitzte aus allen Poren, als er den keuchenden Körper des Mannes unter sich begraben hatte. Im nächsten Moment verpasste er ihm einen Kinnhaken. Goldhand biss sich auf die Zunge, Blut tropfte aus dem Mund über sein Kinn auf den Oberkörper.

»Ich glaube dir kein verdammtes Wort.«

Smith registrierte die Verwunderung in Goldhands Augen. Er legte eine Hand an den Hals des Mannes und drückte so fest zu, wie er konnte. Die Augen traten hervor und Amanda schrie unbändig im Hintergrund.

»Wie kriege ich sie aus der verdammten Maschine heraus?«

Er ließ locker, damit Goldhand die Möglichkeit hatte, eine Antwort zu geben. Dies tat er auch, nachdem er etwas Luft geschnappt hatte. Das Grinsen, welches er nun entblößte, verriet Smith, dass der Kerl immer noch alles unter Kontrolle hatte - selbst jetzt, kurz vor seinem Ableben.

»Okay, das mit meiner Herzfrequenz war gelogen. Scheiße, ich hätte nicht gedacht, dass du da so schnell drauf kommst. Du bist echt gut.«

Diese Worte entfachten Smiths Wut nur noch weiter. Er zügelte sich jedoch und setzte den Schlag nicht, den er eigentlich bereits fest geplant hatte. Er wollte Goldhand weiterreden lassen, auch, wenn er vermutete, dass die Worte wenig Sinn ergeben würden – wie alles, was dieser Mann bisher von sich gegeben hatte.

»Nichtsdestotrotz seid ihr verloren. Selbst, wenn du mich jetzt umbringst… du kommst hier nicht raus.«

»Wo ist der Schlüssel?«

Smith wurde lauter. Ihn interessierte es jetzt nur, Amanda zu befreien und gemeinsam mit ihr dieses schreckliche Gebäude zu verlassen. Nachdem Goldhand vor seinen Augen Wyatt erschossen hatte, vermutete Smith, dass Tucker ebenfalls bereits tot war.

»Bob hat ihn.«

Goldhand keuchte.

»Er ist im Lagerraum, den du von der Küche aus erreichen kannst. Du musst ihn nur danach fragen.«

Smith ließ seinen Blick schweifen. Er schwitzte, sein Oberteil klebte an seinem Körper und sein Herz schlug in einem solchen Rhythmus, dass es sich für ihn anfühlte, als wäre er gerade einen Marathon gelaufen. Er entdeckte auf einer Kommode, die direkt neben ihm an der Wand stand, ein Messer. Es war außer Reichweite... doch als er sich streckte und Goldhand so etwas Freiraum bot, den der Mann aber nicht nutzen konnte, hatte er es wenig später in der Hand. Eine Blutfontäne schoss in die Luft, als er die Klinge bis zum Heft in den Hals des Mannes gesteckt hatte und kurz darauf seinen Kopf mit mehreren, unsauberen Schnitten vom Oberkörper trennte.

20

Leere, tote Augen blickten ihn an, als er Goldhands abgetrennten Kopf ansah. Amanda hinter ihm war ruhig geworden... sie hatte, beeindruckt und wohl auch schockiert, das beobachtet, was Smith angerichtet hatte.

»Von ihm geht keine Gefahr mehr aus.«

Smith legte den Kopf vorsichtig auf den Boden. Blut tropfte aus dem abgetrennten Stumpf und mischte sich mit den staubigen Spänen auf dem Boden zu einer dunklen Masse.

»Kannst du mich losmachen?«

Amanda sah ihn an. Tränen standen ihr in den Augen, die Situation, in der sie sich bis vor kurzer Zeit befunden hatte, hatte sie augenscheinlich an ihre psychischen Grenzen geführt.

»Ich muss den Schlüssel holen. Er soll wohl bei Bob, dem Koch liegen. Ich werde mich auf den Weg machen.«

»Nein. Lass mich nicht allein.«

Amanda versuchte, ihre Hände aus der Apparatur zu ziehen, schrie jedoch nur vor Schmerz auf, als sie zum x-ten Mal realisierte, dass es nicht funktionierte.

»Ich muss gehen. Sieh mich an.«

Smith beugte sich zu ihr herunter. Er nahm ihr Gesicht in die Hand, seine Finger, die noch voll mit Goldhands Blut waren, hinterließen dunkle Spuren auf ihrer Wange.

»Ich werde dich hier rausholen. Es wird auch nicht lange dauern.«

»Bitte beeile dich.«

Das waren ihre letzten Worte. Sie hallten noch lange in Smiths Kopf nach, als dieser über den morschen Boden zu der Tür schritt, die ihn wieder ins Treppenhaus führte. Als er sie öffnete, schlug ihm ein kühler Luftzug entgegen, der seinen Schweiß augenblicklich trocknete. Er trug den abgetrennten Kopf von Goldhand unter seinem Arm, und freute sich schon auf den Moment, in dem er ihn Bob präsentierten konnte. Ein ekliger Geruch waberte zu ihm hervor, und er erkannte, dass die Tür, die sich ihm zuvor noch als verschlossen präsentiert hatte, geöffnet war. Das Vorhängeschloss lag auf dem Boden und brauner Schlamm war aus dem Inneren ins Treppenhaus gedrungen.

»Suchst du den Schlüssel?«

Eine Stimme drang zu ihm hervor. In der Dunkelheit konnte er die Schemen von Silberfinger erkennen… dieser stand am Fuß der Treppe und sah ihn herausfordernd durch den verfilzten Dreitagebart an.

»Ich habe ihn«, sagte er nur, als Smith nicht antwortete.

Instinktiv griff dieser nach seiner Waffe - zumindest war das sein Plan gewesen. Er registrierte jedoch nach einem Griff an seinen Gürtel und in sämtliche Taschen, dass er sie im Dachzimmer verloren haben musste. Sie befand sich nicht dort, wo sie sich eigentlich immer befinden sollte. *Scheiße.* Er hatte sich so darauf fokussiert, Goldhands Kopf mitzunehmen, dass er seine Schusswaffe ganz vergessen hatte. Im nächsten Moment fiel der Kopf zu Boden, ein Augapfel kullerte heraus und platzte auf, als er direkt vor Silberfinger landete. Dieser beäugte ihn nur kritisch.

»Gib mir den Schlüssel, oder ich werde mit dir dasselbe anstellen.«

»Du bist ein Schwachkopf. Und so etwas wie du nennt sich Cop? Dass ich nicht lache.«

Vor seinem inneren Auge malte Smith sich aus, wie er den

Mann mit seiner Waffe in Stücke schießen würde. Es ärgerte ihn immens, dass er sie oben gelassen hatte - nun musste er sich mit dem blutbefleckten Messer abfinden, welches ihm aber allerdings schon gegen Goldhand geholfen hatte. Er lief nach vorne und ließ den Kopf achtlos auf dem Boden liegen. Silberfinger reagierte schneller, als Smith es erwartet hatte. Der Mann lief in die Dunkelheit voraus, die Schuhe traten in den Schlamm und die braune Masse spritzte umher. Smith spürte, wie er nach wenigen Metern bereits aus der Puste geriet… mobilisierte jedoch all seine Kräfte und legte nochmals an Tempo zu. Silberfinger war sportlicher als er gedacht hatte, Smith konnte ihm zwar auf den Fersen bleiben, schaffte es jedoch nicht, ihn einzuholen. Smith erinnerte sich wieder an die Höhle, die er, bevor er die Mine entdeckt hatte, betreten hatte. Es schien irgendeinen Zusammenhang zu geben. Die Luft und der Geruch waren nahezu gleich, und Smith vermutete, dass es sich um ein zusammenhängendes Kanalisationssystem handelte. *Das würde zumindest am meisten Sinn ergeben*, fand er. Einige Zeit später drehte Silberfinger sich um. Sie standen sich nun keuchend gegenüber, das leise Fließgeräusch des Abwassers in ihren Rücken. Der Schlamm, in dem sie beide knietief standen, begann auf einmal, eine Art Sog zu entwickeln, der sie immer tiefer ins Innere zog. Silberfinger grinste ihn triumphierend an und sah, wie Smith zu Boden gerissen wurde und unter dem braunen Schlammsog begraben wurde. Der Mann stürzte sich auf ihn, drückte sein Kopf in die braune Masse, sodass es ihm nicht möglich war, Luft zu holen. Smith kämpfte gegen das Delirium an, denn er wusste, dass es sein und auch Amandas Todesurteil sein würde, wenn er aufgeben würde. Lange konnte er seine Luft jedoch nicht mehr anhalten - das war ihm voll bewusst. In dem Moment, in dem er spürte, wie der ekelerregende Schleim in seinen Mund drang, wurde der Druck plötzlich geringer - und als er mit dem Kopf aus dem Schlamm hervorschoss und gierig nach Luft schnappte, sah er, wie ein Regen aus Blut und Gedärmen auf ihn niederging.

21

Silberfingers aufgeschlitzter Körper kippte in den Schlamm und wurde von dem Sog davongetragen. Irritiert sah Smith sich um, und entdeckte Charles Reinhart vor sich. Sein Kollege trug eine blutverschmierte Machete in der einen und einen Morgenstern in der anderen Hand. Verdutzt blickte Smith ihn an.

»Du bist noch hier?«

»Es ist eine lange Geschichte. Komm.«

Reinhart half ihm auf die Beine.

»Du brauchst dringend mal eine Dusche, so wie es aussieht«, witzelte er.

Smith konnte sich ein Grinsen nicht verkneifen. Die Gefahr war nun gebannt - er hatte nichts mehr zu befürchten. Goldhand und Silberfinger waren tot, doch so ganz traute er der Situation noch nicht.

»Lass uns hier raus. Es stinkt abscheulich.«

Smith warf Silberfingers aufgeschlitzten Körper einen Blick hinterher. Er war bereits zur Hälfte im Schlamm versunken und viele Meter entfernt.

»Danke«, murmelte Smith schließlich.

»Für die Hilfe. Ich dachte schon, dass ich sterben muss.«

»Wir müssen weg von diesem Ort.«

»Ich muss Amanda vorher befreien. Sie ist noch in dem Dachzimmer… gefesselt. Bob, der Koch, besitzt einen Schlüssel für die Apparatur, in der ihre Hände stecken.«

Smith fiel es schwer, sich auszudrücken, vernahm jedoch eine Regung in Reinharts Blick bei seinen Worten. Es war nur ein winziges Zucken, was bloß für den Bruchteil einer Sekunde anhielt. Da es einfach so wieder verschwunden war, vermutete Smith, dass er es sich einfach nur eingebildet hatte.

»Okay, dann sollten wir ihm noch einen letzten Besuch abstatten.«

Smith spürte plötzlich, wie sein rechter Arm zu jucken begann. Er zog den verschlammten Ärmel hoch und sah, dass sich auf seiner Haut eine Art Ausschlag gebildet hatte. Panisch dachte er an das, was er zuvor in der Mine gesehen hatte. An die ausgemergelten, kranken Körper... *Was ist, wenn ich mich infiziert habe?* Dann geriet jedoch ein anderer Gedanke in den Vordergrund, der ihn zumindest wieder etwas beruhigte. *Bob hat das Gegenmittel. Und wenn dieser beschissene Typ, der allen seine Unschuld nur vorspielt, den Schlüssel rausrückt, werde ich das auch von ihm bekommen. Notfalls prügele ich ihm die ganze Scheiße aus dem Körper, bis diesem Heuchler Hören und Sehen vergeht.* Smith war nicht schockiert über die Gedanken, die durch seinen Kopf schwebten. Es war für ihn keine Überraschung, dass er, angesichts dieser grausamen Geschehnisse in Kinmark, wieder in ein psychisches Loch gefallen war, indem er keine Empathie oder sonstiges verspürte. Sein Blutdurst, eine Eigenschaft, die er als Polizist ja eigentlich nicht haben sollte, war noch nicht gestillt - das würde erst der Fall sein, wenn das gesamte Dorf ausgerottet war und er jeden Bewohner vernichtet hatte. Notfalls musste er sich etwas Zeit dafür lassen - aber das war es ihm wert. Wenig später verließ er hinter Reinhart die Kanalisation. Der Kopf von Goldhand lag wie ein Mahnmal auf den Treppenstufen, die in die obere Etage führten.

»Verdammt«, murmelte Reinhart.

»Alles okay. Das war ich.«

Der abgetrennte Kopf gab ein furchtbares Bild ab. Der geplatzte

Augapfel am Fuß der Treppe passte perfekt in die absurde Szenerie. Smith bückte sich und nahm den Kopf in die Hand.

»Was hast du vor?«, fragte Reinhart.

»Ich werde Bob den Kopf auf den Tisch schmeißen. Damit er sieht, dass ich es mit meinen Forderungen todernst meine.«

»Bob kann nichts dafür«, murmelte Reinhart.

»Die beiden Schuldigen sind tot.«

Smith war nicht verwundert über die Worte von Reinhart - ganz im Gegenteil. Er hatte sie fast schon erwartet.

»Bob hat ein Heilmittel gegen das Virus bei sich im Restaurant.«

Reinhart zog eine Augenbraue hoch.

»Was für ein Virus?«

Seine Frage klang wirklich so, als hätte er absolut keine Ahnung, wovon Smith gerade sprach. *Weiß er darüber wirklich nichts?* Smith konnte es sich nicht wirklich vorstellen, und entschied sich deshalb, weiter nachzuhaken. Vorher jedoch nahm er den abgetrennten Kopf von Goldhand unter die Schulter, verließ vor Reinhart das alte Hotel und trat raus in die spätnachmittägliche Sonne.

»Du wolltest deine Freundin... Amanda...? befreien, oder?«

Reinhart blickte ihn an und weckte ihn aus seinen Tagträumen.

»Ja.«

»Bob wird den Schlüssel nicht haben. Ich habe mit ihm gesprochen... er verabscheut Goldhand und Silberfinger. Er würde ihnen bestimmt nicht helfen und steht schon gar nicht hinter dem, was die beiden tun.«

»Wie lange kennst du Bob? Bist du dir sicher, dass man ihm trauen kann?«

»Ich kenne ihn schon lange und bin mir zu einhundert Prozent sicher, ja.«

Reinhart klang wirklich überzeugt von der Sache. Smith wollte ihm einerseits gerne glauben… doch andererseits… *wenn Bob den Schlüssel nicht hat, dann muss die Suche wieder ganz von vorne starten. Dann schleppe ich diesen beschissenen Kopf eventuell doch umsonst mit mir herum.*

»Pack ihn da rein.«

Reinhart drückte ihm einen braunen Stoffsack in die Hand.

»Wo hast du den her?«

»Aus der Scheune.«

Reinhart deutete auf eine alte Scheune, in der Smith aus der Ferne Rocky und Tornado entdecken konnte. Neben mehreren anderen Pferden war ein Platz leer… der von Lucky, Bobs Pferd, welches Goldhand einfach so getötet hatte. Wut stieg in ihm auf, er trat gegen den Sack, und spürte, wie die Schädeldecke nachgab und platzte. Er gönnte es diesem Scheißkerl, bedauerte jedoch, dass dieser den Schmerz nicht mehr spüren konnte.

»Alles klar. Wo meinst du, finden wir den Schlüssel?«

»Die beiden haben ein Geheimversteck. Es liegt etwas tiefer in den Bergen. Sie hatten genug Zeit, deine Begleitung zu entführen. Ich gehe fest davon aus, dass wir den Schlüssel dort finden werden.«

»Woher weißt du das alles?«

»Bob hat es mir erzählt.«

Smith wurde nicht schlau aus der Sache. Allerdings schwebte ihm nun ein einziger Gedanke im Kopf herum. Er musste ihn einfach aussprechen, war auf Reinharts Reaktion gespannt.

»Okay, meinetwegen. Solange wir Amanda bald aus der tödlichen Falle befreien können, soll es mir nur recht sein. Aber…

im Dorf… du weißt schon, was Bob den Leuten dort zubereitet, oder?«

»Das Essen war fantastisch«, meinte Reinhart.

»Was soll denn damit sein?«

Irgendwie nahm Smith ihm diese Unwissenheit nicht ab. Reinhart gab zudem ein äußerst merkwürdiges Bild ab. Mit der Machete in der einen und dem Morgenstern in der anderen war er bis unter die Zähne bewaffnet. Zudem diese merkwürdigen Begebenheiten… Dinge, die er normalerweise nicht wissen konnte, wusste er, und Dinge, die er wissen sollte, wusste er nicht. Sein gesamtes Auftreten war unglaubwürdig, doch Smith hatte keine andere Wahl, als ihm jetzt zu vertrauen. Er entschied sich deshalb dazu, nicht weiter auf den Kannibalismus innerhalb Kinmarks einzugehen. Wenn sie alle in Sicherheit waren und das Dorf weit hinter sich gelassen hatten, dann wäre der optimale Zeitpunkt dafür.

»Egal«, murmelte er daher und folgte seinem Kollegen.

»Wo liegt das Versteck?«

Einige Zeit war vergangen und sie hatten das Dorf bereits hinter sich gelassen. Reinhart war fast stoisch gewesen, hatte die wenigen Fragen, die Smith ihm gestellt hatte, mit kurzen, abgehackten Sätzen beantwortet. Irgendwann hatte Smith es dann aufgegeben, bis er sich schließlich gefragt hatte, wie weit es noch sein würde. Reinhart gab ihm keine Antwort, ignorierte ihn fast. Hinter einer Anhöhe folgte eine freie Fläche, die gut überschaubar war. Danach ging es wieder den Hügel hinauf, und Smith merkte, wie er mit jedem Schritt näher ans Ende seiner Substanzen geriet. Zudem wurde der Boden unebener und glitschiger. Mehrmals rutschte er fast aus, bis dies auch beim dritten Mal tatsächlich passierte. Er verlor das Gleichgewicht und schlug der Länge nach auf den Boden. Sein Körper schmerzte, die Wunde in seiner Schulter flammte auf und sendete heftige Impulse an sein Schmerzzentrum – woraufhin sich sein halbes Ohrläppchen auch noch meldete.

»Komm. Wir müssen weiter, um unser Ziel schnell zu erreichen.«

Reinhart streckte ihm eine Hand entgegen, Smith nahm diese dankend an. Ihm war aufgrund des Sturzes auch der Sack aus der Hand gefallen, der Kopf war herausgerollt und das eine, noch in der Augenhöhle befindliche Auge blickte ihn leer an. Als Smith sich wieder auf den Beinen befand, sich gesammelt und die Schmerzwelle abgewartet hatte, war Reinhart schon viele Meter voraus. Er musste also einiges an Tempo zulegen und tat das dann auch. Er war verwundert darüber, wie leicht es Reinhart fiel, den Weg zu bewältigen. Ohne große Mühe setzte sein Kollege Schritt für Schritt auf dem instabilen Untergrund und schaffte es dabei auch, Machete und Morgenstern ohne sie fallen zu lassen durch die Gegend zu tragen. Als sie schließlich den Anstieg bewältigt hatten, fühlte Smith sich vollkommen ausgequetscht. Seine Wunden schmerzten und seine Kondition war vollkommen am Ende – er brauchte eine Pause, setzte sich auf den Boden und schnaufte ordentlich durch. Reinhart blieb ebenfalls stehen, wandte ihm aber nicht seinen Blick zu. Er sah in die Ferne – auf die Hütte, die hinter einem großen Graben in der Ferne lag. Smith sah sich weiter um und entdeckte eine Straße, die sich durch die Berge ins Tal schlängelte. *Dort hatte alles begonnen. Auf einer Serpentinenstraße, die mich an diesem Abend vor schier ewiger Zeit nach Kinmark geführt hatte.* Wenige Zeit später, er war wieder bei vollen Kräften und fühlte sich etwas besser, setzten sie ihren Weg fort. Sie gingen um den Graben herum und hatten die Hütte kurz darauf erreicht. Diese war, im Gegensatz zu denen, die er sowohl in Kinmark als auch im Wald entdeckt hatte, noch recht gut erhalten und zudem auch etwas größer. Sie traten durch die Vordertür ein, und schon auf den ersten Blick konnte Smith erkennen, dass sich niemand dort befand. Er atmete zumindest etwas erleichtert auf – es hatte ja durchaus die Möglichkeit gegeben, dass er seinem Kollegen blind in eine Falle folgen würde. Dies war jedoch nicht der Fall gewesen. Er legte den Sack mit Goldhands abgetrennten Kopf im Eingangsbereich auf den Holzdielen ab und folgte Reinhart tiefer ins Innere.

»Wir müssen jetzt alles absuchen. Ich habe keinen Plan, wo die beiden den Schlüssel versteckt haben könnten.«

Sie trennten sich voneinander und durchsuchten akribisch die einzelnen Abschnitte der Hütte. Smith trat durch einen Vorhang in ein Hinterzimmer, das ein Fenster an der Rückwand hatte. Hier drang das letzte Sonnenlicht des Tages in den Raum und füllte jede einzelne Ecke aus. Es stank nach abgestandenem Rauch, und für Smith war sofort klar, dass die beiden Typen, die sich Goldhand und Silberfinger genannt hatten, hier hausen mussten. An der Wand hing ein prächtiges Hirschgeweih, was darauf hindeutete, dass die beiden Männer offenbar auch ein Faible für die Jagd hegten. Auf einer Holztafel erkannte Smith feine Einkerbungen, offenbar war dort irgendetwas hinein ge-schnitzt worden, was er so jedoch nicht entziffern konnte. Au-ßer einer kleinen Kommode, die neben einem provisorischen Bett stand, gab es nichts, wodrin der Schlüssel versteckt sein konnte. Smith öffnete die erste der drei Schubladen und ent-deckte außer einer Pfeife, mehreren Beuteln Tabak und vielem unbedeutenden Kleinkram nichts. In der zweiten befand sich bloß ein kleines Blatt Papier. Die Schrift war so unleserlich, dass Smith sie nicht entziffern konnte... er versuchte es dennoch, nahm das Papier näher an die Augen heran und kniff sie zusammen. Er hatte noch nie so eine schlechte Schrift gesehen, merkte jetzt jedoch, wie sich mit der Zeit einzelne Worte und schließlich auch ein ganzer Text herauskristallisierten. Er spürte, wie ihn die Enttäuschung überkam, als er erkannte, dass es sich dabei bloß um eine Rechnung von Bob handelte, die an Goldhand und Silberfinger adressiert war. Er hatte die beiden Männer in dem Schreiben jedoch Frank und Gabriel genannt. Smith suchte weiter, fand aber auch in der dritten Schublade nichts. Der Raum nebenan sah von Anfang an schon interessanter aus, mehrere Schränke reihten sich nebeneinander an der Wand. Durch die Glasscheiben konnte Smith erkennen, dass sich dort Bücher, Werkzeuge und Porzellangeschirr stapelten. Es wirkte, entgegen seiner Erwartungen, recht sauber in der Hütte, ja, sah fast schon ordentlich aus. Er öffnete den ersten Schrank, fand hier jedoch außer Büchern, die massenweise dort standen, nichts Interessantes. Unter den Werkzeugen in Schrank zwei befanden sich Dinge, die auch sehr gut zweckentfremdet werden konnten – was Smith sich bei den beiden Psychopathen, die er gemeinsam mit Reinhart zur Strecke gebracht hatte, gut vorstellen konnte. Eine Säge, an der ein dunkler Film klebte – Smith wollte sich das gar nicht näher ansehen, er war sich sicher, dass es sich dabei um Blut handelte. Er stellte das Mordwerkzeug zurück an seinen Platz und nahm nun den Hammer näher in Augenschein, der direkt daneben lag. Als er jedoch merkte, dass er so nicht weiterkommen würde, schloss er den Schrank nach einem weiteren Blick und machte sich an den letzten. Er zog die Tür mit einem Ruck auf – allerdings etwas zu stark. Der oberste Teller fiel aus dem Schrank, landete laut auf dem Boden und zerbrach in seine Einzelteile.

»Alles klar?«, dröhnte es aus der Ferne.

»Ja, das war nur ein Teller.«

»Okay. Such weiter, ich habe bisher noch nichts gefunden.«

Smith entdeckte, direkt im Regal unter den Tellern, ein paar kleine Figuren. Eine Buddha-Figur aus Holz, augenscheinlich selbst geschnitzt. Auf dem Regalboden waren eine Fledermaus und mehrere Menschen, die mit Strichen dargestellt worden waren, eingeritzt. Sie schienen vor irgendetwas zu fliehen... vor was, das war auf der Zeichnung nicht ersichtlich. Smith vermutete, dass es irgendetwas mit dem Virus zu tun haben musste, das vor langer Zeit in dem Dorf grassierte und die Menschen zu harten Entscheidungen gezwungen hatte. Er erinnerte sich an die kranken Leute, die er in der Mine getroffen hatte. Es waren die gewesen, die dem Tod geweiht gewesen waren. Neben einer Weinflasche, die mit einem Siegel verziert war, auf dem eine Fledermaus prangte, entdeckte er noch eine kleine Taschenuhr mit einer silbernen Kette, die an einigen Stellen bereits verrostet war. Der Sekundenzeiger war abgebrochen und lag in der Ecke des Ziffernblattes, welches Smith durch eine milchige Glasscheibe sehen konnte. Er steckte die Uhr ein – er wollte zumindest etwas von dem grauenhaften Ort mitnehmen, was ihn später daran erinnern würde, was er hier alles hatte überstehen müssen. Aber so weit war es noch nicht – jetzt musste er erst mal fokussiert bleiben und hoffen, dass sie den Schlüssel schnell finden würden. Er entschied sich dazu, Reinhart bei seiner Suche zu helfen – die beiden Räume, die in seinem Abschnitt lagen, hatte er bereits erfolglos durchkämmt. Er fand seinen

Kollegen schließlich im größten Zimmer. In der Mitte stand ein Tisch, über dem eine einfache Lampe hing. Eine Schale mit vergammeltem Obst, dessen Geruch Smith würgen ließ, stand in der Mitte auf dem Holz, welches bereits einige Kratzer aufwies.

»Ich habe nichts gefunden«, sagte Smith, als Reinhart ihn mit stechendem Blick musterte.

Er hatte sich gerade über etwas gebeugt, was Smith aus der Ferne nicht gut erkennen konnte. Augenscheinlich hatte er nicht damit gerechnet, bei dem, was er gerade tat, erwischt zu werden – zumindest sagte das sein überraschter Blick. Als sich dieser jedoch zu einem Lächeln wandelte, verwarf Smith den Gedanken wieder.

»Okay, schau mal. Ich habe hier etwas Interessantes.«

Smith trat näher und sah nun, dass Reinhart ein Buch aufgeschlagen hatte. Der Lederumschlag, der um die Kanten gelegt war, wirkte bereits alt und brüchig.

»Was ist das?«

»Die Geschichte von Kinmark. Handschriftlich verfasst von...«

Er blätterte um, bis er die letzte Seite erreicht hatte.

»Bob Degen.«

»Bob? Der Koch?«

Reinhart nickte. Smith war überrascht. Er hatte den Mann nicht älter als dreißig geschätzt, als er ihn das letzte Mal gesehen hatte. *Und als ich ihn gefesselt und in die Dunkelheit gestoßen habe... hat er sich schon befreien können?* Smith ging fast davon aus, er hatte die Fesseln nicht wirklich strammgezogen und mit Absicht etwas Spiel gelassen.

»Er erzählte mir, dass er das Buch mithilfe von Aufzeichnungen seiner Vorfahren schrieb. Er lebt seit seiner Geburt an diesem Ort, kennt also nichts anderes.«

»Das bringt uns aber auch nicht weiter. Wir brauchen den Schlüssel.«

Reinhart blickte ihn triumphierend an und blätterte auf eine der ersten Seiten.

»Hier. Den habe ich auf der fünften Seite gefunden.«

Als Smith das glitzernde Metall auf dem alten Papier sah, spürte er eine Welle der Erleichterung über sich hereinbrechen.

22

»Ich nehme das Buch mit«, meinte Reinhart und reichte Smith den Schlüssel.

»Und jetzt sollten wir wieder von hier verschwinden.«

Von draußen war plötzlich ein lautes Geräusch zu hören. Smith zuckte vor Schreck zusammen. Es war ihm zuvor bereits unbewusst aufgefallen, dass außerhalb der Hütte irgendetwas vor sich gehen musste. Doch nun war das nicht mehr zu überhören. Die Tür wackelte, als Smith und Reinhart sich gerade auf dem Weg nach draußen befanden.

»Was ist das?«

Reinhart zuckte die Schultern.

»Keine Ahnung.«

Er sah, im Gegensatz zu vorher, ehrlich überrascht aus. Das Holz gab nur den Bruchteil einer Sekunde darauf nach und eine Gestalt taumelte unter lautem Knallen ins Innere. Smith fühlte sich zurückversetzt in die Situation, die er in der Mine erlebt hatte... es handelte sich um einen ausgemergelten, kranken Körper, der nur einen Gedanken im Kopf hatte. *Fleisch.*

»Nimm!«

Smith erwachte aus seinen Gedanken, als Reinhart ihm die blutverschmierte Machete reichte. Er schlachtete seinerseits den ersten Mann, der auf sie zu kam, mit dem Morgenstern ab. Die Stacheln bohrten sich in die Kopfhaut und rissen eine tiefe Kuhle in die verdreckte Haut. Blut floss über das Kinn und die vergilbten Zähne. Reinhart schlug ein weiteres Mal zu und zerschmetterte damit auch den Kopf, von dem danach nur noch eine rote, breiige Masse übrigblieb. Smith bahnte sich seinen

Weg durch die zahlreichen Angreifer nach draußen, stieß sie zur Seite und war zumindest etwas erleichtert, als er wieder frische Luft atmen konnte. Er sah sich um. Der Graben vor der Hütte war voll mit den kranken Menschen, die er zuvor nicht mal so zahlreich in der Mine gesehen hatte. Mit der Machete trennte er dem, der ihm am nächsten gekommen war, den Kopf ab. Er erinnerte sich wieder an Goldhands Kopf – der Sack war jedoch in unerreichbarer Ferne, und wenn er genauer darüber nachdachte, brauchte er ihn nicht zwingend. Dieser war nur ein Mittel zum Zweck gewesen, doch dieses Mittel war nicht mehr zwingend notwendig. Reinhart war derweil umzingelt, schlug sich jedoch mit dem Buch, in dem Bob die Geschichte Kinmarks niedergeschrieben hatte, etwas frei und konnte so zahlreiche Gegner von sich wegdrängen. Als er wieder genug Platz hatte, um mit dem Morgenstern auszuholen, tat er das und schlachtete mit einem Schlag zwei der Kannibalen ab. Smith war beeindruckt und versuchte selbst, möglichst präzise mit der Machete vorzugehen. Seinem nächsten Angreifer, einem älteren Mann mit ergrautem Haar und vernarbtem Gesicht, säbelte er mit einem Schlag die komplette Nase weg, woraufhin dieser zu Boden ging. Er war zwar noch nicht tot, doch Smith ließ ihn liegen, da er sich erst einmal darum kümmern musste, alle Gegner, die ihn gerade angriffen, außer Gefecht zu setzen. Er wehrte sich mit einem Tritt, stieß eine Frau, die die Zähne gefletscht hatte und deren Knochen man unter der verdreckten Haut bereits sehen konnte, in den tiefen Graben, und nahm zur Kenntnis, wie ihr Körper auf dem dunklen Untergrund zerplatzte. Während Smith seine Gegner nach und nach mit der Machete bearbeitete, kam auch Mitleid in ihm auf. Die Menschen, gegen die sie sich verteidigen mussten, waren vor langer Zeit in die

Tiefen der Mine verbannt worden – und hatten nun augenscheinlich einen Ausweg gefunden. Es waren wirklich verdammt viele. Smith wollte zur nächsten Attacke ausholen, als er von hinten überrascht wurde. Einer der Kannibalen stieß ihn zu Boden, und er spürte, wie ihm unter dem Gewicht des Mannes die Luft ausging. Er kämpfte, war jedoch nun unter mehreren Körpern begraben und hatte keinen Freiraum, um seine Machete einsetzen zu können. In dem Moment, in dem er dachte, dass es nun vorbei war, sah er, wie der erste Kopf und kurz darauf auch die anderen zerplatzten. Blut spritzte auf sein Gesicht, lief in seinem Mund, doch das war ihm egal. Er war frei! Er spuckte eine ganze Ladung der ekelerregenden Masse neben sich auf den Boden und blickte Reinhart, der gebeugt über ihm stand und ihm auf die Beine half, an.

»Danke. Verdammt!«

Smith war vollkommen außer Atem, sein Herz raste.

»Es sind zu viele. Wir können sie nicht alle töten... wir müssen uns einen Weg ins Dorf bahnen, und hoffen, dass wir sie irgendwie abhängen können.«

Smith teilte die Ansicht seines Kollegen und folgte ihm. Die Kannibalen waren ihnen zwar zahlenmäßig um einiges überlegen, waren aber auch leicht zu schlagen. Sie hatten kaum Kraft, waren ausgemergelt und griffen immer auf dieselbe Art an. Smith trat einen weiteren den Graben hinunter und versuchte, das Tempo von Reinhart zu halten, der seine Gegner weiterhin in bester Manier mit dem Morgenstern aus dem Weg räumte. Smith war verwundert, mit was für einer Leichtigkeit sein Kollege zu Werke ging. Sie hatten den Graben schließlich passiert und befanden sich nun an einem Punkt, an dem es kritisch wurde. Der steile Weg, den sie zuvor hochgeklettert waren, mussten sie jetzt wieder hinunter, um im Dorf anzukommen. Der Untergrund war von den Regenfällen am Vormittag noch aufgeweicht und daher ziemlich schlammig. Der Abstieg würde sich zwar einfacher darstellen als der Aufstieg, doch da sie jetzt auch noch Gegner hatten, die nach ihrem Leben trachteten, konnte man diesen Vergleich nicht ziehen. Reinhart war wieder ein paar Schritte voraus - Smith schubste einen ausgemergelten Mann zur Seite und sah den Körper im Schlamm landen und braune Masse in die Luft spritzen. Eine knochige Hand griff nach seinem Fuß, er trat auf die dünnen Finger und vernahm, wie sie unter seiner Sohle brachen. Er verlor das Gleichgewicht, konnte sich jedoch noch in der Luft halten, während er weiter nach vorne taumelte. Seine rutschigen Sohlen glitten über den Schlamm, und er kam schneller voran, als er gedacht hatte. Einer der Kannibalen sprang nach vorne, rollte sich den Berg hinunter und versuchte, Smith so von den Füßen zu holen. Er verfehlte ihn und landete mit einem lauten Knall in der Ferne an einer Steinwand, auf der kurz darauf nur ein brauner Fleck zurückblieb. Angeekelt wandte Smith sich ab. Von den Angreifern ging keine Gefahr mehr aus, die meisten blieben oben auf der Anhöhe und sahen mit einem ehrfürchtigen Blick in die Tiefe. Diejenigen, die sich nach vorne wagten, rutschten im Schlamm aus und stürzten in die Tiefe. Smith atmete auf, als er sah, dass die Gefahr somit erst einmal gebannt war. In der Ferne erkannte er bereits die Gebäude Kinmarks, den Marktplatz und die Mine. Doch irgendetwas war anders... nur was? Er betrachtete die Hütten nacheinander, und nahm dann langsam wahr, was fehlte. Sein Kopf schwirrte. Jegliche Hoffnungen, jegliche Motivationen, die ihn dazu getrieben hatten, weiterzumachen, zerplatzten in der nächsten Sekunde und verschwanden im

Nichts. An der Stelle, an der das Hotel, das höchste Gebäude Kinmarks, gestanden hatte, war nur noch ein riesiger Haufen Holzschutt und Staub zu sehen. Das Gebäude war eingestürzt, und hatte Amanda in seinen Trümmern begraben. Smith erhöhte sein Tempo und hatte bald Reinhart überholt. Er achtete nicht auf seinem Kollegen... in diesem Moment war ihm alles egal, was um ihn herum geschah. Seine Finger verkrampften sich schmerzhaft um den Griff der Machete, während er gedankenverloren den Abstieg bewältigte und noch vor Reinhart unten wieder ankam. Seine Beine konnten ihn kaum tragen... er lief, rannte über den staubigen Boden, bis er die Stelle erreicht hatte. Reinhart folgte ihm langsam. Smith wühlte durch die Trümmer, warf die Holzbretter beiseite und stieß sich einen Splitter in den Daumen. Er ignorierte jedoch den Schmerz, der all das in ihm wieder entfachte, was er in und um Kinmark erlebt hatte. Es dauerte lange... doch irgendwann hatte er Amanda gefunden. Es waren ihre roten Haare, die Dreadlocks, die ihn auf die richtige Spur gebracht hatten. Unter einem weiteren Trümmerhaufen entdeckte er ihren toten Körper. Sie sah aus, als wäre sie von den Brettern, die sie letztendlich erschlagen und unter sich begraben hatten, überrascht worden. Smith ließ seinen tränenverschwommenen Blick weiter schwenken und suchte die Umgebung nach irgendetwas ab, was ihm Halt geben konnte. Er fand ihre Hände... und sah mehrere Fragezeichen von seinem inneren Auge, welche jedoch wenige Sekunden später von einer unbändigen Wut verdrängt wurden, als ihm die Bandbreite der Geschehnisse vollends klar wurde. Amanda war nicht durch die Trümmerteile gestorben - sondern durch die tödliche Apparatur, von der Goldhand gesprochen hatte. Es gab nur einen Menschen, der das getan haben konnte - Smith konnte sich zwar nicht erklären, wie das geschehen sein sollte, doch es gab für ihn keine Alternative. Er schloss die Augen, ignorierte den penetranten Juckreiz, der schon bald von einer flächendeckenden Gänsehaut verdrängt wurde. *Bob*, flüsterte eine Stimme in seinem Kopf. *Töte den Wichser.* Es war fast so, als wurde sein Körper von einer fernen Kraft gelenkt - eine Kraft, die ihn geradewegs auf das Restaurant zu lotste, dem Ort, an dem er Bob gefesselt seinem Schicksal überlassen hatte. Er umklammerte den Griff der blutigen Machete so stark, dass seine Finger zu schmerzen begannen. Während er spürte, wie er langsam die Beherrschung über sich selbst verlor, vernahm er in der Ferne das laute Geräusch eines Helikopters.

PATRICK MITCHELL, SHERIFF DONALD BLAIR UND DAS EINSATZTEAM
27. AUGUST 2008

23

Die Sonne brannte sich durch die Scheibe ins Cockpit des Helikopters. Es war so laut, dass selbst die Ohrschützer, die Pilot Patrick Mitchell trug, wenig bis gar keinen Schutz vor dem Lärm boten. Sie befanden sich über den Solven-Hills, einer riesigen Bergkette mit wunderschönen Wäldern, glasklaren Seen und endlosen Weiten. Es war bereits spätnachmittags, es würde nicht mehr lange dauern, bis die Sonne hinter den Gipfeln verschwunden war und sich Dunkelheit über die Umgebung legen würde. Er war nervös und angespannt. Die heißeste Spur, die sie nun auf der Suche nach Officer Gilbert Smith hatten, war der verunfallte Polizeiwagen, den sie vor ein paar Stunden an einer schwer einsehbaren Stelle auf einem Hügel gefunden hatten. Seitdem hatten er und eine Hundertschaft systematisch die Gegend durchkämmt, waren auf verschiedene Dinge wie einen Zeltplatz und die Reste eines Lagerfeuers gestoßen. All diese Zeichen waren Hinweise gewesen, mit denen sie zwar noch nichts hatten anfangen können, die sie aber auf eine Fährte führten. Unter dem Helikopter, in dem sich neben seiner Wenigkeit noch Co-Pilot Robert befand, sah Patrick die Hundertschaft, die sich in alle Ecken verstreute. Es war jetzt zwei Tage her, seit Gilbert Smith nahezu vom Erdboden verschluckt worden war – seitdem war kein Lebenszeichen von ihm gekommen, und seine Kollegen hatten schließlich die Suche eingeleitet. Smith hatte keine Angehörigen, die ihn als vermisst melden konnten – was bedeuten konnte, dass bei der Suche zumindest etwas Zeit verloren worden war. Den verunfallten Wagen hatten sie dann irgendwann entdeckt, und seitdem durchforstete Patrick den umliegenden Luftraum und hielt Ausschau, ob er von oben etwas entdecken konnte. Das war bisher nicht der Fall gewesen, doch das konnte sich ja jederzeit ändern. Über seine Kopfhörer vernahm er ein lautes Rauschen, ehe eine leise Stimme zu ihm durchdrang. Es war die seines Co-Piloten.

»Flieg mal etwas tiefer nach unten. Ich sehe etwas Interessantes.«

Es waren Roberts erste Worte – da er eher ein schweigsamer und mürrischer Mensch war, musste das etwas besonderes bedeuten. Patrick ging in den Sinkflug, ließ den Helikopter langsam in der Luft ausschwingen und steuerte dann tiefer. Er blickte zu Robert rüber, der seine Augen durch das Fenster auf den Boden gerichtet hatte und ihn gar nicht beachtete. Es schien wirklich etwas Interessantes dort unten vor sich zu gehen. Als er schließlich sanft auf dem Boden aufsetzte und den Rotor abschaltete, öffnete Robert schnell die Tür. Bevor er ausstieg, drehte er sich zu Patrick um.

»Warte hier. Ich schaue mich mal eben um.«

»Was hast du denn gefunden?«

Robert war bereits ausgestiegen und hatte die Tür geschlossen, Patricks Worte hatten ihn nicht mehr erreicht. Patrick lehnte sich in dem bequemen Stuhl zurück und versuchte, durch das Fenster etwas zu erkennen. Er sah Robert, der sich langsam entfernte und sich schließlich bückte. Nun konnte Patrick auch erkennen, was sein Co-Pilot entdeckt hatte. Ein lebloser Körper lag dort auf dem Gras. Augenblicklich schoss sein Puls in die Höhe. *Er hat eine Leiche gefunden!* Patrick stieg aus dem Helikopter aus und schloss die Tür. Es fühlte sich gut an, ein paar Schritte gehen zu können. Obwohl er längere Flüge gewohnt war, hatte er es nie wirklich angenehm gefunden, stundenlang in der Luft zu sein. Es war gewissermaßen sein Job geworden – doch er fühlte sich am Boden um einiges wohler. Eine Geschichte, die er oft erzählen musste, die aber trotz ihres logischen Hintergrundes oft auf Unverständnis gestoßen war. Sein Beruf hatte ihn auch daran gehindert, wirklich anhaltende Beziehungen einzugehen – er war zu oft unterwegs, und das hatte allen Frauen, mit denen er bisher zusammen gewesen war, nicht gefallen. Und das waren bei weitem nicht wenige gewesen. Er hatte sich allerdings nie verändern wollen, liebte seinen Beruf dann doch zu sehr. Er hatte Robert nun erreicht, der gebeugt über dem toten Körper stand, den er aus dem Helikopter entdeckt hatte. Dieser befand sich an einer abschüssigen, schwer einsehbaren Stelle, und die Polizisten waren noch weit von hier entfernt. Die Solven-Hills waren ein verzweigtes Gebirge mit vielen verschachtelten Wegen und Anhöhen, die man nicht mal aus der Höhe gut sehen konnte. Patrick beäugte nun auch den Leichnam, und als er seinen Blick auf den toten Körper richtete, wurde ihm übel. Der Mann, der vor ihm lag, war augenscheinlich etwas älter als er – wie alt, das konnte er nicht sagen, da die zahlreichen Verletzungen und offenen Wunden das Bild verzerrten. Die Haut war fast überall offen und kaputt, die Wunden waren blutverkrustet und verdreckt. Der Mann war an seinen Verletzungen gestorben – doch wie er sie sich zugezogen hatte, das war nicht zu erkennen. Für Patrick war allerdings auch klar, dass es sich bei dem Toten nicht um Officer Gilbert Smith handelte. Er hatte ein Foto von dem vermissten Mann gesehen, der war zum einen viel jünger gewesen und zum anderen auch größer als der Tote vor ihnen. Patrick empfand dennoch keinerlei Erleichterung – sie hatten den Fall nicht gelöst und waren auch auf keine Spur gestoßen. Die Wahrscheinlichkeit, dass der Tote gar nichts mit dem Officer zu tun hatte, war sehr hoch. Dennoch war es sehr interessant, da der Mann offenbar nach einem heftigen Kampf gestorben war – stellte sich nur die Frage, mit wem oder was er gekämpft hatte.

»Komm, wir sind keine Pathologen. Wir müssen weiter.«

Robert hatte sich bereits wieder in Richtung Helikopter abgewandt und stand hinter Patrick. Er hielt ein Funkgerät in der Hand, über das er nun kurz mit den Polizisten sprach. Er erzählte von dem Leichenfund an der abschüssigen Stelle und endete damit, dass sie ihre Suche nun wieder fortsetzen würden. Patrick nahm seinen Platz im Cockpit ein und startete langsam den Motor. Zögerlich erfüllte das laute Rauschen der Rotoren die Umgebung, bevor sie wieder abhoben. Sie hatten die Leiche an Ort und Stelle gelassen, die Kollegen vom *Phoenix Police Departement* würden sich der Sache annehmen, da Robert ihnen auch die Koordinaten per Funk durchgegeben hatte. Patrick konzentrierte sich nun darauf, den Helikopter in der Luft zu halten und wieder in die Richtung zu fliegen, aus der sie gekommen waren. Ein paar Minuten später änderte er ein Stück weit den Kurs und flog tiefer in das Gebirge hinein. Robert blickte aus dem Fenster hinaus und sagte:

»Da unten sind mehrere Häuser... sieht fast aus wie ein kleines Dorf.«

»Sollen wir dort landen?«

Patrick musste zwar schreien, wusste aber, dass Robert seine Worte so durch die Kopfhörer verstehen konnte. Sein Kopf begann zu schmerzen und sein Hals fühlte sich trocken an. Er trank ein Schluck aus einer Wasserflasche, die er im Cockpit platziert hatte, und sah sich dann wieder um. Es verging etwas Zeit, bis Robert schließlich auf seine Frage antwortete.

»Nein, ich denke, das wird nicht nötig sein. Ein paar Officer sind auf dem Weg dorthin, sie werden die Gegend akribisch absuchen. Ich gebe ihnen eben über das Funkgerät Bescheid.«

Erneut funkte Robert die Kollegen von der Polizei an, und gab das durch, was er als interessant erachtete. Meistens mochte er zwar schweigsam und mürrisch sein, doch wenn es darum ging, wichtige Informationen durchzugeben, wurde er zum Geschichtenerzähler. Patrick war immer wieder fasziniert. Er kannte seinen Kollegen nun bereits seit zehn Jahren, und auch wenn der Start damals schwer gewesen war, hatten sie sich mit der Zeit immer besser verstanden. Sie waren keine Freunde geworden, aber gute Kollegen, und mehr war für Patrick auch gar nicht nötig. Unter ihnen zog die Landschaft vorbei, massive Berge und saftige, grüne Wiesen in den Tälern wechselten sich ab. Wälder, soweit das Auge reichte, glasklare Seen... und dann dieses Dorf, von dem Robert erzählt hatte. Patrick hatte es nicht sehen können, konnte sich aber nicht vorstellen, dass es dort wirklich Leben geben konnte. Vor dem heutigen Einsatz in den Solven-Hills hatte er die Gegend nicht gekannt, was zusätzliche Aufregung bedeutete. Dennoch war das primäre Ziel, eine Spur von dem vermissten Cop zu finden – weshalb er den Kurs beibehielt und tiefer ins Gebirge flog.

Sheriff Donald Blair kämpfte heute selbst an vorderster Front – er leitete die Hundertschaft, die sie zusammengetrieben hatten, um seinen vermissten Kollegen Gilbert Smith zu finden. Mehrere Departements hatten sich auf der Suche nach Smith zusammengeschlossen, doch sie hatten bisher nur wenige Spuren gefunden – außer dem zertrampelten Zeltplatz gab es nichts Aufsehenerregendes. Drei Kollegen sahen sich diesen Ort näher an,

Blair war per Funk mit ihnen verbunden. Er ging nicht davon aus, dass sie etwas Interessantes finden würden, doch es war es auf alle Fälle wert, einer eventuellen Spur nachzugehen. Es gab keine weiteren Vermisstenmeldungen, zumindest keine, die in direktem Zusammenhang mit den Solven-Hills standen. Und da die Unfallstelle des Wagens in direkter Nähe zu der Zeltstelle war, bestand durchaus die Möglichkeit, dass sich Smith dort aufgehalten hatte. *Vielleicht hat er andere Leute getroffen?* Wenn das allerdings zutreffen sollte, dann würde das gleich mehrere Fragen aufwerfen. Blair verwarf den Gedanken und stieg die Anhöhe hinauf. Sie hatten aus dem Helikopter, der die Einsatzstaffel überflog, einen interessanten Hinweis bekommen, und er selbst ging nun mit fünf weiteren Kollegen diesem nach. Er rückte sich seinen Hut zurecht, strich über die Waffe in seinem Gürtel und übernahm die Führung. Irgendwie hatte er das Gefühl, dass sie nun etwas finden würden. Wenig später rauschte sein Funkgerät, einer der Kollegen, der an der Zeltstelle zurückgeblieben war, hatte sich gemeldet.

»Hast du etwas gefunden, Ryan?«

Blair kannte Ryan Rowland, der sich am anderen Ende des Funkgerätes befand, schon sehr lange, weshalb er wusste, dass etwas Wichtiges passiert sein musste, wenn er sich meldete.

»Ja.«

Rowland klang aufgeregt, und Blair wurde immer angespannter.

»Was denn?«

»Wir haben die Uniform von Smith hier gefunden. Sie... ist voller Blut.«

Blair und seine Kollegen sicherten das Beweisstück und den

Fundort. Ein paar blieben zurück, doch Rowland, er selbst und noch ein Dutzend andere wagten sich weiter nach vorn. Für Blair bestand nun kein Zweifel mehr an der Tatsache, dass sie auf der richtigen Spur waren. Er malte sich aus, wie Smith den Autounfall überlebt hatte und auf Menschen getroffen war, die augenscheinlich keine guten Absichten gehabt hatten. In den zwei Zelten waren nur wenige Dinge gefunden worden, Klamotten, Nahrung und Getränke, sonst nichts. Keine Waffen, und sonst auch nichts, was auf den tatsächlichen Aufenthaltsort von Officer Gilbert Smith hinwies. Nachdem sie den Anstieg erfolgreich bewältigt hatten und Blair dadurch ordentlich ins Schwitzen geraten war, waren die ersten Ausläufer des kleinen Dorfes zu sehen, auf welches sie das Team aus dem Helikopter aufmerksam gemacht hatte. Mehrere heruntergekommene Holzhütten waren zu sehen, und Blair fühlte sich, als wäre er in einem Wild-West-Film gelandet. Er hegte ein Faible für solche Filme, weshalb er auch immer mit Stolz seinen Cowboyhut trug. Dieser war neben dem Sheriff-Stern, der an seinem hellbraunen Hemd prangte, sein Markenzeichen. Schon früh in seiner Kindheit hatte er immer den Wunsch gehabt, irgendwann selbst Verbrecher zu jagen und zu erledigen. Er hatte geträumt, wie er auf dem Titelblatt der *Orange County* stand und wie seine Heldengeschichten im gesamten Amerika bekannt wurden. Und nun war er hier, in den Solven-Hills – offenbar etwas Großem auf der Spur. Der Boden war trocken, und jeder seiner Schritte sorgte dafür, dass Staub in der Luft aufwirbelte. Rowland ging direkt neben ihm, und Blair wandte sich an seinen langjährigen Partner.

»Starke Entdeckung, die ihr da gemacht habt. Respekt. Was denkst du, sind wir auf der richtigen Spur?«

Rowland zögerte etwas, nickte dann aber doch.

»Ja. Die verlorene Uniform ist denke ich schon ein Zeichen, dass er nicht weit sein kann. Allerdings glaube ich ehrlich gesagt nicht, dass er noch am Leben ist.«

Blair nickte.

»Ich habe zwar noch etwas Hoffnung, glaube aber auch nicht dran. Allerdings lasse ich mich sehr gerne überraschen. Was denkst du, wie passt der Tote ins Bild, den die Piloten gefunden hatten?«

Auch die Nachricht über den Leichenfund war bis zu ihnen durchgedrungen.

»Ich glaube, der hat nichts mit dem Fall Smith zu tun. Ich bin gespannt, was die Pathologie dazu sagt.«

Blair hob seinen Blick. Sie hatten die ersten Holzhütten fast erreicht, sie waren nur noch wenige Schritte von ihnen entfernt. Vorsorglich krampfte er seine Finger um die Waffe... er wollte auf alles vorbereitet sein, hasste es, überrascht zu werden.

GILBERT SMITH
27. AUGUST 2008

24

Er sah Bob vor seinem inneren Auge. Der dunkelhäutige, hochgewachsene Mann, der Koch des Dorfes, stand dort direkt vor ihm. Er trug ein Grinsen im Gesicht, als er jedoch die Mordwaffe sah, die Smith in seiner rechten Hand hielt, erstarrte sein Blick. Das Blut kochte in Officer Gilbert Smith hoch, und die ganze Wut, die er auf den Mann verspürte, der Amanda getötet hatte, verdrängte alle menschlichen Eigenschaften in ihm. Er verspürte kein Mitgefühl... keine Sympathie... nichts, was ihn schwach machen würde. Er hatte sein Ziel vor Augen, und das war nur von einer einzigen Sache getrieben: Rache. Bob würde für all das leiden müssen, was er mit in die Wege geleitet hatte. An dem Mann klebte neben dem Blut von Silberfinger und Goldhand auch das von Tucker, Wyatt und Amanda. Alle waren nur gestorben, weil Bob etwas verheimlichte und nebenher noch ein teuflisches Spiel spielte. Der Kannibalismus in Kinmark, das Leid der in der Mine eingesperrten Leute, die an einer Krankheit litten und elendig dahin gerafft wurden, obwohl es ein Gegenmittel gab, welches der Mann jedoch in den Tiefen seines Restaurant einsperrte... oh, er würde für seine Verbrechen büßen, dessen war sich Smith sicher. Blutrache. Gemeinsam mit der Machete und seinem Kollegen Charles Reinhart im Rücken schritt er paralysiert auf das Restaurant zu.

PATRICK MITCHELL, SHERIFF DONALD BLAIR UND DAS EINSATZTEAM

27. AUGUST 2008

25

Die weitere Suche aus dem Helikopter, die von Pilot Patrick Mitchell und seinem Kollegen Robert Kinney geleitet wurde, verlief ereignislos. Am Ende des Tages konnten sie keine weiteren Erkenntnisse vorweisen – ein Bericht des Polizeiteams, welches sich an verschiedenen Stellen im Ort verstreut hatte, stand noch aus. Patrick war gespannt, was bei der Suche in dem kleinen Dorf herauskommen würde. Es war bereits spät am Abend, als er die Tür zu seiner kleinen Wohnung aufschloss, ins Wohnzimmer ging und sich auf die weiße Ledercouch fallen ließ. Die Ereignisse des Tages hatten ihm ziemlich zugesetzt – da war zum einen dieser Tote mit zahlreichen Wunden gewesen – und zum anderen die, bisher erfolglose, Suche nach Officer Smith. Er fühlte sich zerschlagen, ging in die Küche und öffnete sich ein kaltgestelltes *Fosters*. Zurück im Wohnzimmer schaltete er den Fernseher an und zappte durch die Kanäle. In den Nachrichten wurde in einem zweiminütigen Beitrag über die Suche nach dem Officer berichtet, die Einzelheiten, die bisher gefunden worden waren, wurden jedoch nicht erwähnt. Patrick fand das gut – die Öffentlichkeit hatte kein Recht dazu, bei laufenden Ermittlungen über jeden einzelnen Brotkrümel Bescheid zu wissen. Sobald sie ein gesamtes Bild hatten, konnte man dieses in einer Pressemitteilung an die Bevölkerung herausgeben. Ansonsten war die Wahrscheinlichkeit sehr hoch, dass die Ermittlungen behindert werden würden. Und das war das Schlimmste, was passieren konnte, denn dann würden sie nicht weiterkommen, sondern auf der Stelle treten, und der öffentliche Druck würde immer größer werden. Wenige Minuten später schaltete Patrick den Fernseher wieder ab und nahm sich eine der Zeitschriften, die auf dem Glastisch neben der Couch lagen. Sein Hals fühlte sich trocken an, er ging kurz in die Küche und schenkte sich ein Glas Sprite ein. Irgendwie fühlte er sich merkwürdig, doch er dachte sich nichts dabei, schob es auf den stressigen Tag und die Tatsache, dass er in der letzten Nacht wenig geschlafen hatte. Den Juckreiz, der seinen Körper ausfüllte und ihn fast wahnsinnig machte, versuchte er, so gut es ging zu ignorieren. Die Autozeitschrift, die er gerade durchblätterte, hatte keine Inhalte, die ihn sonderlich interessierten, weshalb er sie nach der Hälfte der Seiten weglegte und ins Schlafzimmer ging. Zu dem Juckreiz und seiner merkwürdigen Abgeschlagenheit hatten sich derweil noch Kopfschmerzen gesellt, und er sah ein, dass er sich dringend schlafen legen sollte, um zu vermeiden, dass er krank werden würde. Das würde ihm gerade noch fehlen – sofern die Suche nach dem Officer heute ereignislos verlaufen würde, würde es morgen weitergehen. Und dann wollte er topfit sein. Es dauerte nicht lange, bis er in einen unruhigen Schlaf fiel... und als er am nächsten Morgen wieder aufwachte, sah er blutige Wunden überall auf seiner Haut.

Sheriff Blair ging gemeinsam mit Officer Rowland voran, der Rest der Staffel folgte ihnen. Das kleine Dorf mit den heruntergekommenen Holzhütten wirkte vollkommen verlassen- Leichter Wind pfiff durch die Gegend und die Holzbretter knarzten.

»Durchsucht die Gebäude!«, wies Blair an.

»Hier leben definitiv irgendwelche Leute, und dass sie sich nicht zeigen wollen, spricht gegen die Tatsache, dass hier alles normal verläuft.«

Die Staffel teilte sich auf, und Blair schritt gemeinsam mit Rowland voran. Sie passierten die erste Hütte und hatten nun einen großen Platz erreicht, um den sich mehrere Gebäude befanden. Blair ließ seinen Blick schweifen und entdeckte einen gigantischen Trümmerhaufen – ein kürzlich eingestürztes Gebäude? Er ließ ein paar Männer den Ort untersuchen und wagte sich weiter voran.

»Wir sind erst seit wenigen Minuten hier, aber irgendwie spüre ich schon, dass wir hier richtig sind«, meinte Rowland.

»Du kennst mich, ich bin sonst eher pessimistisch veranlagt. Aber dieses Mal glaube ich, dass das eine verdammt gute Spur ist.«

Blair nickte. Rowland hatte recht, er galt sogar unter den anderen immer als der größte Pessimist von allen. Sie überquerten den Platz, ein paar Gebäude folgten noch, ehe das Dorf bereits vorbei war. Ein kleiner Weg führte jedoch tiefer ins Gebirge... und als Blair sich umblickte, entdeckte er ein schwer einsehbares Schild am Wegesrand.

»Hier geht es zu einer Mine«, sagte er an Rowland gewandt.

»Sieht interessant aus.«

Er blickte sich um. Die anderen Polizisten, unter ihnen Männer und Frauen, waren damit beschäftigt, die Gebäude nach und nach zu durchkämmen. Er und Rowland waren die letzten, die noch keine direkte Aufgabe hatten.

»Denkst du, wir sollten der Spur mal auf den Grund gehen?«

»Auf jeden Fall.«

Rowland zückte seinen Revolver.

»Ich bin sowas von bereit.«

GILBERT SMITH
27. AUGUST 2008

26

Der Eingang des Restaurants lag im Schatten, und Smith ging hinein. Er erkannte Bob, der hinter der Theke stand, einen Bierkrug abwusch und dabei eine fröhliche Melodie pfiff. Als er Smith und Reinhart erblickte, veränderte sich sein Blick etwas – er wurde finsterer.

»Was verschlägt dich zu mir?«

Smith jagte die Machete mit voller Wucht in das Holz der kleinen Theke. Bob erschrak und ließ den Krug fallen, woraufhin dieser in seine Einzelteile zerbrach. Das Holz splitterte, als Smith die Machete wieder herauszog und sie bedrohlich vor Bob herum schwang.

»Du bist schuld an allem!«

Smith schnappte sich ein Bierglas und warf es an die Wand. Er schlug mit der flachen Hand auf die Theke, genau auf die Stelle, auf der er zuvor die Machete ins Holz gestoßen hatte. Wut kochte in ihm hoch, und Bobs verwirrter Blick verschlimmerte das Ganze noch. Er tat so, als wäre er vollkommen unschuldig.

»Wovon sprichst du?«

»Du tötest die Leute, bereitest sie als Burger zu und servierst das deinen Gästen. Du hast nichts anderes als den Tod verdient.«

Bob rang sich ein Grinsen ab. Smith blickte dem Mann tief in die Augen, und konnte viel sehen... der Koch war zwar gewiss ein Psychopath, doch hinter der Fassade steckte so viel Tiefgründiges. Smith bezweifelte nicht die Intelligenz des Mannes – er hatte nun jedoch einen entscheidenden Fehler gemacht. *Amanda ist eine zu viel. Er hat sie einfach sterben lassen.* Smith blendete alle anderen Möglichkeiten aus, für ihn gab es nur Bob als Schuldigen. *Der Mann ist einfach krank. Er ist nicht nur mehrfacher Mörder, sondern auch ein verdammter Kannibale. An seinen Händen klebt so viel Blut, dass man damit mehrere Häuser fluten könnte.* Smith erinnerte sich an das erste Aufeinandertreffen mit dem Mann, bei dem der noch freundlich und vor allem unschuldig gewirkt hatte. Bob leckte sich über den Mund. Smith konnte die Geste nicht nachvollziehen, doch als der Mann schließlich die Zähne bleckte, sah er aus wie ein willdes Tier.

»Bruder.«

Ein Wort, welches den kleinen Raum ausfüllte.

»Deine Zeit ist gekommen.«

Smith wollte sich umdrehen und Reinhart fragen, was der Mann damit meinte. Doch dazu kam er nicht mehr. Er spürte einen harten Schlag und einen unfassbaren Schmerz in seiner Schädeldecke, als die Spitzen des Morgensterns in seinen Kopf eindrangen und seine Haut zerrissen.

CHARLES REINHART
25. AUGUST 2008

27

Es war mal wieder einer dieser Tage, an denen Charles Reinhart seine quälenden Gedanken nicht ertragen konnte. Draußen war es nach einem sonnigen Tag bereits langsam dunkel geworden – trotzdem war es noch unfassbar heiß, doch das war nichts Außergewöhnliches. Der Hochsommer in Arizona brachte jedes Mal wochenlange Hitze, die nur schwer zu ertragen war. Die Geschehnisse im Arizona Splash, die Tatsache, dass er ein Kind ermordet hatte, stieß ihm immer noch übel zu. Er hatte bereits so viel erlebt und erinnerte sich an die Lagerhalle, in der Menschen vor seinen Augen getötet worden waren. Das alles hatte ihn traumatisiert, doch die Tatsache, dass er die Kontrolle verloren hatte und zu einem Mörder geworden war, die setzte ihm so hart zu, dass es sich für ihn so anfühlte, als würde ihn eine unsichtbare Hand erdrücken wollen. Selbst die Arbeit, die er gemeinsam mit Officer Gilbert Smith gemacht hatte – dem Mann, den er schon im Vornherein für seine arrogante Art bei der Vernehmung zu den Geschehnissen im Schwimmbad gehasst hatte, hatte ihn nicht von der Sache abgelenkt, von der er bisher niemandem erzählt hatte. Irgendwann half dann auch der Alkohol nicht mehr – er war zwar gut dazu, Probleme vorübergehend zu ertränken, doch Stunden später, spätestens am nächsten Tag, kam alles mit einer noch heftigeren Wucht wieder hoch. Er hatte sein Haus lange nicht verlassen, jeden Kontakt mit Familie und Freunden gemieden – nur die Arbeit war da, sie war ein stetiger Begleiter, bis auch dieser irgendwann nach seiner selbst verordneten Dienstpause weggebrochen war. Es konnte so definitiv nicht weitergehen, das war ihm bewusst. Allerdings war ihm auch bewusst, dass die angebrochene Flasche *Jack Daniel's* mit dem letzten Schluck, den er nun nahm, vollständig geleert war. Seufzend ließ er sich auf die Couch sinken und atmete ruhig aus. Er war noch nicht betrunken, spürte aber dennoch, wie der bisher konsumierte Alkohol langsam seine Wirkung entfaltete. Er fühlte sich elendig und brauchte Nachschub, weshalb er sich erhob und über die Dielen in den Hausflur schritt. Sein T-Shirt klebte ihm am Körper, er schwitzte aus allen Poren. Die Klimaanlage, die er erst vor kurzem in seinem Haus einbauen lassen hatte, war defekt, weshalb die Luft im Inneren stand. Er hatte sich nicht dazu aufraffen können, der Firma, die die Anlage installiert hatte, darüber Bescheid zu geben – obwohl das nur einen Anruf und wenige Sekunden dauern würde. Der Kiosk, bei dem er sich regelmäßig mit Alkohol versorgte, war nur wenige Minuten mit dem Auto entfernt – er wusste zwar, dass er eigentlich nicht mehr fahren sollte, doch er musste seine innere Leere irgendwie ausfüllen – denn diese war weitaus schmerzhafter als alles andere. Der rote Dodge Viper stand in der Garage, mit zitternden Händen öffnete er das Tor und stieg in den Wagen. Sein T-Shirt klebte am Ledersitz des Sportwagens, er startete den Motor und fuhr langsam vom Grundstück. Er hatte vor seiner Versetzung nach Arizona eine Menge Geld durch den Tod seiner Tante geerbt – weshalb er sich dieses Haus inmitten eines noblen Wohnviertels und den Sportwagen hatte leisten können. Dennoch machte ihn das alles nicht glücklich – seine Psyche war zerstört, und das würde sich so schnell auch nicht ändern. Selbst der beste Psychologe, da war Reinhart sich sicher, würde ihn nicht aus dem emotionalen Loch herausholen, in das er gefallen war. Weshalb er, obwohl das eigentlich sein Ziel gewesen war, nie einen konsultiert hatte.

Anfangs war er noch gut alleine klargekommen, doch mittlerweile schaffte er das nicht mehr, weshalb er oft abends ziellos durch die Gegend fuhr und fast darauf hoffte, etwas Spannendes zu erleben. Heute war es anders, heute hatte er ein Ziel vor Augen und würde danach direkt wieder nach Hause fahren. Der Kiosk war ein paar Querstraßen entfernt – er musste dazu allerdings über eine vielbefahrene Kreuzung fahren, was er sich in seinem aktuellen Zustand kaum zutraute. Mit zitternden Gliedmaßen fuhr er langsam den bergigen Weg hinunter. Die Straße war hier wirklich verdammt eng, nur mit Müh und Not passten zwei entgegenkommende Autos durch. Reinhart beugte sich tief über das Lenkrad und versuchte, das schummrige Gefühl loszuwerden. Er musste sich jetzt auf den Straßenverkehr konzentrieren, denn er wusste, dass er neben seinem Führerschein auch seinen Beruf los sein würde, sofern er in seinem Zustand einen Unfall bauen sollte. Langsam rollte er in der Viper über den schlechten Asphalt, der an vielen Stellen kleine Schlaglöcher aufwies. Rollsplitt flog gegen die Verkleidung des Sportwagens und hinterließ kleine Kratzer, die Reinhart aus dem Inneren nicht sehen, aber erahnen konnte. Im Spiegel erkannte er kurz darauf aufblinkende Scheinwerfer. Er drehte sich um und sah einen silbernen Honda, der ihm viel zu dicht auffuhr. Vorsichtig lenkte Reinhart weiter nach rechts und ließ dem Fahrer nun genug Platz, um zu überholen. Mit einem lauten Hupen und einem aus dem Fenster gestreckten Mittelfinger fuhr der Fahrer, in dessen Auto laute Musik durch die Scheiben dröhnte, an ihm vorbei. Reinhart schüttelte den Kopf. Solche Leute musste man eigentlich direkt aus dem Verkehr ziehen, sie waren nicht nur für sich selbst, sondern auch für andere eine große Gefahr. *Das bist du in deinem aktuellen Zustand auch*, dachte er sich. Er passierte die erste Ampel und atmete erleichtert auf, als er sah, dass auf der Straße vor ihm weit und breit kein anderes Auto zu sehen war. Er fuhr abseits der Stadt durch mehrere Schleichwege, in der Ferne erkannte er die blinkenden Lichter und den Trubel der Großstadt. Dieser Weg würde zwar einen kleinen Umweg darstellen, doch es war der mit Abstand leichteste von allen. Reinhart kurbelte das Fenster hinunter und genoss den frischen Abendwind, er sorgte dafür, dass er zumindest etwas klarer im Kopf wurde. Zudem verschwand der schummrige Zustand und er fühlte sich direkt etwas besser. Fünf Minuten später bog er in eine Querstraße ein und hatte sein Ziel erreicht. Der *Central Kiosk* lag im gelben Lichtkegel einer Laterne und wirkte außer dem Verkäufer verlassen. Reinhart parkte die Viper in einer Parklücke gegenüber von dem Gebäude, stellte den Motor ab und stieg aus. Er blickte sich kurz um und ging dann über die Straße, auf der einige andere Fahrzeuge parkten, jedoch kein anderer Mensch zu sehen war. Er betrat den Kiosk und sah sich im Inneren um. Hinter dem Tresen erkannte er den Verkäufer, dessen Gesicht er sich bereits eingeprägt hatte. Er hatte den jungen Mann, der etwa Mitte zwanzig war, fast jeden Tag gesehen und es war ihm zunehmend unangenehmer, immer wieder aufs Neue Alkohol bei ihm zu kaufen. Neben einer Tiefkühltruhe, in der sich neben verschiedenen Eissorten auch eine kleine Auswahl an tiefgefrorenen Fertiggerichten befand, stand ein Kühlschrank mit vielen verschiedenen Getränken. Neben den üblichen Softdrinks gab es dort auch Bier und eine breite Auswahl an Spirituosen, die sich sogar bis über das Regal neben dem Schrank erstreckte. In einem Zeitungsständer gab es neben den geläufigen Tageszeitungen auch eine kleine Auswahl an Magazinen. Reinhart nahm sich eine Flasche Gin, eine Packung Kaugummis und einen Mars Riegel. Der Verkäufer schenkte ihm ein sympathisches Lächeln und kassierte die Waren ab.

»Fünfzehn Dollar macht das dann bitte.«

Reinhart kramte sein Portemonnaie aus der Tasche und bezahlte passend. Er verabschiedete sich von dem Mann und verließ den Kiosk wieder. Er hatte seit dem Morgen nichts gegessen, fühlte sich aber dennoch nicht hungrig. Sein Durst war größer als alles andere. Der Schatten, den seine geparkte Viper unter der Laterne warf, jagte ihm eine Gänsehaut über den Körper. Die Gegend fühlte sich unheimlich für ihn an – es war dunkel, still und verlassen hier. In der Ferne hörte er, wie eine Haustür ins Schloss fiel und sah ein Pärchen, das auf die Straße trat. Die Frau hatte einen Hund an der Leine, und der Anblick des Tieres gab Reinhart etwas Beruhigung, er wusste allerdings nicht, woran das lag. Er stieg wieder in den Wagen und startete den Motor. Langsam fuhr er aus der Straße heraus, und warf den beiden Menschen einen Blick zu. Sie sahen ihn nicht, hatten nur Augen für sich, weshalb Reinhart wieder nach vorne blickte. Die blaue Gin Flasche in der Mittelablage wirkte verführerisch auf ihn – er sehnte sich nach dem Geschmack und dem Gefühl, welches ihm der Alkohol geben würde. Er nahm die Flasche in die Hand, drehte sie auf und nahm einen tiefen Schluck. Die heiße Spur in seiner Kehle war eine Wohltat, und Reinhart drehte sich für einen kurzen Moment wieder um, um die zugeschraubte Flasche wieder in die Mittelablage zu legen. Dabei hielt er jedoch seine Augen für wenige Sekunden zu lang von der Straße fern – er übersah die rote Ampel, rollte über die vielbefahrene Kreuzung und krachte einem blauen Ford mitten in die Seite. Das Geräusch des Zusammenstoßes fuhr Reinhart bis tief in die Glieder. Er sah, wie die anderen Autos anhielten und Menschen ausstiegen. Schnell schaltete er in den Rückwärtsgang, setzte ein paar Meter zurück und trat aufs Gaspedal, um mit über einhundert Meilen über den Asphalt zu donnern, bis er die Unfallstelle weit hinter sich gelassen hatte. Sein Herz schlug wie ein Presslufthammer in seiner Brust, weshalb er, als er sich in Sicherheit wog, an den Straßenrand fuhr und den Motor abstellte. *Scheiße. Unfall mit Fahrerflucht im betrunkenen Zustand.* Da der Unfall in der Richtung passiert war, in der sein Haus lag, würde umkehren gar nicht in Frage kommen. *Die Polizei wurde sicher schon gerufen... scheiße.* Er lehnte sich einen Augenblick zurück. Wenig später vernahm er hinter sich das Martinshorn eines Einsatzwagens. Das Geräusch ließ in ihm alle Alarmglocken schrillen. Es war zwar noch etwas entfernt, doch er musste von diesem Ort verschwinden, ehe die Polizisten ihn erreicht haben würden. Er wollte sich das Szenario gar nicht erst ausmalen, es würde das Ende seiner Karriere bedeuten. Die Viper sprang normal an, der Unfall schien keine bleibenden Schäden bei dem Wagen hinterlassen zu haben. Reinhart drückte auf das Gaspedal und schoss über die Straße, die ihn direkt auf den Highway führte. Der Polizeiwagen kam zwar nicht näher, doch Reinhart spürte, dass er ihn noch lange nicht abgeschüttelt hatte. Es vergingen wenige Minuten, in denen er über den Highway raste und den Solven-Hills immer näherkam, bis das Martinshorn plötzlich genau in seinem Rücken erklang. Er erschrak, blickte in den Spiegel... und sah, nur wenige Meter hinter sich, einen Polizeiwagen. *Scheiße, wo kommt der denn plötzlich her?* Er konnte sich das plötzliche Auftauchen nicht erklären. Allerdings musste er die Gegebenheiten nun akzeptieren, und drückte deshalb das Gaspedal bis zum Boden durch, um möglichst schnell verschwinden zu können. Reinhart wusste, dass der Polizeiwagen das Tempo nicht lange mithalten können würde. Die Berge kamen derweil immer näher... schon bald hatte er eine Ausfahrt erreicht, die ihn in die bergigen Serpentinen führte. Er entschied sich kurzerhand, den Highway zu verlassen – auf der staubigen und unebenen Gebirgspiste war es wahrscheinlicher, dass er den Polizeiwagen schnell abhängen können würde. Zudem... *Ich könnte meinen Bruder besuchen.* Der Weg, den er einschlug, würde ihn geradewegs nach Kinmark bringen – er freute sich drauf, nun endlich ein Ziel vor Augen zu haben. Er hatte Bob, seinen Halbbruder, seit langer Zeit nicht mehr gesehen. Sie hatten keinerlei Kontakt, da er diesen abgeschworen hatte – aufgrund der Tatsache, dass Bob auf Lebenszeit in dem kleinen Dorf geblieben war, was Reinhart einige Rätsel aufgegeben hatte. Früher, noch lange vor seiner Versetzung nach Arizona, hatte er sich darum einen Kopf gemacht. Mittlerweile war es ihm egal geworden, und er hatte vergessen, dass es diesen Menschen, seinen Halbbruder, überhaupt gab. Doch gerade jetzt... warum nicht? Vielleicht konnte Bob ihm ja aus seiner misslichen Lage retten. Reinhart raste, noch immer viel zu schnell, über den staubigen Untergrund die Serpentinenstraße hinauf. Der Polizeiwagen saß ihm dicht im Nacken und schoss ebenfalls mit ordentlich Tempo den Berg hinauf. Reinhart fühlte sich immer unwohler. Er musste ein gewaltiges Risiko eingehen, und lenkte in einigen Kurven erst so spät, dass der Wagen schon kurz davor war, zu kippen. Er spürte Adrenalin durch seinen gesamten Körper schießen, das Kribbeln stieg ihm bis in die Fingerspitzen hoch. Er war enorm angespannt, da er wusste, dass jeder Fehler gleichbedeutend mit dem Tod sein konnte. Immer wieder warf er nervös einen kurzen Blick in den Rückspiegel und registrierte, dass ihm der Polizeiwagen weiter dicht im Nacken saß. Er vernahm durch den Spiegel auch, wer am Steuer saß... es handelte sich um Gilbert Smith. Reinhart zuckte innerlich zusammen. *Scheiße.* Es war ihm bewusst, dass es nur einen Weg geben konnte, seinem Kollegen zu entkommen. Er musste ihn irgendwie aus dem Weg räumen. Reinhart bremste in der nächsten Kurve, die vor einem Abhang lag, erst sehr spät. Nicht zu spät, aber so spät, dass er das Lenkrad hart herumreißen musste. Sein Plan ging auf. Officer Smith tat es ihm gleich, ging sogar erst einen kleinen Tick später auf die Bremse - doch das reichte nicht mehr. Der Wagen schoss über die Felskante, überschlug sich und wurde schließlich in einiger Entfernung von einem Baum gebremst. Sofort stieg Rauch aus dem Motor und waberte in den Nachthimmel, der nur von den Scheinwerfern von Reinharts Dodge erhellt wurde. Er schwitzte, wischte sich den Schweißfilm von der Stirn und atmete tief durch. Die Gefahr war vorbei - und bis Kinmark war es nicht mehr weit. Ein kleines Schild am Rand verriet ihm, dass er das Dorf in einer Meile erreicht haben würde. Nun fuhr er bloß noch langsam über den staubigen Boden, er kurbelte das Fenster herunter und genoss den abendlichen Fahrtwind, der seinen Schweiß trocknete. Fünf Minuten später hatte er sein Ziel erreicht. Er war zuvor noch nie in Kinmark gewesen, und das letzte Treffen mit Bob war einige Jahre her. Er war gespannt, wie sich sein Halbbruder verändert hatte, und was aus diesem Ort geworden war, über den es zahlreiche Artikel in vielen Zeitungen gegeben hatte. Kinmark galt als der Ort, an dem Menschen spurlos verschwanden - aus ungeklärten Ursachen. Er würde Bob bereits im Vornherein erklären, dass er ihn rein aus privater Natur heraus besuchte - sein Beruf sollte dem nicht im Weg stehen. Mit zittrigen Händen stellte Reinhart den

Motor der Viper ab und parkte neben einem Gebäude, welches von außen recht schäbig wirkte. Durch ein Holzfenster konnte er sehen, dass im Inneren Licht brannte. Eine Tür wurde geöffnet, und Reinhart wartete noch ein paar Sekunden ab, bis er aus dem Auto stieg. Die Tür des Gebäudes fiel wieder in den Rahmen und er vernahm eine Stimme.

»Hände auf den Rücken!«

Die Schärfe der Worte erzeugte eine Gänsehaut, die sich über seinen gesamten Körper zog. Er kannte die Stimme… auch, wenn sie mittlerweile viel erwachsener und vor allem kälter klang, konnte er erkennen, dass Bob zu ihm gesprochen hatte. Er spürte förmlich, wie sein Halbbruder die Schusswaffe im Dämmerlicht auf seinen Rücken richtete. Deshalb befolgte er seine Anweisung auch und legte sich seine Hände langsam auf den Rücken. Seine Dienstwaffe hatte er nicht dabei, er wäre nie auf die Idee gekommen, sie auf einer abendlichen Fahrt zum Kiosk mitzunehmen. Langsam, fast in Zeitlupe, drehte er sich um und hob den Kopf. Das Licht, welches aus dem Inneren fiel, war zwar nicht wirklich gut, doch Reinhart erkannte trotzdem, wie Bobs Gesichtszüge entglitten. Er musste grinsen und schob sich die Hände wieder vor den Körper.

»Hallo, Bruder.«

Bob wirkte noch immer total perplex.

»Was… was machst du hier?«

Er wischte sich seine Hände an der hellblauen Jeans ab, und Reinhart nahm zur Kenntnis, dass er sich einen Blutfilm auf den Stoff schmierte.

»Habe ich dich etwa gestört?«

Reinhart ließ seinen Blick schweifen. Neben der Tür, die zuvor ins Schloss gefallen war, erkannte er eine feine Spur im Sand.

Das in Zusammenhang mit dem Blut war für Reinhart ein klares Zeichen, dass hier etwas nicht stimmte.

»Nein, alles gut.«

Er wirkte hektisch und wischte sich mit einer kurzen Handbewegung den Schweiß von der Stirn.

»Du kommst nur etwas ungelegen.«

Er trat in den Schatten des Gebäudes und gab somit den Blick für Reinhart frei. Auf dem Boden lag ein regloser Körper, selbst im schwachen Licht konnte Reinhart erkennen, dass dem ordentlich zugesetzt wurde.

»Hilf mir mal bitte. Ich muss diese verdammte Leiche verschwinden lassen.«

Reinhart zögerte nicht und packte den toten Mann an den Füßen. Gemeinsam trugen sie den Körper hinter die geparkten Viper. Bobs Blick fiel auf den Kofferraum, und schon bevor er die Worte aussprach, wusste Reinhart, was er nun sagen würde.

»Komm, lass uns die Leiche dort hineinpacken.«

Reinhart zuckte mit den Schultern. Die Mischung aus Alkohol und Adrenalin, die noch immer durch seinen Körper strömte, verleitete ihn dazu, das zu akzeptieren. Er öffnete die Klappe, hievte mit Bob zusammen den Körper in den Kofferraum und schlug den Deckel wieder zu. Er hatte es vermieden, den Mann anzusehen, doch irgendetwas hatte ganz und gar nicht gestimmt. Der Mann hatte stark geblutet, und das, obwohl keine großen, sichtbaren Wunden auf seinem Körper zu sehen gewesen waren.

»Komm rein, ich erzähle dir dann alles. Und du kannst mir dann auch sagen, was zur Hölle dich hierhergetrieben hat.«

Bob ging vor, und Reinhart begutachtete das Gebäude. Es handelte sich um ein kleines Restaurant. Sie setzten sich an einen

Tisch, Bob bot ihm Bier und Snacks an, was Reinhart dankend annahm. Wenig später kam sein Halbbruder wieder aus der kleinen Küche zurück, in den Händen trug er ein silbernes Tablett mit zwei Bierkrügen und einer kleinen Schüssel Cracker. Reinhart spürte mittlerweile doch seinen leeren Magen, die Aufregung rund um die Verfolgungsjagd in den Bergen war etwas abgeklungen. So langsam realisierte er auch, was in den letzten Stunden alles passiert war. *Wenn ich Pech habe, bin ich am Tod mehrerer Menschen Schuld.* Umkehren kam für ihn jedoch nicht in Frage. Jetzt, wo er bereits in Kinmark war, würde er der Dinge ausharren und erst einmal an diesem Ort verweilen müssen. Er nahm sich einen Cracker, biss genüsslich in das Salzgebäck und spülte es mit einem Schluck Bier hinunter. Bob hatte eine weitere Lampe angeschaltet, die den Thekenbereich ausleuchtete. Reinhart erkannte in einem Regal an der Rückwand dutzende Sorten Spirituosen und fühlte sich zwiegespalten. Einerseits war da noch dieses Gefühl, welches ihn ganz klar zum Alkohol hinzog. Aber dazu mischte sich auch etwas anderes... *nur wegen dem Alkohol bin ich überhaupt hier gelandet. Es kann sein, dass Bob mich mitten in eine Straftat hineinzieht, die ich aber ja eh schon mit der Fahrerflucht begangen habe.*
»Was hat dich hierher verschlagen?«
Reinhart zögerte nicht lange. Trotz des merkwürdigen Vorkommnisses draußen hatte er vollstes Vertrauen in seinen Halbbruder, weshalb er die gesamte Geschichte erzählte – angefangen mit den Dingen, die er sowohl in der Lagerhalle als auch im Arizona Splash erlebt hatte. Er erzählte über Tante Melly, seine gescheiterte Beziehung mit Lauren, die er durch die Vorfälle in der Lagerhalle erst kennengelernt hatte. Schließlich endete er mit der Verfolgungsjagd, die ihn mitten in die Solven-Hills ge-

führt hatte. Bob ließ die gesprochenen Worte etwas im Raum stehen. Erst, als Reinhart die Stille unangenehm bedrückend fand, fing er an, zu sprechen.

»Wahnsinn, du hast einiges erlebt. Und zu Tante Melly... mal ganz ehrlich, wir konnten sie beide nicht leiden. Auch, wenn wir nur Halbbrüder sind, fühlte ich mich zu unserer Familie natürlich auch hingezogen. Aber Melly... sie war einfach furchtbar.«

Reinhart nickte, er konnte dem nichts entgegensetzen. Seine Tante war furchtbar ignorant gewesen, hatte die meisten anderen Menschen wie den letzten Abschaum behandelt. Immerhin war sie allerdings fast neunzig Jahre alt geworden. *So viel kann sie ja nicht falsch gemacht haben.*

»Stimmt. Aber sie ist heute nicht Thema. Was geht hier vor sich?«

Reinhart fand, dass nun Bob an der Reihe war mit erzählen. Einen Moment später legte er auch bereits los.

»Es gab Streit heute... ich kann dir nicht jede Einzelheit erzählen. Auf alle Fälle schwöre ich dir, dass ich den Mann nicht töten wollte. Es war ein Versehen... und verdammt, er hat einfach ohne Grund so heftig geblutet.«

Bob legte eine Pause ein.

»Ich habe eine Idee. Wir beide haben gewaltig Dreck am Stecken. Wie stehst du zu dem Vorschlag, dass wir uns beide schützen? Du wolltest immerhin ein paar Tage hierbleiben. Ich kann dir ein Dach über dem Kopf, täglich warmes Essen und genug Bier für alle Zeiten anbieten.«

Reinhart fand den Vorschlag durchaus interessant. Er war gespannt, welche Bedingungen Bob ihm stellen würde.

»Erzähl mir, was du verlangst.«

»Du musst nur kooperieren. Und mir helfen, das Dorf zu säubern. Es gibt da zwei Typen, die aus dem Weg geräumt werden müssen. Sie sorgen nur noch für Unruhe.«

Bob kramte zwei abgegriffene, staubige Polaroid Bilder aus einer Schublade hervor und breitete sie auf der Theke aus. Reinhart erkannte zwei Männer, die sich vom Stil her ähnelten. Der eine trug auf den verblichenen Aufnahmen einen Cowboyhut, hatte einen verfilzten Dreitagebart und rauchte einen Joint. Der andere hatte langes Haar, welches er sich auf dem Foto zu einem Zopf gebunden hatte, Bartstoppeln und eine Sonnenbrille im Gesicht.

»Das sind Gabriel und Frank. Im Dorf sind sie auch bekannt als Silberfinger und Goldhand... die selbst ernannten Beschützer von Kinmark. Sie patrouillieren durch die Gegend und töten Menschen, die sich in der Nähe aufhalten. Vielleicht hast du ja schon von dem Mysterium von Kinmark gehört.«

Reinhart schüttelte den Kopf. Er war neugierig darauf, was Bob ihm noch alles zu erzählen hatte, weshalb er einfach abwartete.

»Es verschwinden Menschen spurlos. Niemand hat jemals den Grund herausgefunden, und es treibt weiterhin Wahnsinnige in diese Gegend. Die Zeitungen müssen voll von Berichten sein... und die beiden töten die Leute einfach, nachdem sie ein perfides Spiel mit ihnen spielen. Die Menschen sterben wie die Fliegen, und es werden immer mehr, da immer mehr auf das Dorf aufmerksam werden. Ich möchte doch einfach nur ein ruhiges Leben... unser Dorf soll auf keinen Fall in aller Munde sein. Das würde mich meine Existenz und sogar mein Leben kosten.«

Reinhart war verwirrt, er konnte Bobs Worte in diesem Moment nicht nachvollziehen.

»Was meinst du damit?«

»Nun, die Leute, die verschwinden, tauchen nie wieder auf. Selbst die Leichen bleiben aus gutem Grund verschollen.«

Bob erzählte dann, was mit den Menschen passierte, die vor langer Zeit mal in Kinmark gelebt hatten. Er ging auf das Virus ein, das einen Großteil der Bevölkerung ausgerottet und sie alle zu strikten Maßnahmen verleitet hatte. Er erzählte alles - auch die kranken Menschen, die in die alte Mine verbannt worden waren, waren Thema seiner Ausführungen.

»In der Not frisst der Teufel eben Fliegen«, meinte Bob schließlich als Schlusswort.

»Wir mussten unsere Leute eben ernähren. Und da Goldhand und Silberfinger ja ständig neue Probleme nach Kinmark brachten...«

Er spuckte die Worte der beiden Männer förmlich aus, und Reinhart konnte in seinem Gesicht sehen, was für eine Abscheu er für sie empfand.

»Ihr habt eure Kranken mit Menschenfleisch gefüttert?«

Bob nickte, jedoch etwas später und nur zögerlich.

»Als uns dann die Nahrung ausging... verdammt, ich habe das den Leuten im Dorf serviert.«

Reinhart senkte seinen Blick auf die halbleere Cracker Schüssel. Aus dem Bierglas hatte sich der größte Teil der Kohlensäure bereits verflüchtigt, Reinhart trank die kleine Pfütze, die sich am Grund befand, aus, und stellte das Glas auf die Theke.

»Verdammt, du hast größere Probleme als ich. Aber ich habe keine andere Wahl, ich muss hierbleiben. Zumindest vorerst.«

Reinhart ließ sich tiefer in den Stuhl sinken.

»Vorher hätte ich aber gerne einen Bacardi. Danach kannst du mir zeigen, wo ich bleiben kann.«

Bob lächelte, und er wirkte direkt sympathischer. Die Gesichtszüge kamen Reinhart nur allzu bekannt vor - obwohl es viele Jahre her war, seit sich ihre Wege getrennt hatten.

»Eine Hand wäscht die andere. Wir helfen uns beiden. Und bei Gelegenheit werde ich auch die verdammte Leiche aus deinem Kofferraum nehmen.«

Reinhart rang sich ein Grinsen ab. Er wusste nicht, warum – höchstwahrscheinlich tat der Alkohol sein Übriges dazu. Es war ihm schlichtweg egal - das war Bobs Sache, er selbst musste nur hoffen, dass sein Unfall und die anschließende Fahrerflucht unentdeckt bleiben würde. *Wenn Gilbert Smith tot ist, sollte auch nichts an die Öffentlichkeit gelangen.* Er hoffte in diesem Moment so sehr, dass sein arroganter Kollege durch den Unfall außer Gefecht gesetzt worden war, dass für ihn keine andere Möglichkeit in Frage kam, als es notfalls selbst zu erledigen, wenn sich der Wunsch nicht von alleine erfüllen würde.

Bob zeigte ihm ein Zimmer in der Nähe der Küche. Es lag im hinteren Teil und hatte ein einfaches Bett, eine Lampe und eine kleine Kommode. Das genügte ihm völlig, er gab sich mit jedem kleinen bisschen zufrieden. Sie hatten beide noch bis tief in die Nacht das Glas gehoben, die Bacardi Flasche hatte sich mit der Zeit immer weiter geleert. Es hatte sich für Reinhart gut angefühlt, endlich wieder Zeit mit seinem Halbbruder verbringen zu können. Es hatte definitiv ordentlich Gesprächsbedarf gegeben, sowohl über Themen innerhalb der Familie als auch über ihr aktuelles Vorhaben. Reinhart konnte mit der Zeit immer mehr verstehen, woher die Abneigung von Bob gegen die zwei Männer kam, die sich wie die Retter des Dorfes aufspielten. Als er schließlich das Licht ausgeschaltet hatte und mit offenen Augen im Bett lag, drehte sich das gesamte Zimmer.

Der Alkohol war ihm nun doch zu Kopf gestiegen, es war deutlich mehr gewesen, als an allen anderen Tagen. Es dauerte noch einige Zeit, bis er eingeschlafen war, und währenddessen rauschten ihm tausende Gedanken durch den Kopf, die immer mit der Frage endeten, ob er gerade wohl auf dem richtigen Weg war. Und eben diese verflixte Frage konnte er sich auf Teufel komm raus nicht beantworten.

CHARLES REINHART
26. AUGUST 2008

28

Am nächsten Tag wachte Reinhart auf, als die tiefstehende Sonne durch das Holzfenster in den Raum knallte. Er fühlte sich hundeelend, hatte intensive Kopfschmerzen und einen so trockenen Mund, dass er erst einmal ein Glas Wasser brauchte. Es fiel ihm schwer, aus dem bequemen Bett aufzustehen, er schaffte es allerdings schließlich und durchquerte den Raum. In der Küche, die er durch ein weiteres Zimmer erreichte, traf er auf Bob.

»Du bist ja auch schon wach. Wie geht's?«

Am verkniffenen Gesichtsausdruck seines Halbbruders konnte Reinhart erkennen, dass dieser ebenfalls nicht in bester Verfassung war.

»Ich habe Kopfschmerzen und Durst. Hättest du vielleicht eine Tablette und ein Glas Wasser für mich?«

»Klar.«

Bob nahm ein Glas aus einem Regal an der Wand, drehte den Wasserhahn auf und füllte es bis zum Rand mit der glasklaren Flüssigkeit. Er verschwand in einem weiteren Nebenzimmer und kam wenige Sekunden später mit einer Verpackung in der Hand wieder.

»Bediene dich.«

Reinhart drückte sich eine Tablette aus dem Blister, nahm sie in den Mund und spülte sie mit einem großen Schluck Wasser hinunter. Er trank das gesamte Glas in einem Zug leer, und spürte, wie er so mehr und mehr an Klarheit und Kraft gewann. Die Wirkung der Tablette hatte zwar noch nicht eingesetzt, doch in weiser Voraussicht, dass das irgendwann in den kommenden

Minuten geschehen würde, setzte er sich auf einen Stuhl an der Wand und atmete tief durch.

»Gleich kommen schon die ersten Gäste«, meinte Bob.

Reinhart suchte mit seinem Blick den Raum ab, fand jedoch keine Uhr.

»Wie spät ist es?«

»Fast zwölf.«

Bob tickte sich symbolisch auf die Armbanduhr an seinem Handgelenk.

»Ich wäre dir dankbar, wenn du mir in der Küche etwas helfen würdest.«

»Was steht heute auf dem Speiseplan?«

Reinhart stellte die Frage, weil er auf Bobs Reaktion gespannt war.

»Jetzt gibt es Fisch. Später am Tag stehen Burger und Steaks auf der Speisekarte.«

Reinhart sparte sich die Frage, woraus die Steaks denn bestehen würden – zum einen, weil er die Antwort ahnte, und zum anderen, weil er gar nicht allzu tief nachhaken wollte. Er hatte Respekt vor Bob und wollte sich nicht zu tief in dessen Angelegenheiten einmischen. Noch war der Innenraum des Restaurants leer und der Eingang versperrt, doch Reinhart konnte sich schon denken, dass sich das bald ändern würde. Bob schloss wenige Minuten später die Tür auf, entfernte den Riegel und ließ die ersten Gäste in den Raum hinein. Er begrüßte jeden einzelnen und kam dann genau auf Reinhart zu.

»Du könntest mir gleich in der Küche zur Hand gehen. Komm mit.«

Reinhart folgte ihm. Bob hatte die Arbeitsfläche in der Küche zuvor freigeräumt, außer einem Schneidbrett und einem Block mit Messern lag nichts herum. Generell wirkte es in der Küche strukturiert und ordentlich.

»Wir haben noch Gehacktes im Kühlschrank. Das ist von gestern, und ich werde das jetzt noch zubereiten. Du kannst die Schüssel schon mal holen.«

Bob deutete auf die gegenüberliegende Wand, an der sich ein Kühlschrank befand. Reinhart holte besagte Schüssel heraus und ließ seinen Blick schweifen. Neben dem Fleisch gab es in dem großen Schrank Gemüse, noch mehr Fleisch und auch Fisch. Bob nahm das Hackfleisch entgegen, teilte es in einzelne Buletten auf und streute eine Gewürzmischung drüber. Er schaltete den Herd an und brutzelte die Buletten in einer Pfanne, in der das Fett förmlich schwamm. Es stieg ein Geruch auf, der Reinhart an seinen leeren Magen erinnerte.

»Magst du auch?«, fragte Bob, als er die erste Ladung fertig gebraten hatte.

Es war, als hätte er seine Gedanken gelesen. Reinhart nickte, nahm sich einen Teller und ließ sich drei Buletten servieren. Bob stellte eine weitere Pfanne auf den Herd und briet etwas von dem fertigen Gemüse, bei dem sich Reinhart dann auch noch bediente. Bob verschwand im Gästeraum, nahm die Bestellungen auf und bereitete dann alles vor. Reinhart war von der Schnelligkeit beeindruckt, mit der sein Halbbruder zu Werke ging.

»Kann ich dir helfen?«

»Du könntest die Fische ausnehmen. Ich habe sie gestern im See gefangen. Weißt du, wie das funktioniert?«

Reinhart schüttelte den Kopf.

»Ich bin Polizist und kein Fischer. Was erwartest du von mir?«

Er konnte sich sein Grinsen kaum verkneifen, und auch Bob lächelte ihn an.

»Ist schon okay. Ich zeige es dir. Aktuell ist ja noch wenig los.«
Bob ließ das Fleisch in der Pfanne brutzeln und ging gemeinsam mit Reinhart wieder auf den Kühlschrank zu. In einer Schüssel lagen ungefähr zehn Fische.

»Das ist nur ein Teil des Ganzen. In der Kühltruhe liegt der Rest.«
Er legte die Schüssel auf die Arbeitsfläche und holte einen Fisch heraus.

»Pass auf, so wird das gemacht.«
Bob nahm einen der Fische in die Hand.

»Zuerst musst du sie abwaschen, das löst die Schuppen. Danach musst du ihn abtrocknen.«
Bob tat genau das und legte den Fisch dann auf das Schneidbrett. Er nahm ein scharfes Messer aus dem Block und setzte es auf Höhe des Schwanzes an.

»So ist der Schnitt am Effektivsten.«
Er stach zu und führte das Messer langsam und in einem neunzig Grad Winkel bis zum Kopf des Fisches. Er kratzte die Schuppen des Fisches ab, drehte den Körper um und fuhr auch über die Rückseite.

»Du musst gründlich dabei vorgehen. Es sollten keine Schuppen übersehen werden. Moment, ich muss mal eben das Fleisch wenden.«
Bob tat selbiges mit einem Pfannenwender und kam wenige Zeit später wieder zurück.

»Als Nächstes musst du die Flossen entfernen. Das geht am besten mit einer Schere.«
Bob tat selbiges und ging mit äußerster Vorsicht vor. Reinhart versuchte, sich all das zu merken, was sein Halbbruder ihm

zeigte, was ihm anfangs jedoch etwas schwerfiel.

»Jetzt wird es heikel. Du musst den Fisch nun aufschlitzen – allerdings darfst du dabei auf keinen Fall die Gallenblase erwischen. Und das macht man so.«

Vorsichtig schnitt Bob den Fisch am Bauch auf. Die Eingeweide quirlten heraus und Blut verteilten sich auf seiner Hand. Er zog die Gedärme vorsichtig heraus und deutete auf ein gelbliches Organ.

»Hier ist die Gallenblase.«

Vorsichtig zog er die Masse heraus und warf sie in den Mülleimer unter dem Tisch. Er ging sowohl mit Messer als auch mit Schere zu Werke und musste an einigen Stellen Kraft aufwenden, ehe er es komplett geschafft hatte.

»So geht das vonstatten. Nun kann der Fisch in die Pfanne geworfen werden. Denkst du, du schaffst das?«

Reinhart nickte.

»Ich versuche es.«

»Sehr schön. Ich werde mal die ersten Gerichte servieren und schauen, ob neue Bestellungen reinkommen.«

Er hatte die Pfannen in der Zwischenzeit vom Herd genommen und verteilte die Gerichte nun auf mehreren Tellern. Reinhart sah jetzt erst den kleinen Topf mit brauner Soße, aus dem Bob immer jeweils zwei Kellen schöpfte und über das gebratene Fleisch und das Gemüse kippte. Kurz darauf verschwand er aus der Küche – und Reinhart widmete sich der Schüssel mit Fischen direkt vor sich.

Die Zeit verging, während beide mit ihren Tätigkeiten beschäftigt waren. Bob sortierte mehrere Tabletts, breitete Teller aus und füllte diese mit den verschiedensten Speisen. Nebenbei bediente er auch den Zapfhahn an der Theke und brachte den Leuten neben Bier, Wein und Spirituosen auch alkoholfreie Getränke an den Tisch. Er behielt stets seine gute Laune, verzog nicht einmal die Miene und wirkte auch nicht gestresst oder hektisch. Reinhart hatte sich an den Fischen versucht. Der erste war ihm nicht gelungen, er hatte die Gallenblase beim Ausnehmen getroffen und den Fisch nicht rechtzeitig abgewaschen. Der zweite war dann direkt besser geworden, was sogar dazu führte, dass er in einen Rhythmus kam. Er hatte noch nie ein Problem mit Blut gehabt, doch jedes Mal, wenn ihm der rote Saft beim Ausnehmen auf die Haut spritzte, musste er an alles denken, was er erlebt hatte. Immer wieder tauchten die Buchstaben, die in Leuchtreklame über der Schwimmhalle gestanden haben, in seinem Kopf auf. *Arizona Splash.*

Stunden vergingen. Reinhart half Bob bei den verschiedensten Dingen, und mittlerweile war das Restaurant bis auf den letzten Tisch gefüllt. Angeregte Unterhaltungen und Gelächter drangen in den Innenraum, und auch eine Wolke aus Zigarettenrauch schaffte es durch die Tür hindurch. Reinhart war ins Schwitzen geraten. Bob war nun bereits längere Zeit im Gästeraum und bediente verschiedenste Gäste. Etwa zehn Minuten später, Reinhart hatte sich in der Zwischenzeit auf einen Stuhl gesetzt und sich etwas ausgeruht, kam er wieder zurück.
»Heute Abend gibt es eine Beerdigungsfeier am See. Unser Bürgermeister... unter uns, ein mieses Arschloch... hat das Zeitliche gesegnet.«
Bob klang fast schon froh, und Reinhart war ziemlich verwundert darüber, wie sein Halbbruder generell über seine Mitmenschen dachte. *Goldhand, Silberfinger und nun auch der*

Bürgermeister. Sind wirklich die anderen immer die Bösen? Er sprach seine Gedanken natürlich nicht laut aus, sondern behielt alles für sich.

»Möchtest du auch bei der Feier dabei sein?«

»Gerne.«

Reinhart nickte. Er wusste, dass ihm sowieso keine andere Wahl blieb, als erst einmal in Kinmark zu verweilen – warum also nicht? Es sprach nichts dagegen, und er freute sich fast schon darauf, die Leute näher kennen zu lernen. Besonders gespannt war er auf Goldhand und Silberfinger, die selbst ernannten Dorfcowboys.

Es war bereits früher Abend geworden, als sich das Restaurant langsam geleert hatte. Bob und Reinhart hatten durchgehend geschuftet, es hatte keine Zeit für Pausen gegeben, und genauso fühlte Reinhart sich nun auch.

»Wir müssen nun noch einiges vorbereiten. Marty, unser Weinverkäufer, wird uns noch zwei Fässer bringen, die wir nachher mit ins Dorf nehmen.«

»Womit transportieren wir die denn?«

»Wir nehmen uns einen Kutschwagen aus dem Pferdestall.«

Reinhart war erleichtert, dass sie die Fässer nicht ins Tal schleppen mussten.

»Wir sollten ihn nun beladen. Start der Feier ist in zwei Stunden.«

Bob verschloss das Restaurant, als schließlich auch die letzten Gäste verschwunden waren. Es hatte sich augenscheinlich schnell im kleinen Dorf herumgesprochen, dass in zwei Stunden eine Feier bevorstand: man sah niemanden draußen, alle waren in ihren kleinen Häusern verschwunden und bereiteten sich vor.

Bob führte ihn um das Restaurant herum auf einen Marktplatz. In der Ferne konnte er bereits die Weinstube des Dorfes erkennen. Vor dem kleinen Geschäft saß ein Mann auf einem Holzstuhl, neben ihm befand sich noch ein zweiter, freier.

»Wir sollen ein Fass bei dir abholen, Marty. Bist du bei der Beerdigung später auch dabei?«

Der Mann nickte und zog ein freundliches Lächeln.

»Das ist übrigens mein Halbbruder Charles.«

Reinhart schüttelte dem Mann die Hand.

»Familienbesuch?«, fragte Marty nur.

»Eher zufälliger Natur.«

Reinhart hatte nicht vor, dem Weinverkäufer seine Geschichte zu erzählen, und er war froh, dass dieser sich mit seiner knappen Antwort zufriedengab und auch Bob nichts mehr sagte.

»Welchen Wein möchtet ihr mitnehmen?«

»Den speziellen«, sagte Bob nur.

»Deine Eigenkreation.«

»Sehr schön. Ich habe gerade letzte Woche zwei neue Fässer fertigbekommen.«

Bob griff in die Tasche, zog ein paar Scheine hervor und drückte sie Marty in die Hand.

»Der Rest geht aufs Haus.«

Marty lächelte, brachte das Geld ins Haus und zeigte dann auf das erste Fass, welches direkt in der Nähe stand.

»Macht den Kutschwagen bereit, wir können dann direkt einladen.«

Im Stall sah Reinhart mehrere Pferde, die allesamt in ihren Boxen an Holzpfähle angebunden waren. Es roch nach Pferdemist und Reinhart rümpfte die Nase. Er war die Landluft nicht gewohnt, hatte sein Leben seit jeher direkt in oder zumindest in der Nähe von Großstädten verbracht. Er folgte Bob in einen angrenzenden Raum, in dem zwei Kutschwägen standen, die relativ alt wirkten. Das Holz war an einigen Stellen abgeblättert und bei einen war eine der Achsen gebrochen, doch als sie den Wagen nacheinander gemeinsam aus dem Stall zogen, sah er, dass dieser sonst noch recht gut in Schuss war. Bis zur Weinstube war es nicht weit, und er konnte sehen, dass Marty bereits beide Fässer auf den staubigen Boden abgestellt hatte. Reinhart klopfte sich kurz die Hose ab, bevor er sich gemeinsam mit den anderen daran machte, die Fässer einzuladen. Diese waren schwerer als gedacht und es war ein enormer Kraftakt, sie hineinzuhieven. Die Räder gruben sich in den Boden und hinterließen tiefe Furchen im Sand, doch der Kutschwagen hielt dem Gewicht stand.

»So, wir haben jetzt zwar viel gearbeitet, doch dafür müssen wir nicht den gesamten Weg zu Fuß gehen. Bevor wir die Pferde anbinden und uns langsam in Richtung des Sees aufmachen, sollten wir aber noch ein paar Kleinigkeiten aus dem Restaurant holen. Ich habe zum Beispiel noch ein paar Flaschen Bier im Keller, die wir sicherlich auch benötigen werden.«

Eine Stunde später hatten sie schließlich die Pferde angebunden und waren startbereit. Reinhart saß im überdachten Teil des Kutschwagens auf einer Bank, die mit einem dünnen Polster belegt war. Er hatte sich in der Zwischenzeit ein Bier genommen und genoss den herb-süßen Geschmack des kühlen Hopfengetränks. Er war in den letzten Minuten ordentlich ins Schwitzen geraten. Bob setzte sich direkt neben ihm auf die Bank und hatte einen Zügel in der Hand. Er gab den Pferden die Sporen und Reinhart nahm zur Kenntnis, wie sie sich langsam in Bewegung setzten.

»Hey, Bob, alles klar?«

Reinhart drehte sich in die Richtung der Geräusche um und erkannte zwei Männer. Es waren Goldhand und Silberfinger – das konnte er direkt sehen. Der Mann, der Goldhand sein musste, setzte seinen Hut zum Gruß ab und winkte.

»Hallo, Frank.«

Bob drehte sich wieder um und würdigte den Mann keines weiteren Blickes. Die beiden befanden sich auf je einem Pferd und ritten neben dem Kutschwagen her, ehe Goldhand das Tempo etwas erhöhte und Silberfinger ihm folgte. Es herrschte schon fortgeschrittene Dämmerung, und das Tageslicht wurde immer schwächer. Die Sonne war schon lange hinter den Bergen verschwunden, das Ende des Tages nahte. Direkt hinter dem Wagen gingen viele Menschen den Abhang hinunter. Reinhart bekam nur wenige Gesprächsfetzen mit, es interessierte ihn aber auch nicht wirklich, worüber sie sprachen. Etwas mehr als eine halbe Stunde später hatten sie den See erreicht. Es war in der Zwischenzeit noch dunkler geworden, Bob hatte eine Petroleumlampe entzündet, um ihnen so zumindest etwas den Weg auszuleuchten. Er band die Pferde an einem Holzpfahl fest, und gemeinsam entluden sie den Kutschwagen. Nach und nach trudelten die Menschen aus dem Dorf in der Umgebung um den See ein. Es verging noch etwas Zeit, bis sich alle versammelt hatten. Reinhart und Bob blieben im hinter dem Kutschwagen, Reinhart hatte sich an eines der großen Räder gelehnt und sich in der Zwischenzeit ein weiteres Bier geöffnet.

»Wir versammeln uns heute feierlich, um unserem Bürgermeister, Leeroy Canterbury, zu gedenken. Canterbury war ganze vierzig Jahre im Amt und war sowohl ein gutes Oberhaupt als auch ein treuer Freund für manche. Unsere tiefe Anteilnahme gilt seiner langjährigen Frau Betty.«

Goldhand beendete seine knappe Ansprache und verschwand mit Silberfinger, um wenig später mit dem toten Körper wiederzukommen. Sie begruben den in weiße Leinen gehüllten Körper in einer Grube neben dem See. Goldhand stampfte ein kleines Holzkreuz, auf dem der Name des Toten eingeritzt war, in den Boden. Alle Lampen wurden erhoben und Goldhand übernahm wieder das Wort.

»Nun lasst uns unsere Gläser auf unseren Freund heben. Möge er uns von oben zusehen und gemeinsam mit uns anstoßen.«

Marty schlug das erste Weinfass auf, und sofort bildete sich eine beachtliche Schlange. Reinhart blieb erst einmal beim Bier, er hatte keine Lust auf eine lange Wartezeit. Wenige Zeit später wurde ein gigantisches Feuerwerk entzündet, und unter lautem Knall und erfreuten Schreien erfüllte ein Lichterregen den umliegenden Himmel. Reinhart blickte sich das Schauspiel fasziniert an. *Verrückte Tradition. Wir betrauern unsere Toten und hier werden richtige Feste gefeiert.* Das Feuerwerk dauerte nur wenige Minuten, fühlte sich jedoch viel länger an. Goldhand entzündete einen riesigen Haufen mit Ästen und Hölzern, die Reinhart erst sah, als er gemeinsam mit Bob näher heran ging. Er schüttete etwas Benzin in die Flammen, die sofort lodernd in die Höhe schossen. Reinhart spürte augenblicklich, wie ihn die Wärme des Feuers einlullte. Immer mehr Menschen gesellten sich an das Feuer, jeder einzelne mit einem Becher Wein in der Hand. Bob kannte die meisten, sprach hier und da mit verschiedensten Leuten. Gerade, als Reinhart nicht mehr wirklich hinhörte, erregte etwas sein Gehör.

»Freut mich, Bob. Ich bin Officer Gilbert Smith.«

Schlagartig drehte Reinhart sich um. Es war, als würde man ihm eine Faust mit voller Wucht mitten in den Magen rammen. Seine Eingeweide zogen sich zusammen und ihm wurde übel. *Das kann doch nicht angehen. Wie kann er den Unfall überlebt haben?* Reinhart war sich so sicher gewesen, dass die Gefahr gebannt sei... er hatte den gesamten Tag keine Anzeichen darauf gefunden, dass sein Kollege überlebt haben könnte. *Und jetzt taucht er einfach so auf. Aus dem Nichts. Das kann doch nicht angehen.* Reinhart entschied sich, in die Offensive zu gehen. Er musste herausfinden, ob Gilbert Smith ihn erkannte – weshalb er mit offenen Karten spielen musste. Bob und Smith waren nur wenige Schritte entfernt im Licht des Feuers. Aus der Ferne erkannte Reinhart den Rücken von Smith, Bob stand direkt vor ihm und warf Reinhart einen kurzen Blick zu. Mit langsamen Schritten ging er auf seinen Kollegen zu und berührte ihn leicht an der Schulter.

»Charles?«

»Gilbert.«

Reinhart schüttelte Smith die Hand und versuchte, das Gesicht seines Gegenübers zu lesen.

»Was machst du hier?«

»Bob und ich sind gute Freunde.«

Reinhart wollte nicht auf den familiären Stand zu sprechen kommen, weshalb er sich diese Notlüge ausdachte. Bob drehte sich um und lächelte – er schien begriffen zu haben, in was für einer Situation sein Halbbruder sich befand.

»Dennoch bin ich nur durch Zufall hier. Allerdings sollten wir uns über wichtigere Dinge unterhalten. Was machst *du* hier?«

Reinhart versuchte, das Zepter des Gespräches zu übernehmen. Am Wichtigsten allerdings war es ihm, unerkannt zu bleiben. Er wollte seine Tarnung nicht preisgeben und versuchte, unter dem Deckmantel der hervorgebrachten Lüge weitere Wege zu spinnen, die ihn am Ende in die richtige Richtung führen würden.

»Ich hatte gestern Abend einen Unfall.«

»Das erklärt mir aber nicht, warum du heute Abend hier bist.«

»Ich wurde sehr nett von den Bewohnern aufgenommen und habe zudem Amanda und zwei von ihren Freunden kennengelernt.«

Smith deutete auf die Frau neben ihm.

»Okay. Dann lass uns mal auf unser Treffen anstoßen. Ich hole uns eben ein Bier. Möchtest du auch?«

Reinhart versuchte, sich ein Lächeln abzuringen, und sah Amanda an. Sie schüttelte mit dem Kopf und nahm im selben Atemzug noch einen Schluck aus dem Weinbecher in ihrer Hand.

»Nein danke, ich habe noch.«

»Okay, ich bin gleich wieder da.«

Reinhart entfernte sich vom Feuer und ging in die Richtung des Kutschwagens. Er musste sich jetzt auf die Schnelle einen Plan zurechtlegen, doch ihm fiel nichts ein. Er kletterte auf den Kutschwagen und griff sich zwei Bierflaschen – er wollte gerade wieder umdrehen, als er jedoch etwas zur Kenntnis nahm, was auf einem der Polster lag, die auf der hinteren Bank des Kutschwagens lagen. *Eine dunkle Flasche...* Reinhart nahm sie in die Hand, öffnete sie und roch an der Flüssigkeit. Es war, als hätte ihm irgendjemand die Hilfe geschickt, die er in diesem Moment gebraucht hatte – in der Flasche waren doch tatsächlich KO-Tropfen drin! Reinhart kannte den Geruch sehr gut, da er schon einmal negative Erfahrungen mit dem Mittel gemacht hatte. Dankbar nahm er die Flasche an sich, kippte zwei Tropfen in die Bierflasche von seinem Kollegen und steckte sie ein. *Was für ein gottverdammter Zufall.* Reinhart schmunzelte. Diese kleine Flasche mit der durchsichtigen Flüssigkeit im Inneren würde sich als wahrhaftiger Problemlöser darstellen. Wenige Minuten später hatte er Smith wieder erreicht. Er hatte sorgsam darauf geachtet, in welche Flasche er die Tropfen gekippt hatte - war sich nun aber nicht mehr ganz so sicher. Er reichte Smith die rechte, und gemeinsam stießen sie an. Sie sprachen nicht viel miteinander. Reinhart ging irgendwann einfach zu Bob, der sich weit außer Hörweite befand.

»Scheiße. Das ist der Cop, von dem ich gestern Abend gesprochen habe. Er hat den Unfall überlebt und scheint nicht mal irgendwie verletzt zu sein.«

Bob beäugte ihn kritisch.

»Ich dachte, du sagtest, er sei tot?«

»Ich habe es gehofft.«

Reinhart fühlte sich niedergeschlagen. Zwar hatte er seinem Kollegen nichts angemerkt, doch er wusste, dass Gilbert Smith ein Meister der Täuschung war. Er hatte Psychologie studiert, das hatte er am Rande mal erwähnt - und es war bei Reinhart hängen geblieben.

»Ich weiß nicht, ob er über mein Geheimnis Bescheid weiß. Aber ich sollte kein Risiko eingehen… ich muss ihn irgendwie beseitigen.«

Bob grinste.

»Okay. Du bist mein Bruder, auch wenn wir nur Halbbrüder sind. Eine Hand wäscht die andere. Ich werde dir natürlich helfen. Allerdings unter einer Bedingung.«

Er legte eine Pause ein, ließ sich sehr viel Zeit mit den nächsten Worten.

»Ich helfe dir dabei, deinen Kollegen zu beseitigen, und im Gegenzug hilfst du mir dabei, Goldhand und Silberfinger um die Ecke zu bringen. Sind wir quitt?«

Reinhart nickte sofort. Es hörte sich für ihn nach einer guten Lösung an - auch, weil es die einzige Möglichkeit war, die er hatte.

»Einverstanden. Ich habe Gilbert KO-Tropfen in sein Bier geschüttet. Sie waren auf dem Kutschwagen.«

Bob tastete sich die Taschen ab.

»Verdammt, ich habe meine verloren.«

Reinhart zeigte ihm das kleine Fläschchen.

»Okay. Die Wirkdauer ist zeitlich eingrenzbar. Er hat noch ein paar Minuten, bis sie langsam einsetzt.«

Reinhart suchte Smith mit seinem Blick. Er stand alleine in der Nähe von Marty und wartete darauf, dass dieser ihm einen wieteren Wein einschenken würde. *Wenn du wüsstest, was dir nun bevorsteht.* Die gesamte Menschenmasse hatte sich auf dem Platz neben dem See verteilt. Einige saßen im Mondschein am Wasser und tranken gemeinsam Wein, andere wiederum standen auf dem trockenen Gras und ließen sich von der Wärme des Feuers einlullen.

Reinhart beobachtete Smith aus der Nähe, er hatte sich hinter dem Kutschwagen in Deckung begeben. Er wollte dann bereit sein, wenn der Moment gekommen war - sie mussten Smith schnell außer Sichtweite bringen, wenn sie nicht riskieren wollten, dass jemand seinen nahenden Zusammenbruch mitbekommen würde. Es dauerte lange, bis er von Marty bedient wurde – doch schließlich ging er mit zwei Bechern Wein wieder zurück, ehe er von einem unbekannten Mann aufgehalten wurde. Reinhart beobachtete das Geschehen – bis es zu einer handfesten

Auseinandersetzung kam. Er überlegte nicht lange und ging dazwischen – es war gut, Vertrauen in seinem Kollegen zu wecken. Er legte dem Unbekannten Handschellen an, die er an seinem Gürtel trug. Er hatte am gestrigen Abend seine Diensthose angehabt, und mit dieser war er auch zum Kiosk gefahren. Er führte den Mann, der Smith angegriffen hatte, ab, wollte nicht riskieren, dass es zu einer weiteren Auseinandersetzung kam, die nur unnötig Aufsehen erregen würde. In der Nähe fand er eine Holzhütte. Der Mann war schon so betrunken, dass er irgendetwas Unverständliches vor sich hin lallte – er kämpfte allerdings nicht gegen an, sondern ließ es einfach geschehen. Reinhart entdeckte in einem der hinteren Zimmer ein provisorisches Bett und überließ dem Mann sich selbst. Da er keine Gefahr mehr war und keinen Widerstand geleistet hatte, nahm er ihm die Handschellen ab. Als er sein Vorhaben schließlich erledigt hatte, suchte er wieder die Stelle am Feuer auf, an der er Smith entdeckte.

»Wo hast du ihn hingebracht?«

»In die leerstehende Hütte im Wald. Dort kann er seinen Rausch ausschlafen.«

Reinhart vernahm keine Regung im Gesicht von Smith. Er wirkte noch vollkommen klar.

»Hast du meine Begleitung gesehen? Amanda… sie war vorhin noch hier.«

»Nein.«

Reinhart schüttelte den Kopf.

»Ich habe den Säufer weggebracht. Das hast du doch gesehen.«

Etwas Zeit verging, Smith schien sich seine nächsten Worte genauestens zurechtzulegen.

»Ich muss sie suchen.«

»Bleib doch locker.«

Reinhart lächelte und machte eine wegwerfende Geste mit der Hand.

»Sie wird schon bald wieder auftauchen. Es gibt keinen Grund, in Panik zu verfallen.«

Nun zeigte sich eine Veränderung im Gesicht seines Gegenübers.

»Was ist mit dir los? Du bist nicht so, wie ich dich in den letzten Wochen kennengelernt habe. Du verhältst dich anders. Außerdem… es gibt keinen schlüssigen Grund, warum du überhaupt hier bist.«

Smith baute sich vor Reinhart auf und blickte ihm tief in die Augen. Das war der Moment, in dem sämtliche Alarmglocken in Reinharts Kopf schrillten. Er musste sich auf die Schnelle irgendetwas Glaubwürdiges zurechtlegen – und hoffte, dass es ihm gelingen würde. Um seinen Worten Nachdruck zu verleihen, zog er ein ernstes Gesicht.

»Gilbert. Wir kennen uns erst wenige Wochen, und haben bisher nur beruflich miteinander zu tun gehabt. Du erwartest doch nicht, dass ich mich jetzt vor dir rechtfertige? Ich bin hier, um einen Freund zu besuchen. Das solltest du akzeptieren.«

»Okay, es tut mir leid. Ich bin nur etwas aufgebracht.«

Innerlich atmete Reinhart erleichtert auf, versuchte allerdings, sich das um keinen Preis anmerken zu lassen.

»Schon okay. Möchtest du noch ein Bier?«

Bevor Smith überhaupt antworten konnte, hatte Reinhart bereits zwei Flaschen besorgt. Er hatte zuvor einen verwaisten Kasten in der Nähe des Feuers ausgemacht, den irgendjemand aus dem Kutschwagen genommen haben musste. Auch über diesen Zufall war er überaus dankbar – es war fast so, als helfe ihm eine höhere Macht bei seinem Vorhaben. *Erst die KO-Tropfen und dann das Bier... nun muss ich damit aber großzügiger sein.* Er drehte sich um, öffnete die Flasche mit den Zähnen und kippte dieses Mal acht Tropfen in die Flasche. Danach warf er das Fläschchen in das Feuer – er musste seine Spuren verwischen, und das war auf die Schnelle die einzige Lösung. Er nahm zur Kenntnis, wie Smith zögerlich einen Schluck nahm. Schon von der ersten Sekunde an war nun absehbar, dass die gewählte Dosierung ihre gewünschte Wirkung zeigte. Reinhart jubelte innerlich auf. Die Züge von Smith veränderten sich... er blickte in die Ferne, schien irgendetwas am nahen See entdeckt zu haben. Taumelnd lief er in Richtung des Wassers und wurde schon bald von der Dunkelheit verschluckt. Reinhart wartete noch ein paar Minuten und ging dann in die Richtung, in der sein Kollege verschwunden war. Er entdeckte ihn direkt am Ufer des Sees – er hatte sein Bewusstsein verloren, alles war nach Plan verlaufen. Reinhart sah sich wachsam um, doch keiner der Menschen interessierte sich auch nur annähernd für ihn. Alle waren viel zu sehr mit sich selbst beschäftigt. Er ging zurück zum Feuer, suchte Bob auf und fand ihn schließlich in der Nähe.

»Ich habe es geschafft. Er hat das Bewusstsein verloren.«

»Warum hast du ihn nicht gleich getötet?«

Sie waren beide außer Hörweite, weshalb Bob die Worte einfach frei aussprechen konnte, ohne Aufsehen zu erregen.

»Das wäre keine gute Idee. Wenn irgendjemand die Leiche entdeckt, dann wird es Ermittlungsarbeiten geben. Die Spuren würden zweifelsohne nach Kinmark führen.«

»Da hast du recht. Aber gut, was machen wir, wenn er wieder auftaucht?«

»Das entscheiden wir dann. Du meintest, Goldhand und Silberfinger stehen auf perfide Spiele? Lassen wir sie einfach auf Smith treffen, und danach töten wir alle. Im Idealfall hilft er uns dann bereits, bevor wir ihn zur Strecke bringen.«

»Okay, dann sollten wir das alles morgen beenden.«

»Das müssen wir. Sollte Gilbert Smith noch am Abend als vermisst gemeldet worden sein, und gehen wir mal davon aus, sein Auto wurde noch nicht gefunden, dann müssen wir uns beeilen. Morgen wird die letzte Chance sein, die wir haben. Aber erstmal muss ich seine Freundin ausfindig machen. Wo bringen wir sie hin?«

»Scheiße, an sie habe ich nicht gedacht«, murmelte Bob.

»Nun, wir können sie vielleicht als seine zentrale Motivation einsetzen... wir müssen sie unter einem Vorwand nach Kinmark führen und müssen sie dann einsperren. Denk dir etwas Glaubwürdiges aus.«

Stunden später lag Charles Reinhart bereits den zweiten Abend in Folge im Bett. Es war, genau wie gestern, bereits spät nachts. Die Feierlichkeiten hatten lange gedauert. Er hatte Amanda direkt nach dem Gespräch mit Bob nach Kinmark gebracht. Sie war ziemlich leichtgläubig gewesen – er hatte ihr erzählt, dass Smith bereits ins Dorf zurückgegangen war, da er sie nicht gefunden habe. Anfangs hatte sie zwar verwirrt geschaut, doch sie hatte ihm die Notlüge abgenommen und war mit ihm gemeinsam nach Kinmark geritten. Dort hatte er sie, nach Absprache mit Bob, in das Hotel des Dorfes gebracht und sie im Dachzimmer festgebunden. Bob hatte ihm zuvor einen wichtigen Hinweis über ein Gerät gegeben, welches ihre Hände in wenigen Augenblicken zermahlen würde, wenn man es einschalten würde - er band sie in der Apparatur fest, um diese als Druckmittel zu nutzen. *Sollte es nicht nach Plan verlaufen, muss Smith vorsichtig zu Werke gehen. Er handelt zwar manchmal aus dem Bauch heraus, doch da ist dann halt mal der Kopf gefragt.* Am nächsten Tag würde Bob Goldhand oder Silberfinger darüber in Kenntnis setzen, und Reinhart war gespannt, wie sie darauf reagieren würden.

CHARLES REINHART
27. AUGUST 2008

29

Er war schneller eingeschlafen als am Vortag – und als er wieder aufwachte, war Bob noch nicht zurückgekehrt, obwohl die Sonne bereits aufgegangen war. Reinhart bereitete sich Frühstück zu, welches aus zwei Spiegeleiern, einem gebratenen Fisch und einer Portion Haferbrei bestand. Die Auswahl in der Küche war da natürlich groß. Gerade, als er den letzten Happen Haferbrei gekaut hatte, öffnete sich die Tür und Bob trat ein.

»Morgen. Ist alles nach Plan verlaufen?«

Reinhart nickte, schluckte die Masse hinunter und antwortete dann.

»Ja, es ging sehr einfach.«

»Das freut mich. Wie ich sehe, hast du schon gefrühstückt? Ich hoffe, du bist bereit für einen weiteren Tag im Restaurant. Heute wird der Ansturm wahrscheinlich höher sein, dem Himmel nach zu urteilen gibt es gleich erstmal einen richtigen Landregen.«

Es dauerte fünf Minuten, bis die ersten Tropfen gegen das Holz des Hauses prasselten. Reinhart dachte an Smith, und fragte sich, ob sein Kollege bereits erwacht war. Irgendwie fühlte er sich nun auch schlecht bei dem gesamten Vorhaben, wusste jetzt allerdings, dass ein Umkehren nicht mehr in Frage kommen würde. Der Regen wurde unterdessen immer stärker, und mit ihm kamen auch die ersten Gäste. Es handelte sich dabei direkt um Goldhand und Silberfinger. Bob hatte sie bereits in den Plan mit Officer Smith und seiner Begleitung eingeweiht – sie wirkten erfreut ob der Tatsache, neues Futter für ihre tödlichen Spiele gefunden zu haben.

»Bob, eine Runde bitte. Wir müssen auf unser Glück anstoßen.«
Bob brachte zwei Gläser Bier an den Tisch am Fenster, an dem
sich die beiden niedergelassen hatten. Goldhand schlug vor
Freude mit der Hand auf den Tisch, und als er lachte, erkannte
Reinhart die Zahnlücke, die er direkt in der Mitte seiner Vorder-
zähne hatte. Silberfinger strich sich durch den verfilzten Drei-
tagebart und konnte sich ein Grinsen ebenfalls nicht verkneifen,
ehe die Gläser gehoben und angestoßen wurden. Etwas Bier
schwappte über und landete auf der Tischplatte, woran sich die
beiden jedoch nicht störten.
Als Reinhart gemeinsam mit seinem Halbbruder wieder in der
Küche verschwunden war, schloss dieser die Tür und drehte
sich um.
»Heute wird ein ereignisreicher Tag. Mit Glück sind wir unsere
Probleme heute Abend los.«
»Das wäre super. Dann könnte ich morgen bereits abreisen.«
»Du möchtest nicht noch länger hierbleiben?«
Reinhart war überrascht. Er hatte nicht damit gerechnet, dass
Bob ihn danach fragen würde.
»Abwarten«, sagte er daher.
»Je nachdem, wie der Tag verläuft, bin ich vielleicht auch
gewillt, etwas länger hierzubleiben.«

Die ersten Stunden vergingen, und mit ihnen auch der Trubel
des Restaurants. Er wartete gespannt auf das, was als Nächstes
geschehen würde, und rechnete fest damit, dass Officer Smith
in den nächsten Stunden wieder vor den Toren Kinmarks auftauchen würde. Der Regen würde den Weg nicht gerade einfacher gestalten, was Reinhart ebenfalls zu Gute kommen würde.
Irgendwann am späten Mittag, das Restaurant hatte sich geleert

und Bob bereitete alles für den nachmittäglichen Ansturm vor, wurde die Tür geöffnet. Reinhart vernahm wenig später eine Stimme, die ihm bekannt vorkam – sie gehörte eindeutig zu Gilbert Smith. Bob, der sich sowieso gerade im Innenraum befand, würde somit als erstes auf ihn treffen – Reinhart entschied sich dazu, in der Küche zu bleiben und erstmal zu warten. Er wollte seine Deckung nicht zu früh aufgeben. Es dauerte ein paar Sekunden, bis sich die Tür zur Küche öffnete. Reinhart zuckte zusammen, war jedoch erleichtert, als er sah, dass es bloß Bob war.

»Ich werde versuchen, keine Zweifel in ihm aufkeimen zu lassen. Vertrau mir.«

Mit einer Flasche Whiskey und zwei Gläsern verschwand er wieder im Gästeraum. Das Gespräch zog sich extrem in die Länge, und nach einiger Zeit fragte Reinhart sich, was die beiden denn besprechen würden. Er war fast versucht, seine Deckung aufzugeben und den Stimmen zu folgen – bis Bob die Tür aufstieß und mit einem süffisanten Grinsen wieder in die Küche kam.

»Den sind wir erstmal los. Ich habe ihn zu unserer alten Mine geschickt.«

»Da, wo die kranken Leute sind?«

Reinhart konnte sich wage an das erinnern, worüber sie am ersten Abend gesprochen hatten. Allerdings war Bob nicht wirklich darauf eingegangen – Reinhart erwartete aber auch nicht, dass er das jetzt tun würde.

»Genau. Aber lass uns nicht darüber sprechen, sondern eher über unsere Pläne.«

Er legte eine kurze Pause ein.

»Wir sollten uns nicht zwingend darauf verlassen, dass er in der

Mine draufgeht. Ich glaube, er ist ziemlich geschickt und ein wachsamer Mann. Goldhand und Silberfinger wissen zwar schon Bescheid, doch auf die beiden ist eh kein Verlass. Wenn wir sie auf ihn hetzen, dann wären wir schon mal einen Großteil der Probleme los. Entweder machen sie ihn kalt oder er sie – zumindest einen von beiden. Um den Rest sollten wir uns kümmern.«

Bob öffnete einen Schrank an der Wand neben den Tellern. Reinhart hatte diesen zuvor zwar wahrgenommen, hatte aber angenommen, dass sich dort ebenfalls Geschirr oder sonstiger, belangloser Kram befinden würde. Als Bob die Tür öffnete, staunte er jedoch nicht schlecht. Ein wahres Arenal an Waffen war zu sehen, alle waren feinsäuberlich aufgereiht und glänzten nahezu.

»Das ist meine Sammlung.«

Bob klang stolz.

»Da wir beide nachher eventuell selbst tätig werden müssen, kannst du dir gerne etwas aussuchen.«

Reinhart sah sich um. Er brauchte etwas Zeit, entschied sich dann aber für eine scharfe Machete und einen Morgenstern.

»Gute Wahl«, meinte Bob.

»Damit kannst du unseren Gegnern ordentlich zusetzen. Sobald alle ausgeschaltet sind, trinken wir noch einen gemeinsam. Ich habe einen besonders wertvollen Whiskey bei mir hinter der Theke, den ich nur für besondere Zwecke anrühre. Und ich finde schon, dass das einer wäre.«

Reinhart nickte.

»Das klingt gut.«

Er steckte sich das Heft der Machete vorsichtig in die Hosentasche, sodass die scharfe Klinge herausguckte. Der Morgenstern hatte einen hölzernen Griff und extrem scharfe Zacken. Reinhart stellte sich vor, wie er Goldhand und Silberfinger damit zusetzen konnte... *und Smith. Ihn darf ich nicht außer Acht lassen, er stellt für mich die größte Gefahr dar.*

In den folgenden Stunden wurde das Restaurant wieder geöffnet und die Bewohner Kinmarks stürmten in Scharen in den Gastraum. Reinhart half Bob beim Kochen und servieren, und die Zeit flog regelrecht dahin. Gerade in dem Moment, in dem er das nahende Vorhaben schon fast vergessen hatte, waren laute Schritte zu hören, die über die Holzdielen im Vorraum stapften. Reinhart befand sich an der Rückwand im nicht sichtbaren Teil der Küche. Wenig später wurde die Tür aufgetreten, und er vernahm die Stimme seines Kollegen.

»Wir müssen reden, Bob.«

Gilbert Smith klang unfassbar aufgebracht. Reinhart bückte sich und zwang sich hinter den Herd. Aus dieser Position konnte er seinen Halbbruder und Officer Smith sehen, sein Kollege würde ihn jedoch nicht erkennen können.

»Officer...«

Smith zog seine Handfeuerwaffe, Bob hob beschwichtigend die Hände.

Reinhart sog scharf die Luft ein. Da er seine Waffe nicht bei sich trug, und nur mit der Machete und dem Morgenstern ausgestattet war, konnte er die Konfrontation nicht eingehen. Er hoffte, betete nahezu, dass Smith Bob am Leben lassen würde. Er konnte seine Deckung nicht verlassen, da er sie dann beide in Gefahr bringen würde.

»Was ist los?«, fragte Bob.

»Wo habt ihr das Heilmittel aufbewahrt? Und wo, verdammt, sind Amanda und Tucker?«

»Du hast deine Freundin immer noch nicht gefunden? Das tut mir leid für dich.«

Bobs Stimme klang ruhig, fast triumphierend. Reinhart bewunderte seinen Halbbruder für die Ruhe und Souveränität, die er in diesem Moment ausstrahlte. Er schob einen Stuhl über den Holzboden und setzte sich an den Tisch, auf dem noch allerhand Krempel lag.

»Schau mal. Es gibt kein Heilmittel, auch, wenn unsere Verbannten dir das gesagt haben. Der Körper regeneriert sich selbst... oder eben nicht. Es war ein Wunder, dass ich das überstanden habe. Wahrscheinlich war es mein gefestigter Glaube in Gott. Ich habe meine Familie verloren, aber nie den Glauben. Es gibt kein Heilmittel für das Virus, die Leute sind auf sich angewiesen.«

»Warum leben sie nicht im Dorf?«

»Na, weil das Virus hochansteckend ist.«

»Warum hast du mich in die Mine geschickt?«

»Du solltest sehen, was wir hier bereits durchgemacht haben.«

»Verdammt, ich hätte darin sterben können!«

Smith schlug mit der Hand auf den Holztisch. Er wirkte enorm aufgebracht, hatte sich jedoch gerade noch so unter Kontrolle. Reinhart spürte, wie ihm die Luft langsam knapp wurde. Außerdem war der Geruch nach altem Fett hinter dem Herd so dominant, dass ihm mit der Zeit übel wurde.

»Es tut mir leid...«

»Ich glaube dir kein Wort.«

Smith zog Bob am Kragen des T-Shirts, welches er trug, im Stuhl hoch.

»Wo sind meine Leute, Bob?«

Er verpasste Bob einen harten Schlag ins Gesicht, der seine Lip-

278

pe aufplatzen ließ.

»Okay. Okay, du hast recht, ich habe gelogen.«

Smith zögerte und senkte dann die Faust.

»Ich habe das Gegenmittel im Keller versteckt. Niemand weiß davon... ich zeige es dir.«

Reinhart war gespannt, was Bob nun vorhatte. Er handelte augenscheinlich nach einem Notfallplan, den er sich in den letzten Sekunden spontan zurechtgelegt hatte.

»Hände auf den Rücken.«

Smith band Bobs Hände auf seinem Rücken fest und trieb ihn vor sich her.

»Wo lang?«

Bob führte ihn durch eine Tür. Sie fiel wieder in den Rahmen und verschluckte die Stimmen hinter sich. Reinhart zwängte sich nach vorne und atmete tief durch. Als er ein paar Augenblicke später wieder laute Schritte vernahm, quetschte er sich erneut in sein Versteck und hielt die Luft an. Smith kam aus dem Kellerraum wieder hervor – ohne Bob. Reinhart wartete ab, bis sein Kollege das Restaurant verlassen hatte, ehe er die Tür öffnete und die Treppenstufen hinunterlief. Bob lag am Fuß der Treppe stöhnend auf dem Boden, auf seiner Stirn war eine Platzwunde zu sehen, und seine Lippe blutete noch immer. Reinhart half ihm auf, und gemeinsam betraten sie wieder die Küche. In dem Moment, in dem Reinhart versuchte, seinem Halbbruder die Fesseln zu lösen, war ein ohrenbetäubender Knall vor dem Restaurant zu hören. *Ein Schuss!* Bob stürmte direkt zu dem Fenster, Reinhart folgte ihm, blieb jedoch dauerhaft in Deckung. Er sah, wie Smith seine Waffe hob und in die Richtung eines flüchtenden Mannes schoss – das war eindeutig Goldhand. Auf dem Boden lag ein toter Mann – der Kopf war zerplatzt und Hirnmasse hatte sich im Sand verteilt. Smith eilte Goldhand hinterher und verschwand schon bald in der Ferne.

»Es geht los!«

Bobs Worte klangen geschwollen, doch die Freude, die er verspürte, war dennoch zu hören.

»Jetzt schalten sie sich gegenseitig aus. Den Rest sollten wir dann erledigen.«

Reinhart nickte.

»Bleib du hier. Ich kümmere mich drum.«

Er wollte gerade die Küche verlassen, als er Bobs Hand auf seiner Schulter spürte.

»Es ist noch nicht so weit. Du solltest nicht zu viel Risiko eingehen. Bekämpfe das, was am Ende übrigbleibt.«

Er legte eine kurze Pause ein.

»Ich gehe stark davon aus, dass Goldhand Smith in das Hotel locken wird. Immerhin hast du Amanda dorthin gebracht, und Goldhand wäre nicht Goldhand, wenn er diese Tatsache nicht für seine perversen und perfiden Spiele ausnutzen würde.«

Er räusperte sich.

»Sein letztes Spiel, so wie es scheint. Zudem gibt es hier einen Geheimgang, der dich direkt in das Hotel führt. Komm mit, ich zeige ihn dir.«

Bob führte ihn durch eine Hintertür aus dem Restaurant heraus. Reinhart blickte sich um. Der Boden war überwiegend schlammig, die Regenfälle, die am Mittag geherrscht hatten, hatten ordentlich Wasser gebracht. Er konnte sich vorstellen, dass der letzte richtige Regenguss zuvor lange Zeit her gewesen war. Hinter dem Restaurant, im Schatten des Daches, welches die wenigen Sonnenstrahlen, die aus der dichten Wolkendecke über ihnen auf den Boden drangen, abschirmte, sah Reinhart eine Luke im Boden. Bob beugte sich hinunter und öffnete sie mit einem Griff. Dunkelheit klaffte im Inneren auf, das Tageslicht drang durch die geöffnete Klappe ins Innere und leuchtete alles bis auf die letzte Ecke aus. Reinhart erkannte die Sprossen einer Holzleiter an der Wand, die direkt in den schachtartigen Raum führten. Bob ging vor, und Reinhart folgte ihm. Als sie beide unten angekommen waren, blickte Reinhart sich um. Vor ihm lag ein dunkler Gang. Er spürte, wie Beklemmung in ihm aufstieg. Alles in ihm schrie danach, wieder an die frische Luft zu gehen. Die Angst vor dem Unaussprechlichen... sie war weiterhin ein fester Bestandteil seines Charakters, der sich in den letzten Jahren so stark verändert hatte. All die Dinge, die geschehen waren, hatten seine Persönlichkeit an den Ecken und Kanten geschliffen. Doch er war keineswegs abgehärtet – das merkte er jetzt. Die Angst war sein stetiger Begleiter.

»Ist alles okay?«, fragte Bob.

Reinhart nickte. Das Heft der Machete drückte unangenehm durch den Stoff seiner Hose an seinen Oberschenkel. Nervös schwang er sich den Morgenstern über die Schulter und blickte wieder nach vorne.

»Ja. Ich habe nur gerade eine Art Flashback... du weißt doch, was ich dir am ersten Abend erzählt habe. Ich verbinde verdammt viele negative Dinge mit dunklen Gängen.«

Sein größtes Geheimnis waberte plötzlich wieder in der Luft. Er erinnerte sich an die Ausholbewegung mit der Axt, wie die Schneide sanft in den Hals des Kindes namens Pete drang... und wie der Kopf schließlich mit einem lauten Knall auf dem Boden landete. Tote Augen blickten ihn an, und dieses Bild verfolgte ihn bis heute.

»Okay, folge mir einfach. Ich gehe vor.«

Reinhart blieb dicht hinter seinem Halbbruder. Seine Hand ver-krampfte sich um den hölzernen Griff des Morgensterns, die Ei-senkette, an der die Metallkugel mit ihren scharfen Zacken hing, schwang wie der Rhythmus seines Herzens in der Dunkelheit. Plötzlich hallte ein Geräusch durch den dunklen Gang. Reinhart hielt inne, legte seine Hand auf Bobs Schulter und zog ihn lang-sam zurück. Sein Halbbruder drehte sich fragend um, Reinhart legte sich jedoch einen Finger auf die Lippen und bedeutete ihm so, zu schweigen.

»Pst.«

Bob folgte seinem Befehl. Nun waren die Schritte, die aus der anderen Richtung kamen, deutlich zu hören... Reinhart be-merkte, wie ihm der Kopf schwirrte, und wie er sich mehr und mehr an den dunkelsten Moment seines Lebens erinnerte. Es war fast, als könne er das Blut wieder riechen, welches den Gang unter dem Arizona Splash so ausgefüllt hatte.

»Bob?«

Ein bekanntes Gesicht schälte sich aus der Dunkelheit, und Reinhart war erleichtert, dass ebendieses Gesicht die Quelle der Geräusche gewesen war. Vor ihnen stand Silberfinger, er hatte seinen Hut abgesetzt und wirkte abgehetzt.

»Was machst du hier?«

Der Schweiß glänzte auf der Stirn des Mannes, und an seinem Blick konnte Reinhart erkennen, dass es ihm ganz und gar nicht passte, hier entdeckt zu werden. Es war fast, als befinde er sich auf einer geheimen Mission.

»Ich wollte mir eine Waffe holen. Dieser Cop... wir müssen ihn vernichten. Er ist zu gefährlich für uns.«

Bob nickte.

»Ich sehe das genauso. Er muss verschwinden, ansonsten wird

282

Kinmark alles verlieren.«

Er legte eine kurze Pause ein.

»Charles, deine Zeit ist gekommen.«

Bob zwinkerte ihm unauffällig zu. Es war für ihn ein klares Zeichen, dass nun Silberfinger ganz oben auf der Liste stand. *Ein Bündnis würde ihn in tödliche Sicherheit wiegen.* Reinharts Finger verkrampften sich um den Holzgriff.

»Ich bin bereit.«

Silberfinger klopfte ihm auf die Schulter.

»Ich wusste, dass du ein guter Cop bist. Du kannst mich übrigens Gabe nennen. Diese ganze Sache mit unseren Spitznamen... Frank und ich sind lange darüber hinweg.«

Reinhart nickte.

»Alles klar, Gabe. Ich bin Charles. Lass es uns gemeinsam angehen.«

»Bis später«, flüsterte Bob ihm ins Ohr.

»Ich gehe zurück. Denk an unser primäres Ziel.«

»Das werde ich tun.«

Reinhart fühlte sich ohne Bob in Silberfingers Gegenwart unwohl. Zögerlich folgte er dem Mann. Er trug eine braune, abgetragene Weste, deren Stoff an einigen Stellen bereits abgewetzt und durchlöchert war. Der Unterarm des Mannes war frei, und Reinhart konnte in dem Licht, welches nun durch einige Ritzen im Tunnel fiel, erkennen, dass dieser ziemlich vernarbt war. *Vermutlich hat das Virus damals alle befallen. Die Schwachen sind wie die Fliegen gestorben, und die Starken haben sich mittels eigener Körperkraft und spiritueller Kräfte zur Wehr gesetzt.*

»Warum willst du den Mann tot sehen?«

Silberfinger stellte diese Frage ohne Vorwarnung. Die Worte

waberten im Raum umher und schienen Reinhart erdrücken zu wollen. Er musste aufpassen, dass das Lügengebilde, welches auf immer stärker wackelnden Beinen stand, nicht einbrechen würde. Er hatte nicht vor, dem Mann, den er in nicht allzu ferner Zeit töten würde, seine Lebensgeschichte zu erzählen. Bob war ein Familienmitglied und hatte das Recht gehabt, alles zu erfahren.

»Ich hasse ihn wie die Pest«, begann Reinhart seine Ausführungen.

»Er ist ein Mann, der immer schon an der Schwelle von Gut und Böse lebte. Ein kontroverser Polizist, der oft durch Alleingänge und falsche Entscheidungen aufgefallen und in den Medien aufgetaucht ist. An seinen Händen klebt so viel Blut, dass man damit ein gesamtes Haus streichen könnte.«

Er übertrieb bewusst so stark, und wartete ab, ob seine Worte Wirkung bei Silberfinger zeigen würden. Der Mann blieb stehen, verzog das Gesicht und strich sich durch den verfilzten Dreitagebart.

»Wirklich?«

Er wirkte misstrauisch, weshalb Reinhart sich bewusst etwas Zeit ließ, und dann langsam nickte.

»Wirklich.«

Sie hatten nun das Ende des Tunnels erreicht, und Reinhart spürte, wie die Erleichterung Besitz über seinen gesamten Körper ergriff. Silberfinger stieg vor ihm eine Leiter hinauf und stieß die Luke auf. Ein undefinierbarer, beißender Geruch waberte in den Schacht hinein und sog sich gefühlt in jede einzelne Ecke. Reinhart musste würgen. Es war schwülwarm und stank nach Fäkalien.

»Sind wir in der Kanalisation gelandet?«

284

Silberfinger nickte.

»Ja. Durch die kommen wir ins Hotel, dorthin, wo sich dein werter Kollege aufhalten sollte, wenn er nicht schon längst tot ist. Ich hoffe, mein Partner hat ihm bereits den Rest gegeben.«

Reinhart spürte, wie ihm der Geruch Kopfschmerzen bereitete. Er wollte nur weg – er hatte gehofft, dass es nach dem Flashback, den er in dem Tunnelgang gehabt hatte, besser werden würde. Doch da hatte er sich grundlegend getäuscht. Es war um einiges schlimmer geworden – die schummrige Dunkelheit, in der man zwar seine eigene Hand vor Augen, aber nicht weiter als zehn Meter sehen konnte, tat ihr Übriges. Silberfinger war bereits einige Meter voraus und stapfte durch den Schlamm, der ihm bis über die Knöchel reichte. *Okay, Augen zu und durch.* Silberfinger beachtete ihn gar nicht, er bewegte sich anmutig durch den Gang und machte deutlich mehr Meter als Reinhart. Es war, als würde der Geruch ihm komplett zu Kopf steigen... ihm wurde schwarz vor Augen, und er musste kurz stoppen und sich einen Moment setzen. Silberfinger verschwand langsam aus seinem Blickwinkel – Reinhart ließ ihn vorausgehen und stand erst wieder auf, als er Kampfgeräusche hörte. Er war in der Zwischenzeit wieder etwas klarer geworden und nutzte die neugewonnene Kraft, um sich fortzubewegen. Im Gegensatz zu Silberfinger war er nicht durch den Schlamm gewatet, sondern an der Seite entlanggegangen. Er blickte in die Richtung, aus der die Geräusche gekommen waren. Silberfinger kämpfte gegen Gilbert Smith – er hatte die Oberhand und war kurz davor, seinem Gegner den Rest zu geben. Auch, wenn sein Körper komplett streikte und er noch etwas wackelig war, schlich er sich langsam an Silberfinger heran, zog die Machete, versenkte die Klinge im Schritt des Mannes und riss sie ihm bis zum Hals durch den Körper.

30

Während draußen wieder leichter Nieselregen einsetzte, öffnete Bob die Küchentür. Gemeinsam mit Reinhart hievte er den toten Körper von Gilbert Smith in die Küche. Reinhart betrachtete den Kopf seines Kollegen näher. Der Morgenstern hatte die Haut an seinem Hinterkopf komplett zerfetzt und ein Loch in selbigen gerissen, aus dem noch immer frisches Blut auf die Bodendielen sickerte.

»Ich habe vorhin einen Helikopter gehört. Wenn mich nicht alles täuscht, haben sie eine Spur gefunden. Du musst die Leiche zerteilen.«

Bob öffnete die Tür, die in den kleinen Kellerraum führte, in dem ihn Smith zuvor gefesselt zurückgelassen hatte. Ohne zu zögern legte Reinhart los, fing mit dem Kopf an. Er brauchte etwas Zeit, um ihn vom Hals zu trennen, und als er es schließlich geschafft hatte, klebte eine Menge Blut an seinen Händen. Er fühlte rein gar nichts dabei, sein Kollege war ihm egal gewesen – er hatte das Geheimnis von Reinhart entweder nicht erfahren oder würde es mit ins Grab nehmen.

»Was ist mit dem Hotel passiert?«, fragte Reinhart.

»Ich habe es zum Einsturz gebracht«, meinte Bob.

»Es war absolut alt und marode. Irgendwann wäre das sowieso passiert.«

Bob schenkte sich ein Glas Whiskey ein und trank es mit zitternden Händen leer, während Reinhart weiter mit der kopflosen Leiche seines Kollegen beschäftigt war.

»Die Welt... alles, was außerhalb der Solven-Hills vor sich geht... es hat sich verändert.«

Bobs Stimme brach und nahm fast einen melancholischen Ton an.

»Die Menschen sind zu Bestien geworden. Ich fürchte, ich bin mittlerweile auch eine von ihnen.«

Reinhart hielt kurz inne. *Bin ich auch zu einer Bestie geworden?* Er hatte mehrfach gemordet – überwiegend aus Angst, seinen Job zu verlieren. Doch würde er diesen jemals wieder antreten können nach diesen schrecklichen Ereignissen? Sein Leben hatte sich innerhalb der letzten Stunden radikal verändert. Er hatte das erste Mal bei vollem Bewusstsein gemordet, und es war ihm egal. Er verspürte nichts, seine innere Kälte verdrängte alles. *Und deshalb bin ich eine Bestie.* Er durchtrennte eine wietere Sehne und entfernte den rechten Arm vom Oberkörper.

»Wir packen alles in den Fleischwolf.«

Bob hob die bereits abgetrennten Körperteile vom Küchenboden auf und warf sie in besagten Fleischwolf, in dem noch Reste von Tuckers zerhäckselten Körper klebten. Den Kopf legte er auf den Herd, woraufhin dieser nach vorne kippte und ein Auge aus der Höhle verlor, welches auf den Boden kullerte und dort zerplatzte. Nachdem Reinhart seinem Halbbruder gerade den linken Arm gereicht hatte, war ein lautes Klopfen zu hören, welches ihn zusammenzucken ließ.

»Phoenix Police Departement, machen Sie sofort die Tür auf.« Die Stimme des Officers drang durch die Tür in den Innenraum.

»Verdammt. Warte hier.«

Langsam schlich sein Halbbruder auf die Tür zu. Reinhart nahm zur Kenntnis, dass er nun einiges an Souveränität verloren hatte. Er wirkte unsicher – fast so, als hätte er mit der aktuellen Situation nicht gerechnet. Auf dem Weg nach draußen kippte er den Rest des Whiskeys in sich hinein und verschwand schon bald im Gastraum. Reinhart erhöhte das Tempo, versuchte, den toten Körper von Gilbert Smith noch etwas kleiner zu bekommen. Schließlich hatte er alles in den Fleischwolf gestopft und startete die Maschine. Scharfe Zähne gruben sich in den Körper, zerteilten ihn noch weiter. Es entstand eine rotbraune Masse, die Reinhart an Hackfleisch erinnerte. Der Geruch war jedoch um einiges widerwärtiger. Er blickte aus dem Fenster und sah, wie sich einige Einwohner des Dorfes um das Restaurant versammelt hatten – und, wie diese bereits von der Polizeistaffel verhört wurden. Bob war noch immer im Gastraum mit den angerückten Polizisten beschäftigt, seine Stimme drang in Fetzen dumpf durch das Holz der Küchentür. Reinhart konnte nicht verstehen, was er sagte, vertraute seinem Halbbruder aber in der Hinsicht, dass er wusste, wie er die Polizisten auf eine falsche Fährte führen konnte. Selbst, wenn die Spur von Gilbert Smith nach Kinmark führen würde, dann war noch lange nicht gesagt, dass er sich auch wirklich hier aufhalten würde. Zudem... *es sind schon immer Leute hier verschwunden. Das ist ein weitverbreitetes Mysterium.* Reinhart entdeckte eine Schachtel *Camels* in einem Regal an der Wand und zündete sich eine Zigarette an. Obwohl er eigentlich Nichtraucher war, hatte er das Verlangen gespürt, sich durch den Geschmack von Nikotin zu beruhigen. Er blies den Rauch in Ringen in die Luft und genoss das Gefühl der Ruhe, was sich in ihm ausbreitete. Wenig später wurde die Tür aufgestoßen, und einer der Polizisten trat ein. Reinhart sah, dass Bob Handschellen angelegt worden waren – und spürte, wie ihm das Herz in die Hose rutschte.

»Bob Degen und Charles Reinhart – wir nehmen Sie wegen akutem Mordverdacht fest.«

SHERIFF DONALD BLAIR UND DAS EINSATZTEAM

27. AUGUST 2008

31

Sheriff Blair ging voran, Officer Rowland folgte ihm auf Schritt und Tritt. Gemeinsam wagten sie sich ins Innere der Mine hervor, deren Eingang wie ein klaffender Schlund wirkte. Sie folgten den alten, verrosteten Gleisen und gelangten so immer tiefer in den Bereich, in dem das Licht schwächer wurde.

»Boah, wenn diese verdammte Klaustrophobie nicht wäre. Ich hoffe, das geht gut.«

Rowland rang sich ein Grinsen ab.

»Wir können auch umkehren«, meinte Blair.

»Wir müssen nicht...«

»Auf gar keinen Fall.«

Rowland fuhr ihm mitten ins Wort.

»Wir verfolgen eine heiße Spur, schon vergessen?«

Blair nickte, obwohl er nicht wusste, ob dem wirklich so war. Normalerweise duldete er es nicht, wenn ihm jemand mit niederem Rang ins Wort fuhr, doch bei Officer Rowland war das anders – sie kannten sich schon viele Jahre und waren gute Freunde geworden, auch außerhalb des Dienstes, der mitunter sehr zermürbend sein konnte. Allerdings gab es auch erfreuliche Dinge an der Arbeit als Polizist – für Blair gab es kein schöneres Gefühl, als das Wissen, einen Fall, der ihn viele Stunden, viele schlaflose Nächte gekostet hatte, abgeschlossen zu haben. Ein Schwarm Fledermäuse flatterte ihnen aus dem Inneren der Mine entgegen, Blair zuckte zusammen und blickte den Tieren der Nacht noch ein paar Sekunden hinterher. Bald waren sie an einer Abzweigung angelangt, und sie entschieden sich für die Seite, in der das Licht brannte.

»Ich glaube, wir finden hier nichts«, murmelte Blair.

»Wir müssen eben weiter suchen.«

Rowland war fasziniert von der Szenerie – das war ihm deutlich anzusehen. Staunend betrachtete er das Höhlensystem, in dem sie sich befanden, folgte dem Gang, der sich immer tiefer in den Stein wandte, mit seinem Blick. In regelmäßigen Abständen erhellte ein gelbes Licht die Höhle, es kam von Lampen, die an der Wand angebracht waren. Augenscheinlich bewegten sie sich auf einen belebten Bereich zu, zumindest fühlte es sich für Blair so an. Die Atmosphäre wurde immer beklemmender. Bald hatten sie einen kleinen, seitlichen Gang erreicht. An der Steinwand, die in diesen hineinführte, war ein dunkler Abdruck zu sehen, der Blair neugierig stimmte. *Ist das etwa eine Spur?* Er fasste vorsichtig mit seiner Hand an die Wand und strich vorsichtig darüber. Der verkrustete Dreck löste sich und rieselte zu Boden.

»Ich habe ein gutes Gefühl bei diesem Gang. Komm.«

Blair ging voraus, Rowland folgte ihm dicht. Gemeinsam quetschten sie sich durch den Gang, der immer enger zu werden schien und sie immer mehr verschluckte. Bald löste genau diese Tatsache Beklemmungen in Blair aus, sein Hut verrutschte und landete unerreichbar auf dem Boden.

»Verdammt!«

Plötzlich wurde die Mine von einem Beben erfasst. Steine lösten sich von allen Seiten und prasselten auf die eingezwängten Körper ein.

»Scheiße. Wir stecken fest.«

Wenige Sekunden später krachte ein großer Felsbrocken aus der Decke, und nachdem dieser die Körper der beiden unter sich begraben hatte, hallten leise Schritte aus den Tiefen der Mine, die der Stelle, an der sie sich bis vor wenigen Sekunden befunden hatten, immer näherkamen.

ENDE

ALLE BÜCHER DES AUTOREN

SPURLOS

2005: Lewis, Janet, Jeff und Liz erhoffen sich ein Abenteuer, ein Wanderurlaub in den Bergen – genau nach ihrem Geschmack. Trotz einiger beängstigender Vorkommnisse während der Fahrt in die Berge entscheiden sie sich, zu bleiben. Als sie allerdings auf die Rucksäcke einer verschollenen Wandergruppe stoßen und nach und nach mysteriöse Anzeichen auf deren Verbleib finden, beginnt ein Albtraum, aus dem es kein Entrinnen zu geben scheint...

1995: Idyllische, weite Wälder und glasklare Seen. Nichts anderes wollen Marcel, Inge, Matthias, Gudrun, Alexander und Ralf, als sie sich dazu entscheiden, einen Urlaub in den Bergwäldern zu machen.

Doch dann verliert sich jede Spur von ihnen...

DAS GEISTERHAUS

Die vier Jugendlichen Marc, Blake, Jay und David wagen gemeinsam mit dem Einsiedler Joseph, Jays Bruder Danny und seinem Freund Neal einen Ausflug zu einem „Geisterhaus", um das sich zahlreiche Mythen ranken. Doch als sie eines nachts das Haus betreten, beginnt ein Albtraum, der nie zu enden scheint. Denn das Haus lebt. Und es sucht sich seine Opfer...

LAGER DER FINSTERNIS

Zehn Personen wachen in einer verlassenen Lagerhalle auf. Zunächst können sie sich nicht erklären, wie sie dort hingelangt sind. Doch als ein Teil der Gruppe auf ein System unterirdischer Gänge stößt, entfesseln sie ein Grauen, das die Grenzen jeglicher Vorstellungskräfte überschreitet.

AUF DÄMONENJAGD IM LAGER DER FINSTERNIS

Die Dämonenjäger Marcus Young und William Collister verbringen eine Nacht in der Lagerhalle, in der sich vor kurzer Zeit erst schreckliche Dinge zugetragen haben. Sie installieren eine Kamera, um die paranormalen Geschehnisse per Video zu dokumentieren. Als Marcus in einem der Räume auf eine apathisch wirkende Frau stößt und wenig später verschwunden ist, begibt sich William auf die Suche nach ihm. Die deutlichste Spur führt tief in den Wald…
Währenddessen läuft die Kamera. Und zeichnet schreckliche Dinge auf…

ARIZONA SPLASH

Bei der Eröffnungsfeier des *Arizona Splash*, einem riesigen Schwimmbad mit Außenpools, Saunas und Rutschen, werden zwei junge Leute entführt. Ihnen steht eine Nacht des Grauens bevor: im Inneren des Schwimmbades müssen sie sich nicht nur mit ihren sadistischen Peinigern auseinandersetzen, sondern auch mit einer Gefahr, die aus den Tiefen eines geheimen Kellerganges zu kommen scheint.

WILLKOMMEN IN KINMARK

Kurz vor Dienstschluss wird Officer Gilbert Smith zu einem Einsatz gerufen: der Fahrer einer Dodge Viper befindet sich nach einem Unfall auf der Flucht. Eine Verfolgungsjagd und ein darauffolgender Unfall führen den Officer über den Highway tief in die Solven-Hills und das beschauliche Dorf Kinmark. Je tiefer er in die Geheimnisse des Ortes vordringt, desto deutlicher wird ihm, dass er sich in einer tödlichen Falle befindet, aus der es kein Entrinnen zu geben scheint...

CRETHRENS – VERLOREN IN DER EISWÜSTE

Der jugendliche Oskar findet sich inmitten einer gigantischen Eiswüste mit neunzehn anderen Jugendlichen wieder. Schon bald erkennen alle, dass sie sich in einem perfiden Test befinden, bei dem es nicht nur um das blanke Überleben geht…

CRETHRENS – DIE FESTUNG VON GHIRON NAGH

Nach den Geschehnissen in der Eiswüste, die jeden einzelnen verändert haben, landen die Überlebenden mit einem Helikopter in einer verlassenen Stadt. Sie finden eine Karte und entscheiden sich dazu, zwei Orte aufzusuchen: eine mittelalterliche Festung und die unterirdische Stadt Ghiron Nagh. Alles scheint nach Plan zu laufen – bis das Schicksal wieder gnadenlos zuschlägt…

CRETHRENS – ODYSSEE NACH EHYGEA

Das Königreich Ehygea war einst ein Ort mit blühenden Land-
schaften, rauschenden Flüssen und endlosen Weiten. Eines Tages wurde der Ort von einer schrecklichen Katastrophe heimge-
sucht – seitdem besteht dieser nur noch aus finsterem Ödland.
Die Überlebenden drängen nach und nach in die Geschichte des
düsteren Ortes vor – und müssen feststellen, dass ein großer
Kampf um Leben und Tod bevorsteht, der über die Zukunft des
gesamten Planeten entscheidet.